THE KING of Silence

W0280525

DE LA MÊME AUTEURE CHEZ ALTER REAL :

Surf On Love :

Deal : T1

Secret : T2

Révélation : T3

Fake Summer Break

All Inclusive

Don't Provoke Me !

Collection Real Love
Directrice de collection : Violaine Georgiadis
Illustration couverture : Edanes
ISBN papier : 9782385752613
Dépôt : novembre 2024

Vous pouvez consulter l'intégralité de notre catalogue sur notre site :
www.editions-alter-real.com

Pour suivre nos actualités, rejoignez-nous sur Facebook (Editions Alter Real), sur Instagram (@alterrealeditions) et sur Tiktok (@editionsalterreal).

LUCIE MIMI

THE KING of Silence

Alter Real
Éditions

PROLOGUE

Sayann

Ça commence, maintenant ! Je compte me mettre le crâne à l'envers comme jamais pour démarrer en bonne et due forme cette deuxième année à Yale.

Si lors de mon entrée l'an dernier on m'avait annoncé que je m'éclaterais autant dans cette université, que je pensais exclusivement remplie de culs serrés visant l'excellence, j'aurais bien ri. Même si elle n'accueille que des étudiants aux dossiers exemplaires, ça se lâche pas mal sur le campus. Au début, je n'étais pas ravi de porter l'uniforme, mais j'ai su l'adapter à mon image. Je suis un fils à papa, oui, mais rebelle ! Et hors de question de paraître coincé comme beaucoup de ceux que j'ai rencontrés ici, qui cachent bien leur jeu derrière leur tenue « style correct exigé ». « Classe, mais débraillé », telle a toujours été ma devise.

Alors que je suis vautré sur l'un des nombreux canapés trônant sur la pelouse de ma fraternité – avec la chemise à l'effigie de Yale ouverte aux trois quarts comme d'habitude et sortie de mon pantalon –, Tim m'interpelle.

— Sayann, verre ou bouteille ? me demande-t-il en me montrant ce qu'il tient à la main.

À en juger par sa cravate serrée autour du front, son haut déboutonné et les traces de rouge à lèvres sur son cou, ce grand brun est déjà rétamé. J'adore mon meilleur pote ! Je me redresse et lui prends le gobelet. Il lâche un cri moqueur.

— Petit joueur.

Sans l'écouter, je remets en arrière la mèche qui me tombe sur les yeux et avale l'alcool d'une traite, avant de broyer le verre en plastique et de le balancer.

— Maintenant, file-moi le whisky.

Tant pis si je ne peux pas me lever demain. Il s'exécute tout sourire, et je commence à descendre le liquide pur à même le goulot. L'une de mes nombreuses et anciennes conquêtes se rapproche et colle sa poitrine oppressée par son bikini contre mon corps. Tout en buvant, je tends le bras et plaque une main ferme sur ses fesses pour la ramener davantage contre moi. La fille, une blonde élancée, aux cuisses tatouées, glousse à cause de mon geste et pose sa tête sur mon épaule. Puis elle me chuchote à l'oreille :

— Si tu te souviens de mon prénom, je te fais la totale.

Je grimace en passant la bouteille à mon ami et m'adresse à... la fille.

— Comment je pourrais l'oublier ? lui dis-je d'un air charmeur avant de me pencher en avant pour lui rouler une pelle.

Loin d'être stupide, elle s'écarte et écrase son poing sur mon torse.

— Tu es vraiment le roi des connards, Sayann !

Dégoûtée que je ne me souvienne pas de son prénom, elle se tire. Qu'est-ce que j'en ai à foutre ? Absolument rien ! Je suis si adulé et sollicité que, dans moins de cinq minutes, une autre viendra se blottir contre moi pour me supplier de la baiser toute la nuit. Et ainsi de suite. Tim, qui a le goulot à la bouche, se marre à moitié en faisant un salut militaire à la gonzesse dépitée. Mon téléphone s'anime. Je décroche pour répondre à Spencer.

— Allô ?

— Je serais toi, je me ramènerais près du bassin.

— Pourquoi ? File-moi une bonne raison d'aller faire la fête là-bas, alors qu'ici...

J'en perds mes mots : une nana me sourit au loin avec un air entendu. Comment ça se fait que je ne connaisse pas cette beauté ? C'est une nouvelle ?

— Viens. Y'a tout ce qu'il faut pour que tu passes la soirée de ta vie.

Qui écouter ? Ma raison, déjà bien amochée par le liquide ambré, ou ma queue qui aimerait goûter à cette nana ? Dilemme cornélien.

— Sayann, t'es là ?

Spencer est un ponte en termes de festivités. Les plus grosses *parties,* on les a faites chez lui, dans la villa de ses parents. Je me souviens avoir testé les huit chambres, vomi aussi dans à peu près toutes les pièces, hormis peut-être dans la salle de poker de son père.

— J'ai peur d'avoir froid au bord de l'eau.

Allusion claire de ma part.

— Tu me prends pour qui ? J'ai prévu de quoi te réchauffer. Et elles sont surexcitées à l'idée de pouvoir passer du temps avec toi, mon pote. Par contre, elles arrivent dans une heure, car je cite : « une soirée avec Sayann demande beaucoup de préparation pour qu'il nous remarque ». Comprends qu'elles se mettent en bombe pour toi.

Il a capté. Malgré tout, je lève les yeux au ciel. Comme si j'étais difficile et inaccessible. C'est faux, je ne le suis pas plus que ça. C'est juste une idée reçue des autres, car ma beauté est sans doute supérieure à la moyenne et mon charisme les impressionne. Mais qu'est-ce que j'y peux ? Je suis né beau gosse, ce n'est pas ma faute. Et puis, tout le monde le voit, je suis un mec super cool, sociable et ouvert.

— OK, c'est bon, j'arrive.

— Tu ne le regretteras pas.

Je me mets en marche vers le point de rendez-vous, persuadé que je ne vais pas être déçu. Pourtant, ce qui s'annonce comme étant la meilleure des soirées va prendre une tout autre tournure. Assez pour me changer de manière radicale. Et sur tous les plans. Terminé le fils à papa, dans sa petite tenue de bobo débraillé, avec ses cheveux bien coiffés. Je suis sur le point de foutre en l'air mes études. De réduire à néant ma réputation. De briser ma vie et de plonger dans un cauchemar sans fin.

J'aurais mieux fait d'écouter ma bite. Au moins, je n'aurais pas eu du sang sur les mains…

CHAPITRE 1

Alexa

Un an plus tard,
New Haven – Connecticut,
14h07

Après pas loin d'une heure de trajet, nous approchons enfin du campus. À vingt-deux ans, il me tarde d'avoir mon indépendance. J'ai toujours étudié tout près du domicile familial, j'en ai marre d'avoir mes parents sur le dos. On est originaires d'Oakland en Californie et, le mois dernier, papa a été promu shérif à Hartford, dans le Connecticut. Maman et moi, on a suivi. Une nouvelle année commence pour moi, loin d'eux. Est-ce que laisser mes amis a été compliqué ? Non, car je n'en ai aucun.

Assise à l'arrière du véhicule en leur compagnie, la tête collée contre la vitre, j'observe ce qui défile, pendant que nous continuons de tracer la route.

Soudain, je me redresse sur la banquette arrière pour admirer l'immense et magnifique bâtisse qui se dresse devant mes yeux. La *Rolls* des facs. L'élite suprême. L'université de Yale. Des frissons me parcourent la peau. J'aurais adoré étudier ici, mais les frais de scolarité sont hors de prix. Et puis, même si mes notes sont bonnes, je suis loin d'avoir le niveau requis pour y entrer, au grand dam de mon père. Yale est beaucoup trop *select*. C'est donc à quelques minutes de là, dans un établissement moins huppé, que je vais poser mes bagages.

Après avoir emprunté trois rues, papa actionne le clignotant et s'engouffre enfin sur le parking de mon école.

— C'est officiel, déplore ma mère, d'un air triste, tu vas nous abandonner.

Je suis son regard et regarde sur le bâtiment en pierre rouge, où l'arche arbore fièrement les lettres UNH. La faculté de New Haven. De l'extérieur, elle n'a rien à envier à Yale. C'est charmant et ça me plaît beaucoup, j'en serais presque tout excitée ! Mais à cet instant, j'ai de la peine pour maman, car je prends conscience que oui, je suis sur le point d'en franchir l'entrée, comme tous ces étudiants qui tirent derrière eux leurs valises d'une tonne.

— Et voilà, nous sommes arrivés à destination à l'heure que j'avais prévue et à la seconde près ! Parfait ! déclare mon paternel de sa voix autoritaire en comblant la seule place libre.

Pendant que maman sèche ses larmes, papa descend de la voiture. Je l'imite, mais je ne suis pas dupe. De multiples recommandations vont tomber avant qu'il me lâche dans la nature, et il va sans doute vouloir m'escorter jusqu'au pied de mon lit.

— Je ne suis plus une enfant, attaqué-je. Il vaut mieux que toi et ton déguisement, vous restiez là, d'accord ?

Il souffle, mécontent.

— C'est un uniforme, Alexa. Ma tenue de travail et j'en suis fier. En plus, je n'ai pas fait la route uniquement pour jouer les taxis. Je tiens à découvrir où va vivre ma fille, déclare-t-il, soucieux, en se grattant la tête.

Son stress soudain pourrait déteindre et m'atteindre, mais ce n'est pas le cas. Je débarque pour entamer ma troisième année de fac dans un nouvel état certes, mais je suis plutôt sereine et enthousiaste. J'ai eu presque un an pour m'y préparer ! Et je suis prête !

— Il est grand temps que je prenne mon envol. Et puis, tu as vu des photos sur Internet, c'est suffisant.

Sans compter que tous évoluent tel un troupeau de moutons sans berger. Je n'ai pas envie de me taper la honte le premier jour. Un chaperon ne m'est d'aucune utilité. Je ne le lui rabâcherai pas, je l'ai assez fait. Quelque chose le distrait. Je suis son regard. À une vingtaine de mètres, un gars d'à peu près mon âge est allongé, la tête à l'envers sur un banc, les jambes appuyées et repliées contre le dossier de manière totalement désinvolte.

— Laisse-moi au moins sortir tes bagages de la voiture.

— Si tu veux…

Sans quitter l'homme des yeux, il se dirige vers le coffre. Maman et moi, nous le rejoignons.

— Il a peut-être besoin d'aide, s'en mêle-t-elle, bienveillante.

— Et je suis en train de faire quoi ? réponds-je en extirpant l'une de mes deux valises à roulettes.

— Non, je parlais de ce garçon.

Au moment où je reporte mon attention sur lui, il s'assied et allonge ses longues jambes sur le bitume. Puis il tire une cigarette de sa veste en cuir noir, couverte de patchs décoratifs, et l'allume. D'où je me trouve, je ne vois pas bien de quoi il s'agit. Mais si j'en juge par son jean *destroy* foncé et aussi customisé, ainsi que par ses cheveux bruns, aux reflets un peu verts, et cette assez longue mèche qui lui tombe sur le front, je mettrais ma main à couper qu'il affiche des logos de son groupe de rock favori. Il recrache la fumée, elle recouvre son visage. À ses pieds, je remarque un simple sac de sport.

— Il doit attendre quelqu'un, ça fait trois fois qu'il consulte sa montre, constate papa.

L'inquiétude est perceptible dans sa voix.

— Ou juste le bus, rétorqué-je en montrant l'arrêt pile à côté.

— Arrêtez de jouer les curieux ! intervient maman en posant mes affaires au sol. Alexa, tu vas être en retard si ça continue.

Son mari lève les bras et se détourne du gars.

— Pas de panique, la rassuré-je, les cours ne commencent que demain.

— Lauren, chérie, excuse-moi de vouloir m'assurer de la sécurité de notre fille. Il y a des fous à tous les coins de rue et de mon temps, les abords des établissements scolaires n'étaient pas fréquentés par des jeunes en perdition.

— Jeff ! Si tu es si inquiet, va lui faire une clef de bras ! ironise-t-elle.

Lasse, je soupire.

— Bon, vous avez fini ?

J'aimerais leur dire au revoir. Ils acquiescent, limite penauds.

— Au pire, j'ai mon portable et j'irai me plaindre au doyen si jamais ce pauvre type, qui n'a rien demandé à personne, force les portes pour me traquer.

Sur cette plaisanterie qui ne fait rire que moi, je les serre dans mes bras.

J'ai beau la jouer « femme forte », mon cœur me trahit en se comprimant. Je viens de prendre conscience que je vais les abandonner pour quelque temps. Mais hors de question de leur montrer que je suis angoissée. C'est un coup à ce qu'ils passent la nuit au pied de mon lit.

— Fais attention à toi quand même, tu prends les choses trop à la légère et ta mère et moi, on espère que tu te méfieras de tes camarades.

Maman lui frappe l'épaule. Puis elle enlace d'un bras mon corps frêle. Il a toujours été très protecteur, je suis l'unique enfant de cette famille.

— Au contraire, elle doit se sociabiliser. Ne l'écoute pas, mon ange, et tente de te faire des amis, pour une fois.

C'est mon défaut. Du moins, aux yeux des autres. Je n'ai besoin de personne pour avancer dans ma vie et j'aime bien marcher seule, bon sang !

— Quelques rappels essentiels Alexa...

Mais je le coupe en soupirant et termine à sa place :

— Aucun ennui, que ce soit à la fac ou en dehors, ne sera toléré. Même majeure, je ne dois surtout pas avoir à mettre un pied dans un commissariat, sauf si je suis une victime. À force, j'ai appris la leçon.

Depuis petite, je dois être exemplaire. Et je ne comprends pas pourquoi il s'inquiète autant, je ne suis pas une délinquante ! Afin d'adoucir mes paroles, je lui plaque un baiser sur la joue.

— Comme d'habitude, tout se passera bien, lui assuré-je. Fais-moi confiance, à la fin.

— D'accord, mais attention à tes fréquentations, si jamais on me rapporte...

— Jeff, le rappelle à l'ordre ma mère avec un regard entendu.

Elle me frotte le dos avec bienveillance. Après les avoir salués une énième fois, c'est accompagnée de mes deux bagages et avec une certaine émotion que je franchis l'entrée de la fac. Les frissons m'envahissent à nouveau. Si bon nombre d'étudiants sont par groupe de trois ou quatre et semblent bien se connaître, il n'y a pas que moi qui suis toute seule.

Je m'insère dans la queue dans le hall. À quelques mètres devant moi se trouve une grande table avec plusieurs personnes chargées des admissions. Ils doivent nous remettre les clefs de nos logements. Après avoir récupéré la mienne, je foule le carrelage pour échapper à cette masse de gens, pour la plupart euphoriques à l'idée de cette rentrée. Pour ma part, il me tarde de jeter mes valises sur mon lit.

— Bienvenue à UNH ! m'arrête une voix féminine. Tiens, voici un plan du campus !

Elle ramène ses cheveux épais en arrière dans un geste étudié. Je ne prends pas son prospectus et ne lui rends pas non plus son sourire. On ne sera jamais copines.

— Merci, mais aucune utilité.

Je ne veux pas m'encombrer avec ce genre de paperasse. Elle est surprise et son visage déjà pâle blêmit davantage.

— C'est compliqué de se repérer au début au niveau des salles et du reste. En plus, tu m'as tout l'air d'être nouvelle, je me trompe ?

Mes yeux balayent les lieux et ne manquent aucune des indications colorées accrochées en haut des différents couloirs. Pas de craintes, je m'y retrouverai. En plus, je suis un GPS ambulant.

— Ça ira.

Je ne prolonge pas plus longtemps cette conversation et m'éloigne. Après avoir traversé un parc très bien entretenu, j'atteins le bâtiment qui m'intéresse. Le dortoir A. Sur deux étages, il ne comprend pas d'ascenseur, alors je continue de traîner mes lourds bagages derrière moi qui tapent contre chaque marche. Un bruit sec dans mon dos retentit. *Eh merde* ! Pile au moment où mes orteils atteignent le palier du premier. J'abandonne mon chargement et opère un demi-tour pour récupérer l'une des roulettes qui a lâché. Manque de chance, elle se trouve dans la main d'un type. Un grand brun, aux biceps bien apparents.

— Je crois que tu as perdu une roue ! s'exclame-t-il en me la donnant. Troisième année ?

Je le remercie et acquiesce d'un signe de tête, avant de remonter les marches deux par deux. Mais il se lance à mes trousses, en me suivant d'un peu trop près. Papa serait là… Eh bien, pas dit que ce gars me collerait autant.

— Moi aussi. Je suis nouveau ici. Peut-être que…

La roulette à la main, je lui fais face prête à l'envoyer paître. Sauf qu'il me sourit d'un air gentil.

—… Tu pourrais être mon guide ? me demande-t-il, à ma grande surprise.

— Oublie, je ne connais pas les lieux non plus.

— Parfait, on va pouvoir s'entraider. J'étudiais à Yale avant. Je m'appelle Tim Stone, et toi ?

Quel idiot, il a changé d'université ! Ses mirettes se baladent un peu trop sur ma personne.

— Ma première et dernière requête, Tim Stone, sera de t'ordonner de poser les yeux ailleurs.

J'accompagne mon ton tranchant d'un regard noir et me rends au second à la recherche de ma chambre, le numéro 68, pour être enfin tranquille, loin de ce garçon, à la parole facile. « Tranquille » est un bien grand mot, je suis censée la partager avec une autre étudiante. *60, ah, je m'en rapproche… 62, 64, 666…* Ce numéro trafiqué, le chiffre du Diable, m'interpelle. Je m'arrête un instant devant. Le « 6 » qui a été ajouté est gravé dans le bois. En dessous, un panneau en forme de triangle jaune, où il est inscrit « danger », sur fond d'une tête de mort. Assez bizarre comme décoration. Une goutte de sueur froide roule le long de ma colonne vertébrale. Sans m'attarder davantage, j'avance de trois pas. Voilà mon antre. Super ! Mais en entrant, c'est le drame.

Au beau milieu de ce qui s'apparente à un mini studio de tournage, si j'en juge par les *rings light*, micros, petites caméras et autres câbles un peu partout, se trouvent deux copies conformes, d'origine asiatique. Elles arborent chacune une longue chevelure avec une frange rectiligne. Seul signe distinctif ; l'une a les cheveux très clairs et l'autre est brune.

Leur maquillage n'est pas en reste. Vêtues d'une tenue identique et étudiée, comme si elles sortaient tout droit d'un manga, elles s'avancent vers moi, le sourire aux lèvres. Déçue de partager une chambre avec deux autres personnes, je peine à le leur renvoyer.

— Elle, c'est Nixie Yun, ma jumelle. Et moi, c'est Trixie ! s'exclame la blonde en faisant de grands gestes maniérés. Mère américaine et père coréen. Et toi ?

Nixie, qui est restée un peu derrière sa sœur, m'adresse un petit signe de main en guise de salut. La brunette semble un poil plus réservée que Trixie, qui est plus expansive. De nature polie, je me présente à mon tour.

— Alexa Bell. Et aucune blague avec le célèbre boîtier intelligent d'Amazon ne sera tolérée. Mon lit, c'est lequel ? leur demandé-je en avançant dans le petit espace.

J'évite les nombreuses valises et autres affaires qui jonchent le sol. Elles sont déjà bien installées et surtout... envahissantes. Trixie ne peut pas être plus collée à mon dos.

— Là-bas, dit-elle en pointant son index manucuré sur celui du fond.

— Garde tes distances, s'il te plaît, je déteste me sentir oppressée.

Confuse, elle recule.

— Oh, pardon. Bon, on essayera d'être discrètes. On établira un planning avec nos heures de tournages.

Mon Dieu...

— Vous faites quel genre de vidéos ? me renseigné-je tout de même, en larguant mes affaires sur mon matelas.

Cette fois, c'est Nixie qui prend la parole.

— Chacune son domaine et sa chaîne YouTube ! Trixie fait des tutos beauté. Moi, je suis dans l'ASMR[1].

Ah… Je n'ose pas imaginer les soirées qui m'attendent. Entre présentations *make-up* et chuchotements… Oh, non ! Les boules !

— Et cette année, ajoute la plus excentrique des Yun, je lance une nouvelle catégorie : celle de l'amour, avec des conseils et tout…

Elle a aspiré mon âme.

— Je vois.

Papa, maman, si vous entendez cette prière silencieuse, venez me délivrer de ce fardeau, je vous en conjure !

Coupant court à cette conversation, je range mes habits dans le placard. Heureusement que je n'en ai pas beaucoup, car elles y ont déjà mis les leurs et il ne reste que très peu de place : plus qu'une étagère disponible sur six. En tassant mes vêtements, tout devrait rentrer.

— On a un fer à repasser. N'hésite pas si tu en as besoin. La planche est sous le lit de Nixie. Ne m'en veux pas, mais je vais me charger de la déco. Tu aimes la K-pop[2], Alexa ?

Trixie tire de sous son sommier une grande boîte en plastique. Elle déborde de posters de mecs, tous torses nus. Il y a aussi une multitude de bibelots à leur effigie. Puis elle se met à chanter à pleine voix.

Mais qui débarque à l'université avec autant de matériel ? Je sens que je ne suis pas au bout de mes surprises…

L'enfer !

---

1 Concept de relaxation reposant sur différents sons doux et répétitifs censés apporter détente et calme intérieur

2 Genre musical originaire de Corée du Sud.

CHAPITRE 2

Sayann

Qu'il est beau dans son costume bleu marine… Nan, je déconne ! Mon *padre* a l'air d'un guignol, mais ça, ça a toujours été le cas. Il s'avance vers moi, les gouttes de pluie s'écrasant sur ses cheveux courts grisonnants et impeccablement coiffés.

— Howard ne mentionnera plus tes problèmes à Yale, me dit-il.

— J'espère bien, car c'était son truc, à ce doyen de mes deux, de me faire chier avec ça, grogné-je.

Face à ma vulgarité, il serre les dents, comme d'habitude.

— Surveille ton langage en ma présence. Cette histoire est morte et enterrée, fils. Mais un conseil, tiens-toi à carreau pour les mois à venir. Je ne veux pas me déplacer à nouveau pour sauver tes études.

Tu rêves !

— Et pour lui, tu comptes faire quelque chose ou pas ? fais-je en désignant d'un signe de tête le type qui m'observe depuis sa caisse.

Le menton relevé, il tire sur les pans de sa veste et lui fait face sans broncher.

— Ça va faire une heure qu'il a déposé sa gamine et qu'il me reluque. Vu son costume de flic, je doute qu'il profite juste du paysage. Il est là pour moi, cet enculé !

J'ai du mal avec tout ce qui concerne l'autorité. J'en bave déjà assez comme ça. En le dévisageant avec méchanceté, je sors une clope de ma poche et l'allume. Je devrais la balancer dans l'habitacle de sa caisse et l'arroser d'un bon litre d'essence. Mais ma bagnole est garée à côté.

— Sayann ! me bouscule le *padre* pour me tirer de mes pensées. Pose-toi les bonnes questions plutôt. Ça vient sans doute de ton accoutrement ! Entre autres, mais ça aurait été judicieux de faire un effort sur ta tenue, au moins aujourd'hui.

Il doit faire référence à mon cuir orné d'un grand « *fuck* » en 3D qui occupe tout mon dos.

— Désolé, être fringué comme tout le monde n'a jamais été ma came. Tu t'attendais à quoi ? À ce que j'enfile un costard hors de prix, dis-je en montrant le sien, pour ressembler à un p'tit mec parfait en apparence, c'est ça ?

Non sans insolence, je lui adresse mon plus beau sourire en coin, avant de tirer une grosse latte sur ma cigarette. Lorsque je recrache la fumée sur le côté pour épargner mon paternel, le vent tourne et il se bouffe un souffle de nicotine. Il agite la main devant son visage pour la chasser, tout en grimaçant.

— Je ne m'attendais surtout pas à ce que tu gardes cette couleur de cheveux après les vacances, et encore moins à ce que tu rases le côté de ton crâne : on voit ce maudit *tattoo*.

— Rectification : mon superbe mandala. Choisis mieux tes mots, c'est une insulte envers l'artiste de cette œuvre.

Il est maintenant concentré sur mon cou, encré depuis peu. Agacé, il se raidit. Je souris de plus belle. Je suis loin d'être con, j'ai conscience qu'il a honte de moi. Mais ça, c'est son problème, pas le mien.

Il y a un an, j'ai vrillé suite à cette soirée de rentrée qui devait s'annoncer comme la meilleure de ma vie. Encore plus quand je me suis fait virer de Yale dans la foulée. Davantage lorsque j'ai été assigné à résidence. Et pire quand j'ai dû intégrer UNH en fin d'année dernière. Moins strict, mais il n'y a que des abrutis ici. Mais j'assume mon look et j'emmerde le monde, ça a toujours été le cas, et ce n'est pas près de changer.

Il pince ses lèvres en observant les alentours. Puis il me pointe du doigt et tout bas, me lâche un misérable :

— C'est ton avant-dernière année à New Haven. L'objectif est de ne pas faire d'esclandre, comme tu en es si bien capable, sauf si tu aspires à ce que je te coupe les vivres et te raye de cette famille en te mettant à la porte.

Son air froid, menaçant, qui ne laisse pas place à la discussion, me fait marrer au fond de moi. Je soutiens son regard, plutôt deux fois qu'une. Il ne m'a jamais impressionné, ni lui ni son statut de Sénateur.

— Écoute-moi bien, majeur ou non, je ne tolérerai aucune nouvelle vague de ta part, me prévient-il. Tu te tiens à carreau, un point c'est tout ! C'est clair ?

— C'est quel genre de menace moisie, ça ? Je t'ai jamais demandé de me sauver le cul.

Lui seul a voulu s'entretenir avec Howard pour qu'il arrête de me faire chier cette année à cause de mon passif. Le voir contracter la mâchoire et prendre sur lui afin d'éviter d'envenimer la situation m'amuse encore plus. Je ramasse mon sac de sport, le mets sur mon épaule et me casse, sans un mot.

— Donne des nouvelles à ta mère de temps en temps pour la rassurer, m'ordonne-t-il, tandis que son chauffeur lui ouvre la portière de son Hummer.

Ça reste à voir. Son ex-femme n'a jamais été du genre à s'inquiéter de mon sort. Arrivé à côté du véhicule du flic, je m'immobilise pour fixer ce dernier sans m'en cacher. Il est planqué derrière sa vitre, et il continue de m'observer. Tendu, je crache à hauteur de son pneu avant de me remettre en mouvement d'une démarche nonchalante.

UNH, me voilà ! Je suis de retour et je n'ai pas fini de vous jouer de mauvais tours. Parce que je le sais, cette année, les autres vont me détester. Ça ne va pas changer ! Des rumeurs circulent sur moi, mais ils ne me connaissent pas super bien. Quoi qu'il en soit, je m'en bats les couilles royalement ! Comme ça, c'est clair, net et précis. Être le mouton noir ne me gêne pas, qu'ils me craignent m'arrange. Je vais me délecter de les voir flipper en me croisant. Ça me permet d'être peinard pour les mois à venir.

Dès l'instant que je franchis l'entrée, la fête commence. J'ai la sensation d'être dans un film où je serais le diable en personne qui, revenu des Enfers, débarque et marche au ralenti, sur un fond de guitare électrique solo. Genre le riff *War pigs* de Black Sabbath, avec le bruit des sirènes en arrière-plan. Tous s'écartent sur mon passage. Que ce soit les nouveaux qui me détaillent avec crainte, comme ce mec qui a l'air de trembler de la tête aux pieds en voyant ma tronche. Ou les anciens qui remettent ma gueule de ces trois mois vécus avec eux l'an dernier. Ils me découvrent de la même manière, la surprise en plus de me voir à nouveau ici.

Parmi eux, cette étudiante qui était en première année et que j'ai baisée le deuxième jour. Impossible de me souvenir de son prénom. Elle n'en revient tellement pas de me revoir qu'elle vient de faire tomber la clef de sa chambre sur le carrelage et me dévisage, bouche bée.

Je lâche mon sac, qui tombe à mes pieds, dans un bruit sourd qui résonne dans tout le hall, puis je tourne sur moi-même, les bras grand ouverts, en m'adressant à tous ces cons :

— Eh ouais ! Papa Torres est de retour ! Si l'un de vous a une remarque à me faire, qu'il la fasse maintenant ou se taise à jamais.

Silence. Même les secrétaires du bureau des admissions ont cessé de respirer, j'ai l'impression. Ils m'ont tous toujours redouté.

— Parfait, on est d'accord ! m'écrié-je.

Je ramasse mon paquetage et dépasse la queue pour récupérer ma clef. Celle de la piaule que j'ai occupée pendant trois mois l'an dernier. Hors de question que je patiente, j'ai assez vu leur tronche pour aujourd'hui. L'une des employées me la remet sans un mot.

— Merci. Et j'espère n'avoir aucun coloc', grogné-je.

Pourquoi elle déglutit et est soudain encore plus mal à l'aise ? N'ayant pas le temps de me poser réellement la question, je me remets en mouvement pour m'assurer moi-même qu'ils ne m'ont pas collé avec un autre étudiant. Putain, je n'ai pas envie de m'énerver d'entrée de jeu ni de faire jouer mes relations pour virer quelqu'un si jamais j'ai un coloc.

— Sayann Torres ! me lance une grosse voix.

Stoppé dans mon élan, je me retourne en soupirant : c'est Howard, le doyen de l'université. Un vieux type aigri, con comme la lune, intraitable. Le dos bien droit, il me regarde. Je le regarde. On se regarde. Et après un long silence, il reprend enfin, sur un ton plus calme :

— Dans mon bureau, s'il vous plaît.

Je souffle exagérément, mais il ne relève pas. Si je n'étais pas le fils de Richard Torres, il m'y aurait conduit sans sommation, par la peau des couilles. Howard est une plaie !

— Une petite conversation s'impose, ajoute-t-il.

Hum, pour ma part je n'ai aucune envie de blablater pendant une plombe.

— Sérieux, déjà ?

Il prend une profonde inspiration. Malgré tout, je le suis pour qu'on en finisse vite. Si mon *padre* était là, il serait fier de me voir obéir sans faire d'histoires. Les talonnettes d'Howard claquent dans le couloir.

Mon Dieu, le bruit de ses mocassins à glands ne m'avait pas manqué. Et son *desk*, encore moins. J'espère juste qu'il a toujours son *Rubik's Cube* pour que je puisse m'occuper les doigts.

CHAPITRE 3

Alexa

Mon premier repas à UNH.

Pour ce dîner au self, j'ai choisi un bol de soupe et un yaourt avec une pomme. Plus *light*, tu meurs, mais je n'ai pas très faim. Noyée dans la masse d'étudiants, je me faufile à la recherche d'une table libre. Comme elles sont toutes grandes, je vais devoir la partager avec une tripotée de monde. Pour le coup, c'est à peine dérangeant, car l'ambiance est assez spéciale ce soir. En clair, on est loin des cantines et de leur brouhaha insupportable. C'est trop calme. Tant mieux. Mais c'est étrange. Les trois quarts, pour la plupart des anciens de mon âge, affichent tous un visage déconfit. Ils semblent perdus dans leurs pensées, voire limite *matrixés* par quelque chose, mais aucune idée du motif. Peut-être à cause du doyen ? Howard Thomson a la réputation d'être très strict.

Je m'installe à une tablée, personne ne cherche à me faire la conversation. Seuls des bruits de couverts qui cliquent contre les assiettes sont perceptibles. Là aussi, je m'en sors bien. Car en plus, j'ai, par miracle, échappé à mes colocataires en prenant la poudre d'escampette avant elles pour venir ici. Et plus tôt dans la journée, j'avais raison : pas besoin de plan, tout est très bien indiqué. Par contre, c'est assez loin du dortoir et je pense investir dans une trottinette pour économiser mes petites jambes. En venant, j'ai vu qu'il y avait une boutique sur le campus qui en proposait. À réfléchir !

Pour l'instant, j'ai la cuillère en suspens au-dessus de mon bol, car le silence est brisé par la voix éraillée d'un mec mécontent au fond de la salle. Il braille pour se faire entendre. Pour autant, je suis la seule à ma table à être étonnée. Tous mangent sans y prêter attention.

— Casse-toi, j'ai dit ! tonne le type pour la seconde fois.

Curieuse, je me retourne, mais une main sur mon bras m'intime de ne pas jouer les voyeuses. Celle de ma voisine. Elle me chuchote :

— Un conseil, ne fais pas attention à lui, sauf si tu veux avoir des emmerdes.

Son regard entendu et sa mise en garde me filent des frissons. Je fronce les sourcils et me concentre sur mon dîner. Mais un énorme bruit sourd au loin me fait sursauter. Un étudiant vient d'être délogé de force de sa chaise. L'un des gars assis face à moi prend à son tour la parole en murmurant pour s'adresser à ses amis :

— On devrait peut-être avertir monsieur Thomson, nan ?

— Surtout pas, on va avoir des ennuis si jamais...

Elle se ravise et ne termine pas sa phrase.

— Maintenant, tais-toi, lâche une autre à l'attention du garçon qui voulait prévenir le doyen. Sinon Sayann va nous entendre et...

Trop tard. Des pas se rapprochent, elle laisse sa phrase en suspens. Je me suis installée en bout de table, je sens une présence à mes côtés. Un parfum boisé, mêlé à une odeur de tabac, l'accompagne. Je regarde à droite, et tombe sur une veste en cuir floqué. Mon cœur rate un battement soudain. C'est l'homme aperçu devant l'université. Ce type louche, celui que papa ne sentait pas...

— Quelqu'un a un problème ici ?

Silence radio, on pourrait entendre une mouche voler. Son timbre rauque me déstabilise presque plus que son ton froid.

— Tu parles encore dans mon dos, Lana ?

— Non, Sayann, bredouille-t-elle.

La peur est perceptible dans sa voix. Elle renifle. Elle pleure ? Mais qui est ce con qui les fait autant trembler, sans rire ? Personne ne va le faire redescendre d'un étage ? C'est du délire ! Sans prévenir, un poing tatoué s'abat sur notre table. Nos plateaux bondissent d'un bon centimètre. Waouh, OK… Je vais garder ce que je pense bien au chaud dans ma tête.

— Y'a pourtant quelqu'un qui a ouvert sa gueule à votre table ! crache-t-il.

Ladite Lana hoquette, c'est bon, elle va nous faire une crise d'angoisse.

— C'est moi, lâché-je aussitôt.

Pourquoi ? Parce que j'ai de la peine pour cette fille et j'aimerais finir de manger dans le calme. Tant pis si j'ai la trouille à cause de lui… D'habitude, je ne suis pas peureuse, et j'ai tendance à obéir à mon père et à rester loin des problèmes. Mais je déteste l'injustice, la violence gratuite et ceux qui se croient tout permis. Alors pour accompagner mes paroles, j'ose l'affronter en relevant les yeux vers lui. Avec sa belle gueule, il a tout d'un Don Juan, d'une superstar de fac. Le genre beau gosse que tout le monde s'arracherait. Ses traits sont fins, son nez - bien droit est orné d'un anneau. Sans parler de son cou recouvert de tatouages.

— Attention, la petite. Tu ne sais pas à qui tu t'adresses, là.

Pardon ? Mais quel con !

— J'en ai une vague idée.

Ils semblent tous avoir cessé de respirer, ils sont choqués que j'aie osé lui répondre. Ce n'est pas le cas du gars. Il est encore plus furieux et il inspire avec force, tout en aspirant sa lèvre inférieure. Mon cœur bat tellement fort qu'il a décidé de battre des records de vitesse. Mais je continue de l'affronter du regard. L'une de ses mèches brunes, qui affiche un reflet vert foncé, lui tombe sur le front. « Couleur scarabée », oui, c'est ça. Quoi qu'il en soit, si je m'écrase le premier jour, surtout face à ce genre de spécimen, je suis fichue. Et moi vivante, c'est hors de question !

— Si tu savais qui je suis, feule-t-il avec haine, tu ne poserais même pas les yeux sur moi. Donc un conseil : regarde ailleurs. Et à l'avenir, mêle-toi de tes affaires et ne te mets plus en travers de mon chemin.

Sans attendre de réponse, il tire sur sa veste et s'éloigne d'une démarche nonchalante. Le gros doigt d'honneur patché dans son dos est suffisamment clair. De toute façon, je ne sais quoi ajouter. Il m'a fait peur avec son charisme et ses mots. Est-ce que c'était juste une tentative pour impressionner et se faire respecter ? Pas sûr… À voir le visage déconfit des étudiants qui m'entourent, je devine que j'ai commis une bourde. Mais laquelle ? Si tous veulent se faire piétiner et vivre leur année dans l'angoisse de croiser ce mec, bah, désolée, mais ce n'est pas mon cas. Peu importe son niveau d'arrogance.

Les secondes défilent, et ma gêne grandit. Je n'aime pas attirer l'attention. Je plonge la cuillère dans mon bol et engloutis vite ma soupe.

— C'est quoi ton prénom ? me demande la fille à mes côtés.

Elle est encore flippée.

— Alexa, grogné-je. Interdiction de faire un commentaire.

Autant les prévenir tout de suite, même si personne n'a l'air de vouloir faire une blague là-dessus.

— Merci de m'avoir sauvé la peau au détriment de la tienne.

En secouant la tête, je souffle.

— C'est bon, c'est rien. OK, il peut paraître effrayant, mais ce n'est pas une raison pour se laisser faire non plus, déclaré-je en attrapant mon dessert.

— Ce que veut te dire Lana, reprend l'un de ses potes en chuchotant, c'est que tu viens de signer ton arrêt de mort, Alexa.

Foutaises.

— Il a raison, renchérit un autre. Sayann t'a dans le collimateur maintenant, et ça, ma belle, ça craint grave. Désolé, mais je ne veux pas être associé à tout ça. Le mieux, c'est que tu ailles manger ailleurs.

Me faire congédier de cette manière est une grande première. Excessif, non ? Surprise, j'arque un sourcil. Il est gonflé, lui.

— Les places sont toutes prises, et moi, je n'ai aucun problème. Maintenant, si vous n'êtes pas contents, je ne vous retiens pas.

Agacée, je mords brusquement dans mon fruit. Moins de dix secondes plus tard, ils se lèvent tous et désertent la table, me laissant seule.

Bande de nouilles apeurées !

Mais ça me convient. Au moins je peux terminer mon dîner en paix.

Il est dix-neuf heures vingt lorsque je grimpe les escaliers du dortoir pour regagner ma chambre. Sur le palier du premier étage se trouve un mec au visage qui m'est familier. Sans m'attarder sur le grand brun, je poursuis ma route.

— Salut. Alors, tu as réussi à réparer ta valise ?

Interrompue dans mon élan, je me retourne en soupirant. Il s'appuie contre le mur et croise ses bras musclés sur sa poitrine dans l'attente de ma réponse.

— Tu ne te souviens pas de moi, c'est ça ? me demande-t-il avec un sourire en coin. Je suis Tim, le nouveau, comme toi !

Si je lui dis que je l'ai reconnu, j'ai peur qu'avec ses airs de gros charmeur il en profite et ne me lâche pas les baskets. Et si je réponds par la négative... Eh bien, vu qu'il a l'air d'avoir du temps devant lui, je redoute qu'il insiste également pour me taper la causette. Sans faire de généralité, j'ai une vague idée de comment fonctionne ce genre d'étudiant à la belle gueule ; draguer tout ce qui respire. Ne sachant pas quelle position adopter, je décide de l'ignorer. Mais ma conscience me rattrape aussitôt.

Tu abuses, Alexa, il est poli alors fais-en de même.

— Je n'ai pas essayé de remettre la roulette. Et je n'ai pas besoin d'un réparateur, déclaré-je d'un air entendu.

Autant anticiper.

— Encore heureux, j'aurais été bien embêté si tu m'avais supplié de t'aider. Je suis une bille en bricolage.

Je me surprends à esquisser un léger sourire. Erreur de débutante, car il poursuit :

— Avec un peu de chance, on va avoir des cours en commun et on pourra bosser ensemble. Je suis dans le commerce.

Loin d'être timide, il accompagne ses mots d'un clin d'œil. Pas de bol pour lui, je suis en anthropologie et j'espère ne pas avoir de cours de maths en commun avec lui.

— Sauf que je préfère rester seule.

— OK. Mais n'hésite pas si un jour tu as une embrouille, je suis assez costaud pour prendre ta défense, plaisante-t-il.

À ma grande surprise, je constate que de l'avoir recalé ne lui fait ni chaud ni froid. Tant mieux, blesser les gens n'est pas mon objectif et en plus, il a l'air sympa.

— Je m'en souviendrai, mais...

— Tu n'as besoin de personne. J'ai saisi. Pas de panique, être gentil est dans ma nature, c'était juste de la politesse.

— Ah, donc si on m'agresse, c'est pas sur toi qu'il faut compter, du coup, lâché-je comme une idiote pour le taquiner.

— À plusieurs, on devrait s'en sortir, plaisante-t-il à nouveau. Je suis sociable, je vais vite me faire des potes ici. Même si ceux de Yale me manquent...

Alors que par pure curiosité je suis sur le point d'aller à la pêche aux infos concernant son renvoi, des pas interrompent cette conversation. Un groupe de filles passent entre nous, laissant derrière elles des effluves de parfum. Attiré comme un aimant, Tim les reluque. Je lève les yeux au ciel et j'en profite pour m'éclipser pour de bon.

— Bonne soirée, Don Juan.

— À toi aussi, euh... C'est quoi ton prénom ?

Quelques secondes s'écoulent avant que ma voix ne résonne dans la cage d'escalier :

— Simone.

Fière de ma bêtise, je tire la porte qui mène au couloir du second en pouffant, pendant que Tim part aux trousses des étudiantes.

En entrant dans ma chambre, je découvre les jumelles assises à leurs bureaux respectifs. Elles sont concentrées sur leur pc. Mais surtout, je remarque des affiches représentant des mecs asiatiques à la plastique de rêve et au torse luisant, placardées sur tous les murs de la pièce. Certains d'eux ont des instruments de musique. C'est assez... envahissant comme décoration, mais le plaisir des yeux est garanti.

— Alors, Alexa, ce premier repas ? me demande Trixie en jouant avec l'une de ses mèches blondes.

Comment le décrire ?

— Mémorable. D'ailleurs, à tout hasard, l'une de vous deux connaît un certain Sayann ? me renseigné-je.

J'ai envie d'en apprendre plus à son sujet. Du moins, de savoir si je suis oui ou non dans le pétrin, comme me l'ont dit mes voisins de table. Et si elles étaient concentrées sur ce qui ressemble à un montage vidéo, j'ai désormais leur pleine attention. Elles m'observent avec… peur ? Décidément !

— Qui ne connaît pas Sayann Torres ? déclare Nixie, d'un air grave.

Dans l'ignorance, je la fixe.

— Bah, moi.

— Il ne faut surtout pas qu'il te remarque ! Conseil d'amie.

— Trop tard, grimacé-je.

— Oh, la pauvre ! s'écrie Nixie en regardant sa jumelle.

— Ouais, tu es dans un caca incommensurable, ma belle. C'est une teigne quand il a un étudiant dans le nez.

Ça recommence. Je hausse les épaules.

Au pire, Tim prendra ta défense, quand il se sera fait des amis !

J'ignore ma conscience.

— Dites-m'en plus dans ce cas.

Trixie, que je pensais la plus apte à me balancer un CV complet sur lui, chuchote, nerveuse :

— Impossible. On ne veut pas être mêlées à quoi que ce soit qui concerne Sayann.

Amère, elle croise les bras et tapote ses ongles manucurés sur sa peau.

— Pourquoi ? L'une de vous a eu une relation avec lui et ça s'est mal terminé ?

— Quand il est arrivé en cours d'année dernière à UNH, j'aurais bien aimé… C'est vrai, il a tout du mec parfait, enfin, en apparence, car il a un caractère beaucoup trop fort. Mais des rumeurs courent sur lui. C'est un danger ambulant.

— C'est un ancien de Yale. Et…, hésite Nixie un ton en dessous, on pense qu'il a tué quelqu'un.

Mon sang quitte soudain mon visage. Je suis choquée par ce que je viens d'entendre. Impossible de savoir si j'ai la trouille ou non à cause de cette révélation. Trop de choses me chamboulent. Qu'il ait potentiellement commis un meurtre, qu'il ait étudié…

— À Yale ? m'étonné-je, déstabilisée. Il n'a pas du tout le profil.

— Et pourtant… Mais ne t'inquiète pas, on n'est sûres de rien sur cette histoire d'assassinat.

J'acquiesce par automatisme, puis reprends :

— Si c'était un criminel, il serait en prison.

Après tout, c'est vrai, et puis, ce ne sont que des ragots. Mais les filles affichent une grimace identique.

— Avec un père sénateur, peut-être pas. Le peu d'articles parus dans la presse l'an passé était trop vague et tout a été retiré assez vite. On sait juste que Sayann est en liberté conditionnelle et les élèves de son ancienne université racontent qu'il y a eu un truc hyper grave lors d'une soirée.

— Vous ne les avez jamais interrogés davantage ?

C'est ce que mon côté curieux aurait fait en tout cas.

— Oui et non. Tous s'accrochent à leurs études, et tu connais la bonne réputation de cette fac. Pense que leur doyen et le père de Sayann ont dû faire taire cette histoire. On a senti que les élèves là-bas étaient tenus par les coucougnettes. Personne ne veut se faire renvoyer.

C'est pas faux.

— J'espère qu'il ne t'a pas tapé dans l'œil, car Sayann est à éviter, à tout prix.

— Oh, non, zéro inquiétude à avoir. Le célibat me convient et j'ai deviné quel genre de type c'était : un connard arrogant qui se prend pour le Dieu d'UNH.

Aucune de mes colocataires ne dément. La conversation s'arrête assez vite, je n'en saurai pas plus. *Que nenni,* le mal est fait et ce n'est pas important. Mon père m'a appris à me défendre en cas d'attaque, donc je suis sereine à ce niveau. J'en profite pour me coucher, pendant qu'elles retournent à leurs activités de YouTubeuses.

En attendant, je peine tout de même à m'endormir. Pour deux raisons. La première : les filles râlent à tour de rôle sur leur montage qui n'a pas l'air de se dérouler comme elles le souhaitent. Et la seconde : mon esprit est parasité par mon altercation au self avec ce fameux con. En surfant sur mon téléphone, je constate qu'en effet, il n'y a aucun article sur lui.

Peu importe les nombreuses mises en garde de ce soir et les rumeurs, je resterai sur ma lignée. Si je suis amenée à le recroiser et qu'il affiche un comportement détestable, désolée papa, mais je ne m'écraserai pas !

CHAPITRE 4

Sayann

« *Vous ne serez plus aussi adulé, c'est terminé* ».

Sur cette belle pensée, je me réveille et cogite direct alors qu'il est à peine 7 heures du mat'. Est-ce que ça valait un entretien de trois quarts d'heure pour me dire ça ?

Franchement Howard, tu es un abruti fini d'être en boucle sur mon année à Yale !

Passer du statut du mec hypra populaire à celui du mec détesté de tous est déjà réel et bien ancré dans mon crâne, tête de loutre ! Pardon, mais il ressemble à ce pauvre animal quand il est blasé d'un étudiant. En l'occurrence, dès qu'il me croise, c'est la tronche qu'il affiche.

Je rabats le drap un peu plus haut sur mes épaules, me tourne dans le lit, et me retrouve face à l'impensable. Sacrilège, je l'avais oublié, lui ! Parce que oui, les gonzesses du bureau ont bien osé me refourguer quelqu'un. C'est un pousse au crime ! Un nouveau coloc' que je n'ai pas réussi à faire dégager, car, je cite : « Il n'y a plus de place alors il va falloir s'en accommoder, monsieur Torres. » Ce que j'en pense, c'est qu'il y a un tas de bancs dans le parc qui ne demandent qu'à trouver preneur, mais bon…

Apparemment, c'était malvenu de dire ça, et ça m'a coûté de me faire remonter les bretelles à peine deux heures après mon arrivée. Mon père qui souhaitait que je me tienne à carreau… C'est niqué !

Le chevelu au style rock, mais bien bas de plafonds assis sur son matelas et affublé d'un jean destroy, m'observe. Je l'analyse aussi, mais contrairement à lui, je me tais.

— On n'a pas eu le temps de se présenter hier, lâche-t-il.

Je l'ai esquivé, nuance. Il a de la chance, je me suis muré dans le silence alors que j'aurais pu le choper par le colback et le faire dégager aussi sec par la fenêtre de ma piaule. Comme ce connard de la veille qui s'est permis de prendre ma place au self. Oh ! C'est chez moi, ici ! Même si ça l'est depuis peu, je l'ai décrété, point ! Mais comme il n'a pas saisi que je l'ignore royal, je lui tourne le dos en remontant cette fois le drap sur ma tête. S'il m'avait connu l'année passée, il aurait su qu'il ne fallait pas m'adresser la parole. Comme cette fille de flic qui a osé la ramener au réfectoire. Mes nerfs déjà tendus se crispent davantage. Pas de bol pour elle, j'ai bien imprimé son visage, je ne l'oublierai pas.

— Au cas où, je m'appelle Remington. Comme le *leader* de Palaye Royale. Mes potes disent d'ailleurs qu'il y a un air de ressemblance entre lui et moi.

Soupir de ma part. Ce drap est loin d'insonoriser les inepties que débite ce mec.

— Après, ça me dérange pas, c'est l'un de mes groupes phares, ajoute-t-il.

J'aime beaucoup aussi leur musique, mais c'est une insulte pour le vrai rockeur : la pseudo-copie est loin d'avoir son charisme. Au niveau des cheveux, il y a peut-être un truc, du nez, également, mais c'est tout.

— Par contre, ce serait sympa de me répondre, au moins. On est voués à vivre ensemble mon gars ! Et on a le même look. On ne peut que bien s'entendre.

Quelle audace ! D'un geste vif, je bondis hors du lit. Planté en boxer devant lui, je serre les poings et il fait déjà moins le malin.

— Du calme, mec, en fait je voulais dire que… j'aime comment tu as rendu la déco de cet endroit, se reprend-il en déglutissant pour me brosser dans le sens du poil. Ton 6 rajouté au numéro de la porte, c'est cool. Pareil pour les murs peints en noir. Et sinon, dans quel *shop* t'as trouvé ce drapeau ?

Après avoir débité ça à une vitesse folle, il pointe du doigt la bâche tendue au plafond affichant un crâne ensanglanté.

— Je vais rester tranquille parce que tu me connais pas, mais tu vas très vite apprendre qui je suis.

Mes yeux sont soudain happés par le placard ouvert. Et je monte d'un cran supplémentaire en tension. Putain, bah ouais, mais si tous les éléments sont contre moi, ça va être compliqué de me retenir de le faire voler par la fenêtre, cet abruti !

— Les portes, c'est comme ta gueule, ça se ferme ! craché-je en flanquant un coup dans le battant.

Blême, il reste figé sur place. Je poursuis :

— Tu as deux règles à respecter ! La première : ne m'adresse plus jamais la parole. La seconde : vire tes affaires proches de mon lit. C'est mon espace privé, c'est limpide pour toi ?

Depuis mon assignation à résidence – qui m'a contraint à séjourner chez mon père et à ne pas côtoyer d'étudiants pendant six mois – je ne supporte plus les gens.

Sans comprendre ma réaction, il acquiesce puis s'exécute. Et je n'en ai rien à foutre de sa déception perceptible à des kilomètres à la ronde ! S'il n'est pas content, il prend son oreiller et migre dans le parc !

Agacé, j'enfile un jean, un tee-shirt, attrape des fringues propres et mon gel douche. Puis je me tire de la piaule en claquant, puissance mille, la porte. Comme d'habitude. Un jour, cette poignée me restera dans la main. Durant quelques secondes, la résonnance du bruit se répercute sous mes pieds en faisant vibrer le sol.

Dans le couloir, en me rendant à la salle de bains commune, j'entends une fille s'énerver dans sa chambre. Celle à côté de la mienne. Sans surprise, Trixie, l'une des deux locataires, en sort. Un regard sur elle, et il ne lui en faut pas plus pour retourner s'enfermer sans même oser m'affronter. C'est toujours pareil. Je suis bruyant, et ça dérange les frangines dans leurs tournages de vidéos. Mais là aussi, que ce soit bien clair, je m'en carre royal. Je reprends ma route en chantant haut et fort le titre *Too Many People* de Remington Leith, le seul et l'unique. De bon matin alors que tous les étudiants sont à peine levés, ma voix cassée brise le silence des lieux. S'ils avaient l'autorisation de me parler, ils devraient me remercier de leur servir de réveil !

En revanche, lorsque j'atteins les douches, je ne m'attendais pas à ce qu'une voix féminine, dans mon dos, m'interpelle. Une audacieuse de plus ! Surpris de me faire foirer mon délire, et en plein refrain, j'interromps mes vocalises pour écouter la malheureuse. Elle semble se plaindre.

— Ouais, toi ! Le grand, là ! T'es pas tout seul ici, hein ! Alors merci de baisser le volume.

Je me retourne, un sourcil levé. Je découvre celle qui a osé m'interpeller à l'autre bout du couloir et il ne me faut pas longtemps pour me diriger vers elle à grandes enjambées. Ne s'attendant apparemment pas à ce que ce soit moi, la fille du réfectoire, ou plutôt la suicidaire d'un instant, recule d'un pas. Je dois baisser les yeux pour les examiner, elle, et son visage qui pâlit au fil des secondes.

— Encore toi, lâché-je tout bas en plissant les paupières.

De mon regard émeraude plongé dans le sien, couleur noisette, je déverse toute la haine que j'ai envers elle. Je peux voir ses pupilles se dilater, signe qu'elle a la trouille. Pourtant, hier la petite a eu le culot de ne pas se démonter et je sens qu'elle lutte pour ouvrir la bouche et en sortir un son.

— Oui, en... encore... moi, bégaye la malheureuse en essayant de paraître sûre d'elle.

Mauvaise réponse. Peut-être que je devrais lui dire pourquoi il ne faut pas se frotter à moi, ce serait plus simple. La nana serait terrifiée une bonne fois pour toutes et j'aurais la paix. Mais son comportement de la veille, quand elle m'a toisé, porte à croire qu'elle est une fouineuse du genre à se mêler de tout sauf de son cul.

J'ai très bien reconnu que c'était Lana qui jacassait, c'est une reine en la matière. Mais moi vivant, je ne laisserai pas cette gonzesse, – qui plus est la môme d'un officier, d'un commandant ou que sais-je, – mettre son nez dans mes affaires. Déterrer les cadavres du passé serait créer un chaos sans nom et réveillerait le diable qui sommeille au plus profond de mon être. Je. Ne. Veux. Plus. Aborder. Ce. Merdier. Alors je me la ferme. Enfin... Voyant qu'elle ne dit rien, je la fous en garde une ultime fois.

— Retourne bien sagement dans ta chambre.

— J'allais me laver, bredouille-t-elle en essayant de garder la tête haute.

Déterminée, elle se remet en mouvement, prête à me dépasser pour se rendre à la salle d'eau. Ma main s'abat sur son avant-bras.

Je peux ressentir sa peur à la manière dont elle sursaute.

— Tu iras plus tard. J'aime pas me doucher avec les autres.

Rien à foutre de passer pour un connard sans nom. Je demande juste à être tranquille et qu'on m'ignore, c'est simple, non ? Stupéfaite, elle relâche le bras d'un coup sec en arrière, pour se défaire de ma prise. Je lui lance un regard noir pour la défier d'aller dans la salle de bains commune et ça suffit à lui faire tourner les talons. Je continue ma route et flanque mon pied dans la porte pour avoir accès aux cabines.

Quelques-unes sont occupées. Soulé, je lâche mes affaires sur l'un des dix lavabos et m'écrie :

— Vous avez trente secondes pour dégager le plancher !

CHAPITRE 5

Alexa

Tu n'es qu'une mauviette, ma pauvre fille !

La voix de ma conscience a raison. Je me suis démontée comme une trouillarde quand j'ai reconnu Sayann. Il a sans doute perçu la peur qu'il m'inspire et il doit être persuadé d'avoir gagné. Je suis fichue ! Et je pue ! J'ai dû tirer un trait sur la douche pour ce matin. Et ça m'énerve ! Depuis quand peut-on se permettre d'imposer aux autres autant d'autorité ? Franchement ! Pressée et bercée à la fois par le brouhaha ambiant, je continue d'arpenter les couloirs à la recherche de ma salle en bousculant par inadvertance quelques étudiants.

— Pardon.

J'ai la vague sensation d'être déjà passée par là. Bon sang, je refuse d'admettre que je me suis perdue de bon matin surtout à cause d'un mec qui m'a gonflée, me mettant dans tous mes états. Saloperie de bonhomme ! Un regard en l'air et en effet, ce panneau ne m'est pas inconnu : je l'ai croisé il y a cinq minutes. Ce groupe de sportifs aussi, qui discutent dans un coin avec leurs maillots à l'effigie de l'université. La galère, je vais être en retard ! Je fais demi-tour pour emprunter un autre couloir et j'accélère la cadence.

— Simone ! s'écrie un type au loin dans mon dos.

Salles A7 à B34 ! Eh merde, mais c'est interminable ici ! Dix fois plus grand que mon ancienne fac. Et moi, je suis… un œil sur mon emploi du temps pour vérifier le numéro et je rage contre ce pauvre chiffre 4 sans lettre devant. Punaise, mais c'est où ? Si ça se trouve, je ne suis pas dans le bon bâtiment en plus.

L'heure tourne, tu es foutue, ma vieille !

— Simone ! braille à nouveau la voix.

En même temps, on me tape sur l'épaule. Tim !

— Ah bon Dieu, tu es rapide, lâche-t-il à moitié essoufflé, et sourde ou quoi ?

Soudain, je fais le rapprochement avec le faux prénom que je lui ai fourni la veille. Cependant, j'occulte cette histoire.

— Paumée, surtout. J'ai un numéro de salle qui ne correspond à aucun de ceux-là, déploré-je en désignant les indications en hauteur.

— Montre.

Je lui tends ma feuille en trépignant d'impatience même si c'est fichu d'avance.

— Je connais bien, mon ex étudiait ici, on s'est envoyés en l'air dans un local juste à côté, un soir. C'est la porte tout au bout…

— Merci !

Je n'ai pas le temps de m'indigner. À peine ai-je récupéré le papier que je m'élance aussi vite que possible vers le fond du couloir.

— Non, au bout de l'autre annexe, Simone ! Extérieur, tout à gauche.

Dépitée, je prends un léger moment pour souffler.

— C'est encore possible d'arriver à temps. Allez, fonce ! m'encourage-t-il.

Je m'exécute telle une fusée et par je ne sais quel miracle, je franchis la bonne porte une minute avant l'heure. En sueur, mais j'ai réussi ! Afin d'épargner à la classe mon odeur corporelle acide, je m'installe à la dernière rangée, contre la fenêtre, en priant pour qu'aucun élève ne se ramène par ici. La pièce se remplit petit à petit, je les ignore tous. Je suis là pour travailler et non pour me faire des amis. Qui plus est, ils doivent déjà tous se connaître.

Le prof, Smith, un trentenaire à la longue tignasse brune et crépue, entre juste après une retardataire. Il referme la porte puis prend possession de son bureau. Nous sortons tous nos affaires et après la présentation du programme de cette année, commençons le cours de mathématiques. Les minutes s'égrènent, je note, surligne le plus important tout en passant les doigts dans mes cheveux châtains lâchés, quand mon regard est attiré par l'extérieur.

Un élève, un sac à dos à la main, traverse le parc en direction du bâtiment d'en face. Sayann. Il est tout seul et à l'inverse de moi il y a une demi-heure, il n'a l'air ni pressé ni en stress. Je me demande bien ce qu'il étudie, ici. Quoique, à la rigueur, je m'en fiche pas mal. Seulement, son comportement jusqu'à maintenant et cette rumeur me paraissent assez intrigantes. Soudain, il s'arrête de marcher. Toujours focalisée sur lui, je suis surprise lorsque, sans crier gare, il tourne la tête vers ma salle. Bien que quelques mètres et une grande fenêtre nous séparent, j'ai un mouvement de recul, faisant crisser ma chaise, puis je reporte mon attention sur le prof devant le tableau.

— Un problème, mademoiselle… me demande-t-il.

— Bell, terminé-je pour lui. Non, je réfléchissais.

Peu convaincu par ma réponse, il grimace et se remet à écrire. J'en fais autant en remplissant une page de ce qui me semble essentiel. Mais je ne peux pas résister à la tentation de jeter un coup d'œil dehors à nouveau, avec discrétion cette fois. Sayann a disparu. Il s'est comme volatilisé. Je secoue la tête pour débarrasser mon esprit de ce prénom et de l'image de ce type suffisant qui me file la chair de poule. Moins de dix minutes plus tard, on frappe à la porte. Concentrée sur mes notes, je ne prête pas attention à la personne qui entre.

— Je ne vous attendais plus, monsieur Torres, soupire Smith.

Torres... D'instinct, je relève la tête. Sayann, dont le visage est toujours aussi mauvais, s'avance vers le fond de la salle. Mon cœur s'accélère à mesure que le grand brun à l'allure de rockeur se rapproche de moi. *Toudoum*. Ceci n'est pas l'intro de *Netflix*, mais bien la forte pulsation de mon palpitant dans ma poitrine.

Pas de panique, Alexa, il ne va pas te zigouiller devant une quarantaine de personnes parce que tu l'as maté en catimini, tout de même !

S'il n'y avait que ça, mais entre hier et aujourd'hui, j'ai déjà beaucoup trop croisé sa route. Je me suis même carrément mise en travers de son chemin et ce n'est pas bon signe pour ma pomme. Surtout si on suit les mêmes cours ! L'enfer ! En plus, je suis toute seule à cette table et il faut qu'il tire la chaise pile à côté de la mienne pour s'y affaler. Pourquoi, bon sang ? Ça cache un truc, alors je ne suis pas sereine pour un sou. Ne comptant pas me faire remarquer davantage, déjà honteuse qu'il m'ait surprise en train de le reluquer à travers la vitre, je braque mon regard sur le tableau, comme si je n'avais pas remarqué sa présence.

Il abat son sac sur la table. Il pose son coude dessus et, la tête appuyée contre la paume de la main, tourné dans ma direction, il me fixe sans scrupule. Tous mes muscles se crispent et mes doigts se resserrent avec force autour de mon crayon.

— Je suis devenu subitement invisible à tes yeux ? me demande-t-il de sa voix rauque. Bizarre.

Putain, je n'aurais jamais dû lui accorder la moindre attention. L'intro de la célèbre plateforme audiovisuelle tambourine dans mon thorax. Je ne peux plus l'esquiver. Avec prudence, j'ose un regard. Ses prunelles me brûlent les rétines alors je me concentre de nouveau sur Smith.

Ton point fort est de te rebeller d'habitude, alors vas-y, mauviette !

Au lieu de ça, je rassemble mes affaires et choisis de me lever pour changer de place.

— Mademoiselle Bell, si tout le monde fait comme vous, cela va être compliqué pour moi de donner un cours dans le calme, déclare Smith en fronçant ses larges sourcils. Retournez à votre table, s'il vous plaît.

La poisse ! Et passer inaperçue est encore râpé. Tous les regards convergent dans ma direction, y compris celui de ma bête noire qui frotte son menton en plissant les paupières, comme s'il m'analysait.

Suis-je sa prochaine victime ?

À cette horrible pensée, les gouttes de sueur perlent dans mon dos. Penaude, je regagne ma chaise.

— Je t'ai posé une question, insiste Sayann plus fort et sur un ton mauvais. Qui nécessite donc une réponse. N'oublie pas qu'on suit les mêmes cours et, cerise sur le gâteau, je crois qu'on est voisins de chambre. Conclusion, je peux faire de ton année un véritable cauchemar.

Alors que je me liquéfie après cette menace, Smith se tourne une fois de plus vers moi et perd son calme.

— Dites, au fond, vous désirez finir l'heure dans le bureau du doyen ?

Pitié, surtout pas ! Encore moins avec Sayann, je veux juste qu'il me lâche la grappe. Car à cet instant, je comprends pourquoi il est redouté de tous : il est vraiment flippant !

— Moi ça me dérange pas. Et toi, Bell ?

Entendre mon nom dans la bouche de ce type, et d'un ton provocateur, me fait déglutir avec toute la peine du monde. Je fais semblant de l'ignorer pour m'adresser au professeur.

— Non, monsieur.

Puis, après avoir pris du courage je ne sais où, je me tourne vers mon pire ennemi. Je remarque un tatouage sur tout un côté de son crâne que je n'avais pas vu jusqu'à maintenant. Je surmonte la subite douleur que cette vision provoque au fond de moi et tente le tout pour le tout avec discrétion :

— Oublie-moi. Merci.

— Trop tard, la nouvelle, tu l'as cherché.

Cette fois, c'est lui qui attrape son sac. Il se lève, s'évente le visage en grimaçant et ajoute :

— Tu devrais songer à te laver le matin. À bientôt, Bell.

Et il quitte la salle, me laissant médusée.

CHAPITRE 6

Alexa

Une semaine d'indépendance et j'ai encore du mal à me faire à cette université. Durant les sept jours d'intégration, j'ai envoyé bouler une vingtaine d'étudiants qui voulaient soit copiner soit me recruter pour leur groupe d'activité extrascolaire. Ce serait un plus pour mon futur CV, mais ça implique aussi de passer du temps avec les autres. Donc de finir par tisser des affinités. Et d'être déçue par la suite. Pas d'amis : pas de risque de désillusion.

Alors, pendant que tous les autres s'adonnent à leur sport favori ou vont au club de théâtre, je continue de faire marche seule, de me balader sur le campus, les écouteurs vissés dans les oreilles pour décompresser des cours. Tous les autres, sauf les jumelles bien trop accaparées par leur chaîne YouTube.

Il est dix-huit heures lorsque j'entre dans la chambre. Trixie est en plein tournage. Nixie est aux abonnés absents. D'après le planning affiché au dos de la porte et dont elles m'ont obligé à prendre connaissance, elles ne tournent jamais en même temps. Trixie, c'est avant le dîner, et sa sœur, après… de vingt-deux heures à minuit trente.

— Les filles, croyez-moi, ce mascara est une révolution !

Pendant que Trixie présente son maquillage sous tous les angles à la caméra, je passe derrière elle pour me jeter sur mon lit. Encore une journée pourrie. En fin de compte, ça aurait pu être pire, car je n'ai pas croisé Sayann. Je dois me raccrocher aux petits bonheurs de la vie. Je suis toujours vivante.

L'éviter est devenu mon objectif principal et pour le moment, ça fonctionne. Nous n'avons pas tous les cours en commun. D'après les bruits de couloir, il est en sciences économiques et sociales, alors dans mon malheur, c'est déjà un avantage considérable. Quand on a cours ensemble, je me mets maintenant systématiquement au premier rang. Lui, au fond, donc c'est parfait. Et ma douche, je la prends le soir, au moins je suis certaine de ne pas tomber sur lui.

— Laissez-moi vous présenter ma nouvelle colocataire ! Alexa !

Au son de mon prénom, je me redresse à la vitesse de l'éclair et lui fais de grands gestes pour contester.

— Bon, désolée, elle est timide.

N'importe quoi.

— Elle n'a pas envie, surtout ! grogné-je, bien fort.

De ce fait, je préfère quitter la pièce. Alors je me relève et pars faire un tour sur le campus.

Mes pas m'entraînent dans la petite zone commerciale où quelques boutiques me font de l'œil, comme celle qui propose des trottinettes. Le choix n'est pas énorme, loin de là, il n'y en a que deux. Mécanique ou électrique. La vendeuse vient vers moi et m'expose les caractéristiques de chaque engin. Le magasin n'est pas climatisé, j'attends qu'elle finisse son *speech* en éventant mon visage.

— Vous préférez louer ou acheter ?

Un œil sur les prix qui me paraissent corrects et mon choix est vite fait.

— Acheter. Et je vais prendre l'électrique.

— Vous ne le regretterez pas, elle a une super autonomie.

— Génial. Je pourrais la garer à l'entrée du dortoir sans avoir à me la traîner dans les escaliers pour la recharger.

— Je vais vous montrer comment on la plie. Nous avons aussi des accessoires pour…

Impatiente de sortir tellement il fait une chaleur à crever, je la lui prends gentiment des mains.

— Je saurais me débrouiller, merci.

Elle me sourit.

— Je n'en doute pas, mais si j'ai un dernier conseil à vous donner, ce serait de prendre un kit déco pour vous démarquer. Ils sont juste là.

Je suis son index du regard. Une quantité impressionnante de stickers recouvre tout un rayon. Elle n'a pas tort, je devrais en acheter pour la customiser. Mais si tout le monde se fournit ici, pour retrouver la mienne quand elle sera stationnée devant l'université, ce sera coton…

— Quels sont ceux que vous n'arrivez pas à écouler ?

Surprise, elle fronce les sourcils.

— D'habitude, les jeunes s'arrachent les plus tendance, je…

— Moi, j'en veux des biens kitch, les plus moches que vous ayez. Les invendus.

— Euh, je dois dire que les flammes rose bonbon et cette tortue à lunettes ne rencontrent pas beaucoup de succès, voire pas du tout, lâche-t-elle, gênée.

C'est compréhensible, ils sont juste affreux.

— Nickel, je prends les deux sachets.

— Super alors, vous allez faire des jaloux !

Je grimace avant d'éclater de rire.

— On sait toutes les deux qu'ils sont hideux, mais ça me convient. Ce sera une bonne astuce pour la reconnaître.

Même si, pour le moment, je n'en ai pas croisé des masses. Et plutôt des locations de couleur différente. La mienne, pour l'instant, est noire. Je ne tarde pas à régler ma note avant de ressortir avec mon gros carton sous le bras, pressée d'aller la customiser. C'est sur le premier banc en face du magasin que je m'arrête, après avoir galéré. La bête pèse son poids et j'espère qu'elle est chargée un minimum. Je ne me vois pas la porter jusqu'à ma chambre... Ça va être compliqué de gravir les deux étages pour la brancher le soir. Enfin, j'aviserai, et d'après la vendeuse, je n'aurai pas à le faire tous les jours. L'autonomie est assez conséquente pour tenir plusieurs allers-retours.

Telle une enfant à Noël, je déchire l'emballage. Après avoir récupéré le chargeur, le porte-gobelet et le support du téléphone, je dépose le carton près de la poubelle la plus proche et déplie mon engin avant d'actionner le bouton. Bon point, il s'allume. La batterie n'est pas chargée à fond, mais ça devrait me laisser de quoi rentrer.

Je range les accessoires dans mon sac et en avant ! C'est sur le trajet du dortoir que je la teste. Je la customiserai à la maison. Et je dois dire que le résultat est assez conforme à mes attentes. Les freins sont top ! Seul regret, la trottinette n'avance pas assez vite à mon goût, j'ai l'impression de me traîner. Mais bon, ça fait le job. En voyant une pâtisserie sur ma route, je m'y arrête pour prendre un muffin à la myrtille. C'est mon péché mignon. Puis je poursuis mon chemin en le dégustant. Il est délicieux !

Cinq mètres plus loin, la double-porte du dortoir est ouverte. Je la franchis sans descendre de ma trottinette et m'arrête aux pieds de l'escalier. J'actionne la béquille, on est bon. Euh... pas tout à fait. Un coup d'œil sur le cadran et je remarque qu'il ne reste plus qu'une barre de batterie. Faute de prise dans le hall, je n'ai pas le choix. Il faut la porter, si je ne veux pas me retrouver le bec dans l'eau demain.

Après plusieurs pauses au beau milieu des marches – ce qui me vaut de me faire huer par des étudiants pour blocage de passage intempestif – j'atteins enfin ma chambre, essoufflée. Et par miracle, je suis seule. Je me presse de la brancher et arrache presque les stickers de leur sachet pour les coller sur mon bolide. Le résultat ? C'est moche, comme il fallait s'y attendre. Personne n'aurait envie d'avoir une déco pareille. Au moins, je suis sûre de ne pas me la faire voler.

***

Une heure de conversation téléphonique avec mes parents juste avant le coucher, le soir même de mon investissement. Rien que ça. Une flopée de recommandations, de mises en garde à propos de mon nouveau véhicule. Je ne suis plus une enfant, je connais les risques avec cet engin. Et je suis loin d'être une cascadeuse ! Je ne vais pas sauter des trottoirs avec, ni voler au-dessus du moindre obstacle qui pourrait se dresser sur mon chemin. Je reste prudente et vu sa vitesse, ça limite franchement les accidents.

Pour la seconde fois depuis que je l'ai, je la gare devant le bâtiment où deux heures de sociologie m'attendent.

— Simone ! m'interpelle Tim lorsque j'emprunte le couloir de ma salle.

Spontanément, je me retourne. Je crois que je commence à m'habituer à ce prénom.

— J'ai besoin de ton aide.

Un sourcil levé, je le toise.

— C'est une tentative d'approche ? Si oui, elle est minable, dis-je sans retenue.

J'ai très peu d'heures de sommeil à mon actif ce matin, il ne faut pas m'en vouloir d'être un poil plus aigrie que d'habitude. La faute à

Nixie et son ASMR. Elle a fait son *live* sur TikTok et à force de l'entendre tapoter sur son carnet pour endormir ses abonnés, j'ai fait une fixette dessus. Pour ma part, ça a eu l'effet inverse. J'ai juste eu envie de le lui flanquer sur la tête.

— N'importe quoi ! me contredit-il, sérieux. Je me suis planté dans mon emploi du temps et je dois aller à l'autre bout du campus. Comme je t'ai aperçue sur un super bolide tout à l'heure, j'ai pensé que je pourrais te l'emprunter pour m'éviter un retard… Je te le rendrais à midi.

— Hors de question ! J'ai horreur de prêter mes affaires, et puis on n'est pas amis.

Il lève les yeux au ciel.

— OK…

Sans insister, il fait quelques pas l'air pressé, mais s'arrête net, comme s'il avait aperçu un fantôme. Et la personne sur qui son attention s'est focalisée n'est autre que Sayann, à quelques mètres. Il ne nous a pas vus, il fouille dans son sac à dos. Je me rapproche de Tim.

— J'en déduis que tu connais ce mec et qu'à toi aussi, il fout la trouille, comme à tout le monde.

Mais il nie d'un mouvement de la tête.

— Tu ne vas pas me la faire, à moi ! Si mes souvenirs sont bons, vous avez étudié tous les deux dans la même…

Je n'ai pas le temps de finir ma phrase que Tim fonce à grandes enjambées vers Sayann. Sans savoir pourquoi, je le suis de près. Et là, tout s'enchaîne très vite.

— Qu'est-ce que tu fous ici, fils de pute ? s'écrie Tim.

Une telle violence dans le ton et les propos me sidère. De plus, j'avais raison, ils se connaissent. Au vu de sa surprise, Sayann ne s'attendait pas du tout à tomber sur lui. Il nous toise quelques secondes l'un après l'autre, avec toute la haine dont il est capable. Je n'y suis pour rien ! Alors pourquoi je reste plantée là ? Sans doute parce que ses yeux perçants me tétanisent.

— Va-t'en, Simone, c'est mieux ! m'ordonne Tim.

Mais en un geste si rapide qu'il me fait sursauter, Sayann le chope par le col et le plaque avec force contre le mur. Ma main sur la bouche, j'étouffe un cri de stupeur.

— Je pourrais te retourner la question, Stone ! crache-t-il en prenant son cou en tenaille. Continue de m'insulter, vas-y ! À moins que tu commences à manquer d'air ?

Par je ne sais quel miracle, Tim réussit à se libérer de l'emprise de son bourreau. Il assène à Sayann un coup à la mâchoire. Je ferme les yeux un instant. Une violente bagarre éclate, des étudiants terrifiés prennent la fuite en criant et d'autres, plus curieux, se rapprochent. Sayann envoie Tim voler dans le bac à plantes. Puis, en essuyant le sang autour de sa bouche, il arrache le portable d'une élève qui s'apprêtait à filmer la scène. Il le balance avec une puissance sans nom contre la machine à café. Le téléphone finit en morceaux, le silence se fait soudain dans le couloir. Tim se relève difficilement, pointe du doigt Sayann et s'adresse à tout le monde :

— Cet enculé est un putain de psychopathe ! Il est capable du pire. Tirez-vous de là, et ne croisez plus sa route si vous ne voulez pas mourir !

Je sens une coulée de sueur froide dans mon dos. Comme les autres témoins, je suis flippée et figée sur place. La rumeur est donc fondée. D'autant que Sayann ne dément pas. Bien au contraire. Son expression démoniaque me donne encore plus la trouille. Il rétorque de sa voix rauque :

— Écoutez-le. Ce bâtard a raison ! Et le premier qui me balance, je le tabasse jusqu'à ce que mort s'ensuive.

Mon cœur bat si fort que j’ai la sensation d’être au bord de la crise cardiaque. Surtout que Sayann braque désormais son attention sur une seule et unique personne : moi. Et il ne manque pas de me gratifier d’un regard lourd de sens avant de tourner les talons, intrépide.

CHAPITRE 7

Sayann

— Je m'inquiète pour vous, monsieur Torres.

Vautré sur la chaise face au bureau d'Howard et bercé par le tic-tac de l'horloge, je continue de le fixer avec mépris tout en jouant avec son *Rubik's Cube*. Dans son costume usé à carreaux kaki, il soupire puis se penche pour me l'arracher des mains.

— Vous m'écoutez ? poursuit-il en posant mon casse-tête à côté de la photo de sa femme.

— Je vais très bien. Vos convocations sont une perte de temps, rétorqué-je en me frottant le menton.

Mauvaise idée, c'est douloureux et je grimace.

— J'aimerais m'en passer, mais j'ai moi aussi des comptes à rendre à votre tuteur. Lorsque je vous croise, vous êtes toujours seul et j'ai eu écho également par vos professeurs de retards répétés. Sans compter que vous ne vous investissez dans aucune de nos activités. Pour votre dossier…

— Il est déjà merdique. J'ai plus aucun avenir, je le sais.

— Et votre hématome sur la joue, vous l'expliquez comment ?

— Bah, mon coloc' laisse tout ouvert et je me suis pris une porte, répliqué-je en me fichant ouvertement de lui.

Il secoue la tête.

— Combien de fois vous allez encore me faire venir ici ? À moins que quelqu'un vous ait rapporté quelque chose à mon sujet ? demandé-je, suspicieux.

Si on a osé balancer mon altercation d'avant-hier avec ce connard de Stone, ça va changer la donne, je vais être beaucoup moins conciliant. Car il va me falloir à tout prix un nom. Je détalerai en quatrième vitesse et réduirai le mouchard à néant. Ça fait deux nuits que je ne dors pas. Savoir mon ancien meilleur ami ici fait remonter tous les mauvais souvenirs. Et qu'il ait copiné avec cette nana, ça me stresse encore plus. Il va falloir que je règle ça.

— Pourquoi ? demande-t-il, intrigué. On aurait dû ?

Bon, tout va bien, Howard ne sait rien.

— Nan. Sans déconner, on tourne en rond. Vous n'avez pas autre chose à foutre de vos journées que de vous attarder sur mon cas ?

Prenant sur lui, il se raidit et croise ses doigts sur le bureau.

— Le bien-être de mes étudiants est ma priorité et comme je l'ai dit, j'ai des comptes à rendre vous concernant.

— C'est plutôt une question de réputation. Avouez-le, on gagnera du temps.

Quand je vois la manière dont il inspecte mon jean élimé et mon vieux tee-shirt du groupe Nirvana à moitié déteint, je sais que j'ai vu juste. Je dérange. Je passe la main dans mes cheveux pour les ramener en arrière, je reprends :

— Vous avez la haine, Howard. Vous ne pouvez pas me renvoyer, puisque je suis un fils de. Sans motif valable, mon père s'en mêlerait et ça ne serait pas bon pour vous. Mais pas de panique, j'ai la connerie facile, je ne devrais pas faire toute l'année dans votre trou.

— Monsieur Thomson, me corrige-t-il en serrant les dents. Comment s'est passé votre dernier rendez-vous avec la justice ? C'était quand ?

Juste avant la rentrée, et très mal. J'ai failli retourner tout le bureau de Jackson après qu'il m'a traité comme une merde. Si mon père n'avait pas été là, je serais sans doute derrière les barreaux à l'heure qu'il est. Un sourire en coin se dessine sur mon visage.

— Si papa ne vous a rien dit à ce propos, je n'ai aucune raison de le faire.

Fermer ma gueule est un truc qu'il m'a appris. J'ai souvent du mal à l'appliquer, mais jamais quand il est question de sauver mon cul. Je conclus par un clin d'œil. Sans sommation, il frappe du poing sur la table et perd son sang-froid.

— J'essaye d'être patient, monsieur Torres, mais vous me compliquez la tâche !

Alors que je mime un violon, sa main s'abat encore sur le bois avec force.

— Conservez cette arrogance, et vous allez le regretter !

Second sourire pour moi. Et bien appuyé.

— Ah ouais, et comment ? En me faisant effectuer des travaux pour UNH ? C'est pas un problème, je l'ai fait pour la ville pendant six mois, ça fera passer le temps.

— Vous êtes toujours sous bracelet électronique ? demande-t-il, perplexe, en fouillant en même temps dans mon dossier pour vérifier.

L'abruti… En plus, il a la mémoire courte. Je l'ai été, mais j'en suis débarrassé. Seules les convocations mensuelles avec mon agent de probation me relient encore à la justice.

Merci, papa.

— Je ne sais pas ce que je suis, mais vous, vous n'êtes pas très…

— Attention, Torres ! s'écrie-t-il en bondissant de son fauteuil.

Nonchalant, je lève les bras en signe de soumission.

— J'allais juste dire que vous n'arriverez jamais à me tirer les vers du nez sur les détails de mon passé. J'ai eu droit aux mêmes discours en fin d'année dernière environ quoi… une fois par semaine, dans ce bureau ? Donc ça sert à rien de tenter à nouveau de décoder davantage. Vous savez ce que vous avez à savoir. J'ai fauté, j'ai payé, alors laissez-moi en paix. Le reste ne vous regarde pas.

— Certes, mais pour la sécurité des autres étudiants…

— Fallait y réfléchir avant. Quel dommage d'avoir accepté mon dossier devant l'insistance de mon père. Désolé pour vous, Howard, mais je suis incapable de vous promettre que je ne ferai pas un second carnage.

Encore un clin d'œil et je me lève à mon tour avant de poursuivre :

— J'avais prévenu. Si personne ne se met en travers de mon chemin, je resterai tranquille. Manque de bol, certains ont voulu jouer les têtes brûlées. Et ce n'est certainement pas moi qui vais y perdre des plumes.

Choqué par mes paroles, il écarquille les yeux et reste bouche bée.

— Donnez-moi les noms et on va arranger ça.

— Je préfère m'en occuper moi-même, fais-je en faisant craquer mes phalanges.

Livide, il se liquéfie au fil de la discussion.

— Torres… Si jamais…, bégaie-t-il, vous méritez la prison avec obligation de soin !

— Sans aucun doute possible, rétorqué-je avec un calme qui le déconcerte. Mais comme ce n'est pas prévu, il va falloir s'en accommoder. Et puis voyez le bon côté, si je pète un câble comme à Yale, vous n'aurez plus à me supporter. En attendant, y a pas de malaise. J'assiste aux cours, la réputation de cet établissement est encore satisfaisante, donc continuez de prendre sur vous, Howard.

On frappe à la porte, il répond d'un ton tonitruant :

— Entrez !

La pauvre secrétaire s'exécute, gênée par cet accueil glacial. Avant même qu'ils échangent un mot de plus, je m'adresse au doyen une dernière fois, non sans politesse.

— Avons-nous terminé cet entretien, monsieur Thomson ?

Son regard pourrait me tuer sur place.

— Oui, du balai ! lâche-t-il, exaspéré et dépité, en agitant ses bras dans tous les sens. Mais je vous ai à l'œil, Torres.

Lui tendre mon majeur me démange, néanmoins, je m'abstiens.

— Bon courage, mademoiselle, glissé-je tout bas à la nana de l'accueil, il est un peu chafouin aujourd'hui.

Puis je me casse sans faire plus de vagues. Les mains dans les poches de mon jean, je regagne le parc où je m'allonge sur l'herbe, dans un coin où il n'y a personne. J'ai besoin de repos.

Vous méritez la prison avec obligation de soin !

Cette maudite phrase d'Howard parasite mon esprit. S'il savait à quel point je l'emmerde ! Mais des *flash-back* de cette soirée de rentrée à Yale refont surface. Ma respiration s'accélère et mon cœur s'emballe. Une crise d'angoisse est sur le point de me submerger. Je me redresse, me prends la tête entre les mains et me balance d'avant en arrière. Il a raison. Ils ont tous raison. Je suis dingue !

— Putain ! m'écrié-je en agrippant mes cheveux.

Me sentant observé, je relève la tête, mes mèches en bataille. Une poignée d'étudiants au loin s'est arrêtée de marcher sans doute interpellée par mon cri.

— Pourquoi tu me regardes comme ça, toi, connard ? invectivé-je l'un d'entre eux.

Sans insister, il détourne son regard et se tire.

— Excellent choix, p'tite bite !

Fallait pas s'attarder sur moi. Comme on peut être peinard nulle part, je me lève et, d'un pas décidé, je me rends jusqu'au dortoir pour m'enfermer dans ma piaule. Nerveux, j'atteins en moins de trois minutes le hall du bâtiment A. Une trottinette sur sa béquille trône en bas des marches, pile sur mon passage. Je lui donne un coup de pied rageur pour la dégager de là. Fallait la garer ailleurs ! En plus, sa déco est à chier ! J'avale les deux étages et mets la clef dans la serrure avant de pousser la porte.

— Salut, mec.

Sans relever le nez sur mon coloc', je prends mon visage à deux mains. Sans blague, l'univers m'en veut, aujourd'hui !

Du calme, Sayann...

— Laisse-moi seul, sinon je fais un carnage, lui ordonné-je d'un ton ferme. Pars et reviens dans une heure ou deux.

J'avance dans la pièce en ignorant Remington.

— C'est au moins la cinquième fois que tu me demandes la même chose depuis la rentrée, soupire-t-il. Je vis ici et...

Je me mords la lèvre et m'approche de lui. Il est assis à son bureau. Ne cherchez pas le mien dans ce bordel, j'en ai pas.

— Et je te le demande encore avec douceur, Remington, rétorqué-je, les nerfs à vif. C'est soit tu te casses le temps que je redescende en pression, soit...

Il rassemble ses affaires.

— OK. Mais si tu as des problèmes, mon gars...

— J'ai des tas d'emmerdes et c'est pas un psy qui...

— Je voulais dire que tu pouvais m'en parler pour te soulager. Juste ça, déclare-t-il sur ses gardes. Entre passionnés de musique rock...

Je lâche un cri moqueur et je le coupe dans ses âneries. Personne ne peut m'aider et encore moins cette pâle copie moisie de Leith. Je me suis mis dans la merde tout seul, mais j'assume, peu importe si c'est dur au quotidien.

D'un signe de tête, je lui montre la sortie. Mon regard noir accompagne mon geste. Je me jette sur mon lit. Mon colocataire s'évapore rapidement... Sans fermer la porte derrière lui...

Je suis entouré de bras cassés bien décidés à m'en faire baver encore plus que j'en chie déjà.

L'oreiller étouffe mon cri guttural.

CHAPITRE 8

Alexa

Une boîte de macaronis au cheddar fumant à la main, j'arpente le parc à la recherche d'un coin tranquille. J'ai décidé de manger en extérieur. Il fait beau et très chaud et n'ayant qu'une petite demi-heure pour déjeuner avant mon troisième cours de la journée, je n'ai eu d'autre choix que de me diriger vers l'un des nombreux *food-truck* du campus pour gagner du temps. Celui où il y avait le moins d'attente. Des étudiants dévorent leur repas ici et là sur la pelouse, mais bizarrement je dévie ma trajectoire pour aller à la rencontre de Tim. Il est seul à une table de pique-nique et il croque dans un sandwich.

En arrivant à sa hauteur, je découvre les hématomes sur son visage laissés par Sayann il y a plusieurs jours. Jusqu'à présent, je ne l'avais pas revu.

— Je peux m'assoir ? demandé-je.

Surpris de ma soudaine sociabilité, il lève un sourcil.

— Qu'est-ce qui t'arrive, Simone ?

Ne le sachant pas trop moi-même, je hausse les épaules.

— Rien. Je viens prendre de tes nouvelles après ta violente altercation avec Torres.

— C'est gentil, ça. Je vais bien, merci. Mais je t'en prie, déclare-t-il en me montrant la place devant lui.

J'y dépose mon sac, ma boîte en carton et m'assieds sur le banc.

— Tu m'as étonné l'autre jour. C'est rare que quelqu'un se frotte de cette façon à Sayann.

Il jette son pain dans son emballage tout en soupirant.

— Y a certaines personnes qu'on a du mal à encadrer, poursuit-il plein de haine, et c'est souvent compliqué de se retenir quand on les a devant soi. Si j'avais su qu'il avait atterri dans cette fac, j'en aurais choisi une autre.

— C'est quoi le problème entre vous ? Et pourquoi tu as quitté Yale ? osé-je, curieuse.

C'est mon défaut. Se méfiant de mon interrogatoire, il m'analyse du regard, hésitant.

— Tu crois parfois connaître les gens, tu fais d'eux tes meilleurs potes, et un… déglutit-il avec difficulté, un évènement vient tout remettre en question. Et pour ce qui est d'avoir arrêté mes études là-bas, je ne me suis pas fait foutre à la porte comme ce connard. Juste plus assez d'argent et perdu ma bourse, donc impossible de prétendre faire une année supplémentaire.

Que s'est-il passé, bon sang ? Ça me démange d'en savoir plus.

— Je suis désolée pour toi. Mais ça veut dire que, à propos de la rumeur…, tenté-je en piquant ma fourchette dans les pâtes, elle est vraiment fondée ?

— Comment ça ? s'étonne-t-il comme s'il ne savait rien.

— La rumeur court que Sayann serait un danger ambulant, voire un meurtrier.

— Écoute, je ne garde pas de super bons souvenirs de mes derniers moments à Yale, je fais d'ailleurs tout pour les effacer. Tu m'as l'air sympa, Simone, alors si tu veux aller manger une glace et parler de tout et de rien jusqu'au bout de la nuit, je suis ton homme. Mais si tu es là juste pour aborder le sujet « Torres », je te le dis tout de suite, on arrête. Même si j'en ai pas envie, précise-t-il, avec un léger sourire pour adoucir ses paroles.

Copiner ? Non. Mais je commence à apprécier Tim pour sa franchise, son aide lors de la rentrée et sa gentillesse envers moi.

— Moi aussi je le déteste, tu sais.

— Tant mieux. Il ne mérite pas qu'on s'intéresse à lui. Pour ta sécurité, il est même vital que tu ne t'en approches pas.

Si Tim, qui connaît la bête, le dit, c'est que ça craint vraiment.

— OK, mais ça fout la trouille quand même tous ces mystères qui planent au-dessus de ce mec, avoué-je.

— Ce ne sont pas des mystères. Torres est dangereux. Point. Et chercher à en savoir plus, à traîner dans son sillage, ce serait...

— Signer mon arrêt de mort, terminé-je à sa place. Mes coloc' m'ont déjà avertie.

Soudain, il se détend.

— Parle-moi d'elles. Célibataires ? Mignonnes ?

Je lève les yeux au ciel.

— Bah quoi ? Est-ce que tu veux de moi, Simone ?

— Non ! Tu es cool, mais ça s'arrête là.

— Bon, eh bien, voilà. On est potes, donc tu peux me présenter tes amies, s'esclaffe-t-il plus léger que tout à l'heure.

— Tu rêves ! *Primo*, j'en ai pas. *Deuxio*, tu me sembles assez malin pour réussir à te dégoter une fille tout seul et *tertio*, mon cours débute dans deux minutes, je vais être en retard, énuméré-je en me levant. Mais si la proposition d'aller manger un truc, en tout bien tout honneur, j'entends, tient toujours, ce sera avec plaisir.

— Super ! C'est noté. On se croise souvent et je connais ton numéro de dortoir. D'ailleurs, le mien, c'est le bâtiment D. Si un jour tu as besoin de quoi que ce soit, tu me trouveras à la chambre 424.

— Et moi, c'est la 68, l'informé-je.

— Cool. On se voit donc plus tard pour un granité.

J'acquiesce en jetant mes déchets dans la poubelle puis je le salue d'un signe de tête avant de disparaître.

Les heures de cours défilent et je remercie le ciel de ne pas les avoir en commun avec l'ennemi public numéro un. Lorsque je rentre chez moi, il est déjà vingt heures passées. Seule dans ma chambre, je marche sur quelque chose. Je décolle de ma semelle une enveloppe sur laquelle je lis, écrit dans une superbe écriture en italique, le prénom « Simone ». Je l'ouvre pour en tirer un vulgaire bout de papier, déchiré dans un cahier, qui contraste avec le soin apporté à son contenant.

« Rendez-vous à 23H du côté de la fontaine. T. »

Tim paraît pressé d'aller déguster cette glace. Ceci dit, vu la chaleur écrasante de ce soir, ce n'est pas de refus. Et puis ça me laisse le temps de faire mes devoirs et prendre ma douche, donc c'est d'accord.

***

J'aurais dû prendre ma trottinette. Fatiguée par ma journée, je ne m'attendais pas à devoir marcher autant pour me rendre à la fontaine. Une gourmandise, ça se mérite.

Courage, Alexa, tu es bientôt arrivée.

D'ailleurs, suivant le déroulement de la soirée, je compte bien avouer mon vrai prénom à Tim. La plaisanterie a assez duré. Plongée dans l'obscurité, juste éclairée par quelques lampadaires, les *AirPods* et du rock dans les oreilles, je tourne à l'angle d'un bâtiment. Je n'étais encore jamais venue par ici. Il y a peu de monde, seule une poignée d'étudiants sur la pelouse fricotent par-ci par-là. Un type accompagné de quelques filles joue de la guitare, perché sur la statue de l'université. Je continue mon chemin et arrive enfin à destination. Il n'y a personne dans ce coin. À la recherche de Tim, je retire mes écouteurs et balaie du regard les alentours.

Sur ma droite, un mec est assis sur le dossier d'un banc. Je m'en approche pour mieux le voir. Eh, merde ! C'est Sayann. Vêtu d'un jean clair et d'une chemise noire déboutonnée aux trois quarts, il fume une cigarette sans prêter attention à moi.

Homme charismatique, très beau, mais terriblement dangereux.

Préférant ne pas rester dans les parages, surtout de nuit et seule, je déglutis et tourne les talons en silence. Je préfère attendre Tim un peu plus loin. Manque de chance, la voix rauque de Sayann parvient à mes oreilles.

— Tu es en avance de trois minutes, Bell, fait-il remarquer d'un ton morne. Mais maintenant que tu es là, on va faire avec.

Quoi ? Surprise, je lui fais face et tente de paraître forte, pas du tout impressionnée.

— Je ne fais que passer, on m'attend.

— Ouais, moi.

Pardon ?!

— Non ! tonné-je.

Tel un félin, il saute du banc pour venir à ma rencontre. Sa démarche assurée, sa grandeur, et lui, tout simplement, m'inspirent un prudent mouvement de recul.

— Ne m'oblige pas à te courir après, Simone.

Je devrais prendre la fuite, mais ce prénom me fait tiquer. Je fais très vite le lien. Il a entendu Tim m'appeler ainsi quand ils se sont battus. Et ce n'est pas ce dernier qui m'a donné rendez-vous. Pourtant, le T. de la signature… Bon sang, quelle débutante ! T. pour Torres !

— Le mot glissé sous ma porte, c'était toi ?

— On a des choses à éclaircir.

Putain, je rêve, et je m'en veux d'avoir été si naïve !

— J'ai compris la leçon. Tu veux qu'on t'ignore, et j'aimerais que tu en fasses autant à mon égard.

Sur ce, je repars, un peu trop pleine d'espoir. Il me rattrape et se dresse en travers de mon chemin, me forçant à m'arrêter. La chair de poule s'empare de moi.

— Tu couches avec Tim ?

— Pardon ? m'indigné-je, mais tu es un grand malade, ma parole !

— C'est pas une surprise, ça.

La peur m'envahit. Cependant, hors de question que mon attitude la trahisse.

— Va te faire soigner, Torres, lâché-je à la hâte.

Il se tend et son poing se serre.

— Dans ce cas, tu fous quoi à traîner avec lui ?

Pourquoi ça l'intéresse autant ? Aucune idée et j'aspire à m'enfuir.

— Je n'ai aucun compte à te rendre. Maintenant, laisse-moi passer ou tu vas le regretter.

Fière de mon assurance, je soutiens son regard. C'est compliqué tant ses yeux verts me transpercent et continuent de me filer des frissons, mais j'y arrive. Il rapproche son visage du mien, je déglutis.

— Et comment tu vas t'y prendre ? me demande-t-il tout bas et moqueur. Montre-moi, ça m'intéresse.

En un éclair, je mets à exécution une prise rapide de self-défense que mon père m'a apprise : je chope Sayann par le poignet et le lui tords. Là où il devrait me supplier de le lâcher et crier de douleur, c'est tout l'inverse qui se produit. Sayann éclate d'un rire sadique. Je pivote davantage son membre supérieur pour faire plier ce grand con. Et c'est incroyable, sa réaction est identique. Il est fêlé !

— Ta méthode est pourrie, Bell.

D'un coup, il se dégage de ma prise et me ceinture en me faisant tourner d'un geste vif pour plaquer mon dos contre son torse. Enfoiré ! Mes bras sont bloqués contre ma colonne vertébrale et ça m'arrache une grimace. C'est indolore, mais je suis coincée contre lui et maintenue avec fermeté. Et surtout, aucun moyen de lui échapper.

— Cette technique est plus efficace, Simone, m'indique-t-il, content de lui.

Je la connaissais aussi et je me maudis de ne pas l'avoir appliquée.

— Pas si je remonte mon talon dans tes parties, grogné-je.

— Essaye.

Au moment où je décolle mon pied du sol, Sayann resserre sa prise sur mon corps. Davantage prisonnière, je me ravise. Dieu sait ce qu'il adviendra de mon sort ensuite si je fais un tel geste. Ce serait rajouter de l'huile sur le feu.

— Excellent choix, confirme-t-il, comme s'il avait lu dans mes pensées.

Cependant, je me dois de l'informer.

— Sache que tu fous peut-être la trouille aux autres, mais pas à moi, affirmé-je de mon ton le plus convaincant.

— Pourtant, tu devrais te méfier. Je suis une bombe à retardement.

Une seconde sueur froide me saisit.

— Lâche-moi, maintenant.

— Enfin ! J'ai cru que tu me le demanderais jamais.

Salaud !

Il s'exécute et je me frotte partout pour me débarrasser des traces de ces vilaines pattes qu'il a posées sur ma peau. Manque de bol, son parfum semble s'être imprégné sur mon haut. S'il n'était pas un personnage aussi exécrable, je pourrais humer cette senteur divine sans fin.

— Je te défends de t'approcher à nouveau de Stone. Trouve-toi un autre pote, ou tu auras affaire à moi. Et je serai moins doux que ce soir.

Elle est bien bonne, celle-ci. Outrée par ses paroles, je me lâche encore.

— Pourquoi ? Tu es jaloux ? ironisé-je, insolente.

Grave, il rétorque :

— Me défier comme tu tentes de le faire là est une très mauvaise option. Je t'ai cernée, tu es une fouineuse et je veux pas que tu mettes le nez dans mes affaires. Elles conduiraient à ta perte. Alors réfléchis bien au lieu de te frotter à un mec comme moi et de jouer les nanas sûres d'elles.

Agacée qu'il m'ait percée à jour, je rétorque sur la défensive :

— Sois tranquille, je me fiche du lien qui vous lie et de tes petits secrets. En revanche, c'est dans ma nature de ne pas m'écraser. Alors je ne te laisserai pas me menacer comme tu le fais. De plus, je fréquente qui j'ai envie.

— Alexa ? s'écrie une voix féminine au loin.

D'instinct, je me retourne dans cette direction avant qu'il n'ouvre la bouche. Il s'agit de Trixie et elle tombe à pic. Ma colocataire, qui est à une bonne dizaine de mètres, éclairée par un lampadaire, me fait de grands gestes pour me saluer. Je les lui rends.

— J'arrive !

Ni une ni deux, j'en profite pour courir vers elle en laissant Sayann se débrouiller avec lui-même.

CHAPITRE 9

Alexa

— On fait le trajet ensemble ? me demande la brune aux yeux en amande.

J'ai bien peur qu'en ayant suivi Trixie hier soir je lui aie laissé penser que nous sommes désormais les meilleures amies du monde. C'était juste un moyen pour moi d'échapper à ce malade !

— Désolée, ma trottinette m'attend.

C'est ce que je croyais. Mais arrivée dans le hall d'entrée, aucune trace de mon engin. Il a disparu ! Je ne suis pas folle, il était pourtant bien garé ici lorsque je suis rentrée pour aller me coucher. Je me suis d'ailleurs fait la réflexion de savoir si je le remontais ou non pour le recharger. Mais épuisée, je ne l'ai pas fait. J'aurais dû ! Même si j'avais assez de batterie pour aujourd'hui, ça m'aurait évité de me le faire voler ! Furieuse contre le geste minable d'une personne si malveillante, je jure dans tous les sens en tapant du pied. Mais forcée de devoir me rendre en cours, je commence à avancer, en colère comme jamais. Et puis, j'ai encore mal dormi, la faute à mon entretien musclé avec Sayann.

Les yeux comme des radars, j'observe les alentours à mesure que j'approche de mon bâtiment pour tenter de débusquer le coupable.

Gare à celui ou celle qui a osé commettre un tel acte. Surtout si c'est Tim ! J'ai refusé de la lui prêter l'autre jour, s'il s'est servi ce matin, il va m'entendre.

Arrivée dans ma salle huit minutes plus tard, je ne suis pas plus avancée. Mais au bout d'un bon quart d'heure de sciences humaines, une sonnette tinte à multiples reprises. Ça vient du couloir. Mon attention se concentre vers les vitres floutées aux trois quarts, me laissant juste apercevoir une tête aux cheveux foncés passer à vive allure. Puis un gros « boum » retentit contre la porte. Alerte, monsieur Potter l'ouvre. Et là, j'assiste à une scène surréaliste. Le champ libre, Sayann, sur *ma* trottinette à flammes roses, entre et se dirige vers le fond de la pièce.

— Dégagez vos sacs ! tonne-t-il.

Ils sont tous si surpris qu'ils n'en font rien. Sayann roule dessus en écrasant leur contenu sans scrupule. Puis il enclenche la béquille et se jette sur une chaise.

Bouche bée et tournée dans sa direction, je le fusille du regard. J'ai une furieuse envie de lui balancer ses quatre vérités et de récupérer mon bien, mais le prof qui s'adresse à l'assemblée m'en prive.

— Il est préférable de laisser monsieur Torres dans son délire, qui ne concerne que lui. Donc merci de revenir sur le cours, je n'ai pas l'intention de perdre mon temps. Le premier qui fera un commentaire sera renvoyé.

— Écoutez-le, il a raison, confirme Sayann, arrogant.

— Torres, faites votre vie en silence, s'il vous plaît.

Si le professeur semble avoir lâché la rampe avec ce connard, il n'en est rien de mon côté. Il m'en faut beaucoup plus pour laisser couler. Pour le moment, je vais me taire parce que je tiens à rester dans cette fac, mais dès la fin de l'heure, il peut être certain que je vais lui sauter à la jugulaire.

À plusieurs reprises, je me retourne avec discrétion en lui envoyant un regard plein d'hostilité. Manque de bol, il a chaque fois les yeux rivés sur son cahier où il prend des notes. Je rêve ! Il n'a pas du tout le profil à être sérieux ! À mon avis, il fait semblant. Pourtant, à mesure que je mate Sayann, je le trouve très concentré. C'est curieux. Quand il écrit, il a cette manie de se ronger la joue et paraît plus vulnérable.

C'est juste parce que c'est un grand nerveux.

Ma conscience a sans doute raison.

Il n'empêche qu'il est plus agréable à regarder. Sayann mordille son crayon en se relisant et… il relève soudain la tête. Crotte ! Et ma réaction me dépasse. Comme une gourde, j'envoie un sourire gêné à ce voleur avant de me retourner vers Potter. Bon sang, il n'y a pas plus minable ! Torres m'a prise de court et mon inconscient a montré ce qu'il voulait, sans même me demander mon avis.

OK, Sayann est attendrissant quand il travaille, mais ce n'est en aucun cas une raison valable pour réagir comme ça ! D'autant qu'il est resté de marbre face à ma débilité. Bon, encore heureux ! Mais il doit penser que je suis une grande malade. S'il ne le sait pas encore, il s'en rendra compte quand je viendrai récupérer ma trottinette. Mon attitude sera aux antipodes de ce qu'il a pu voir il y a deux secondes.

De toute façon, lui aussi est complètement fou.

Je ne comprends pas comment je peux m'attarder autant sur ce personnage. Peut-être parce qu'il m'intrigue. Que j'aimerais savoir ce qu'il a pu faire d'horrible par le passé, même si au fond, ça me fait peur de le découvrir.

— Mademoiselle Bell, vous êtes avec nous ?

Je reviens sur terre en me rendant compte que je me suis égarée dans mes pensées.

— Bien sûr, fais-je croire.

— Alors j'attends de connaître avec lequel de vos camarades vous voulez faire équipe.

J'ai loupé un épisode. Que dis-je, une saison, carrément. Car chacun d'eux se presse de donner le nom d'un autre, pendant que je reste là, comme une idiote, à ne pas savoir de quoi on parle.

Le prof inscrivant les fameux groupes me lâche un instant la grappe, et quand il revient sur ma personne, je ne suis pas plus avancée. Si ce n'est que tous sont en binôme, sauf moi et…

— Monsieur Torres. Vous vous mettrez avec Mademoiselle Bell.

Les deux solitaires qui n'ont pas su se décider avant.

— Non !

Nous avons crié ce même mot en chœur et cela sortait du plus profond de nos entrailles.

— Hors de question, reprends-je sans me démonter.

— Et moi, ajoute Sayann, je suis hors-jeu. J'en ai rien à carrer de votre exposé, personne ne s'immiscera dans ma vie. Surtout pas elle.

Son arrogance me fait bouillir. Je mords mon crayon.

— Passer du temps avec votre camarade pour réaliser ce projet sur les inégalités ne va en aucun cas vous tuer, indique-t-il.

Finalement, bien que je le déteste, ce serait une aubaine pour moi de travailler avec lui, puisque je veux en savoir plus sur l'ennemi public numéro un. Soudain, je trouve l'idée assez grisante. Flippante aussi, bien sûr, car ça implique de le côtoyer, mais comme il m'intrigue, ça l'emporte sur le reste.

— S'il doit y avoir un mort, ce ne sera pas moi ! lui crache Sayann.

Bien qu'il fixe Potter avec un regard bourré de haine et lourd de sous-entendus, je me sens visée. J'ignore mon cœur qui s'emballe sous cette menace.

— Pour ma part, ça ne pose aucun problème. Je veux bien me mettre avec… Sayann, affirmé-je.

En plus d'avoir la peau recouverte de frissons à l'évocation de son prénom, je m'étrangle à moitié. Car ça me coûte, mais c'est une façon de prouver à Torres qu'il ne me fait pas peur.

Tu ne sais pas dans quoi tu t'embarques ! Tu vas, à coup sûr, le regretter.

Tant pis, j'accepte le risque.

— Tu craques, Bell. Jamais de la vie je te supporte pendant un mois.

Comment ça ? Je n'étais pas au courant que ça durerait autant de temps. Et je suis plutôt de son avis pour le coup !

— En fait, c'est impossible, me rétracté-je.

Blasé, Potter soupire avec force.

— Vous avez une minute pour vous mettre d'accord. Passé ce délai, c'est le doyen qui tranchera pour vous.

Estomaquée, je me tasse sur la chaise en me prenant la tête entre les mains. Cependant, pas de temps à perdre, même si je me suis fourrée dans une galère sans nom. Sayann va devoir coopérer, car il m'est inconcevable de finir dans le bureau de monsieur Thomson. Ce serait me faire remarquer et je n'en ai pas envie. Je me retourne.

— Fais un effort.

Avachi sur son siège, Sayann me toise sans piper mot. Les secondes s'écoulent.

— S'il te plaît, me forcé-je.

J'espère qu'il va mettre de l'eau dans son vin en me répondant, et ainsi nous éviter d'être envoyés à la direction, mais il n'en fait rien.

Dis quelque chose, espèce de con !

Mais il m'ignore pour s'adresser au prof.

— Il reste combien de temps ?

— Onze secondes.

La transpiration sort par tous les pores de ma peau et mon palpitant est au taquet. Je suis foutue, Sayann semble avoir envie de jouer avec mes nerfs.

— Et là ? le provoque-t-il un sourire en coin.

— Mais accepte, putain ! m'écrié-je sous le coup de la panique.

CHAPITRE 10

Alexa

J'ai une énorme boule au ventre en attendant le feu vert du doyen pour pouvoir entrer dans son bureau. Comme je le redoutais, Sayann s'est joué de la situation et n'a pas donné son accord avant la fin du temps imparti. J'ai tant la haine contre lui que je pourrais pleurer de désespoir. Surtout en voyant mon engin garé contre le mur, signe qu'il est déjà là. Bien sûr, car Torres s'est sauvé telle une fusée dès que le prof nous a ordonné de venir ici. Chose curieuse, puisqu'avec moi, cette machine n'avance pas ! Bref, j'ai d'abord commencé à lui courir après, mais j'ai découvert que ma capacité pulmonaire était assez limitée donc j'ai vite arrêté. Et la partie « administration » étant à l'autre bout…

— Entrez !

Bon sang, les rumeurs sur Thomson aussi sont fondées. Son ton est tout sauf agréable. Je m'exécute. Sayann est présent, il est vautré sur un siège. J'observe celui qui est libre à sa gauche, avant de lever les yeux sur le doyen. Assis bien droit sur son imposant fauteuil, une paire de lunettes rondes sur le nez, le visage marqué par le temps et l'air glacial, il me montre d'un geste de la main la place disponible.

— Vous êtes en retard, mademoiselle Bell ! tonne-t-il. Pour quel motif ?

— Je suis venue à pied, donc naturellement moins vite que mon camarade, vu qu'il m'a volé ma trottinette.

Ça, c'est dit. Et je ne manque pas d'envoyer un regard revanchard à Sayann. Si je dois mourir aujourd'hui, eh bien ! tant pis. Je n'ai plus grand-chose à perdre et il me sort tant par les yeux... Le concerné lève un sourcil.

— Pas la peine de prendre cet air surpris, commenté-je froidement.

— J'ignorais que c'était la tienne, mais vu sa déco, rien d'étonnant.

Afin d'éviter d'aggraver mon cas, je me tais. Je reviens au doyen. Il nous observe à tour de rôle avec minutie. Impoli, Torres se permet de renverser sa tête en arrière et de soupirer.

— Pendant que vous faites votre étude silencieuse, Howard, y a pas moyen d'avoir un café ?

Si je pouvais fuir, je le ferais. Car je ne veux surtout pas être associée au comportement de ce malade. Et j'espère que Thomson saura différencier l'attitude exécrable de ce mec et la mienne, plus flippée qu'autre chose à cet instant. Mais il reste silencieux et ne laisse paraître aucune once d'émotion. Il semble imperturbable. Sayann, dont la jambe tremble d'impatience, poursuit :

— Bon, moi, comme je vous l'ai dit tout à l'heure, je ne veux pas faire équipe avec Bell.

Soudain, Thomson revient à la vie.

— Sauf que vous n'avez pas le choix. Il fallait vous manifester avant et désigner un autre camarade. Et vous, mademoiselle, vous vous sentez capable d'effectuer cet exposé avec monsieur ?

Et sinon, le vol dont j'ai été victime, on en parle ? À nouveau, il me fixe intensément, comme si ma réponse allait définir la suite alors que, visiblement, nous n'avons pas d'autre option.

— Oui, affirmé-je pour limiter la casse et en finir.

Il plaque son dos lourdement contre le fauteuil et croise les bras en réfléchissant.

— Vous pensez que tout se déroulera bien ? s'enquiert-il sceptique.

Je hausse les épaules. Ce geste pourrait me trahir, mais après tout, rien ne me certifie que ça ira. Ça sent même plutôt le massacre. Si je m'en réfère à l'attitude du vieil homme, il semble aussi de cet avis. C'est évident quand on connaît un minimum la bête à mes côtés.

« *Je suis une bombe à retardement.* »

Ses paroles parasitent mon esprit, mais c'est trop tard, je suis dans le pétrin et il va falloir composer avec, alors j'acquiesce. À ma droite, Sayann devient de plus en plus nerveux, à tel point qu'il tient difficilement en place.

— Je refuse toujours de coopérer, assène-t-il, d'un ton grave.

Pfff, ce n'est pas possible d'être si borné ! Thomson se lève et plaque ses deux poings sur le bureau en le fixant.

— Soyez docile pour une fois, ne m'obligez pas à décrocher ce téléphone.

Mon attention se braque sur Sayann.

Son visage est encore plus mauvais. Ses traits se creusent davantage à mesure qu'il soutient le regard du doyen. Face à cet échange des plus électriques entre eux, je demeure dans l'incompréhension. Qui prévoit-il de contacter pour mettre Sayann dans un tel état de nerfs ? Ce dernier semble le savoir en tout cas. Je ressens d'ici la tension qui l'habite. L'émotion qu'il laisse transparaître est le tiraillement entre accepter sous la contrainte de faire équipe avec moi, et coller son poing dans la figure de notre supérieur. Pitié, faites qu'il choisisse la première option !

Une minute, deux, voire trois, s'écoulent. Je me liquéfie petit à petit et Sayann tente de faire plier Thomson juste avec son regard qui tue. Mais il n'en est rien, notre doyen est déterminé à avoir le dernier mot.

Lorsque Howard pose sa main sur le combiné pour mettre un terme à ce manège, Sayann se lève d'un bond et flanque un grand coup de pied rageur dans le bureau en jurant. Je sursaute, la main sur le cœur.

— C'est bon ! abdique-t-il, haineux. C'est OK, je vais le faire, ce putain d'exposé.

Enfin ! J'ai failli attendre ! Monsieur Thomson repose le téléphone, mais tendu par l'attitude inacceptable de Sayann, il le pointe du doigt.

— Faites très attention, Torres. Il serait judicieux, à l'avenir, de contenir votre colère.

Peu lui importe, l'intéressé fulmine en faisant les cent pas. Même si je ne cautionne pas les actes de cet énergumène, ce serait sympa d'éviter de me l'énerver davantage, car c'est moi qui vais devoir me le coltiner !

— C'est vous qui ne faites qu'attiser ma haine avec vos menaces de merde ! s'écrie-t-il, le souffle court.

Howard plisse les yeux. Face à la nervosité de la bête qui monte en pression, il tente de calmer le jeu… à sa façon.

— Allez donc prendre un peu l'air.

Sayann se mord un instant la lèvre inférieure.

— C'est ça, ouais !

D'un pas déterminé, il se dirige vers la sortie.

— Et pour le vol de ma trottinette ? osé-je en m'adressant au doyen.

Mais le coupable s'en mêle avant de claquer la porte derrière lui.

— Elle va bien, récupère-la et casse pas les couilles !

Furibonde, je quitte le bureau sans attendre la réponse de la direction et fonce vers cet idiot. Avec ses grandes jambes, il a déjà bien avancé. Je m'élance à sa poursuite et m'arrête quand il s'interrompt et me fait face. À peine deux mètres nous séparent.

— Un truc à ajouter, Bell ?

C'est maintenant, ne te démonte pas, peu importe s'il est agacé ou non, ce n'est pas ton problème ! Il t'a manqué de respect !

J'inspire à fond pour prendre un maximum de courage.

— Ouais. La prochaine fois que tu me parles mal ou me piques quelque chose, tes attributs, je te les découpe en fines tranches et je te les fais manger, espèce de crétin. À plus tard.

Le menton relevé, je repars chercher mon engin, tout en serrant les fesses. Mais, récalcitrant, il me rattrape, se plante à ma hauteur et me toise d'un air hyper agressif. C'est simple, j'ai l'impression d'avoir le diable en personne en face de moi.

— Tu vas regretter tes paroles, petite emmerdeuse, me menace-t-il tout bas. Howard pense que je vais faire cette dissert' avec toi, je suis tranquille de ce côté-là. Mais regarde-moi bien, Bell. Toi et moi, on ne fera pas équipe. Je vais trouver un moyen discret de me débarrasser de toi pour m'éviter cette purge.

Le salaud ! Il a plié devant le doyen juste pour le duper. Je devrais avoir peur de ses menaces, mais il n'en est rien. Du moins, je suis bien trop remontée pour en prendre la pleine mesure.

— Va te faire foutre !

Il ne me faut pas longtemps pour quitter le bâtiment sur mon véhicule. Contrairement à lui une heure auparavant, je suis honteuse de traverser tous ces couloirs sur ma machine. Je m'en vais la garer à l'extérieur. Il va falloir songer à investir dans un cadenas.

— Salut, Simone !

En la mettant sur sa béquille, je me retourne sur Tim.

— Mon prénom, c'est Alexa, grogné-je, encore agacée de mon passage dans le bureau du doyen.

Surpris, il lève un sourcil.

— OK, tu t'es bien foutu de ma gueule, donc, déplore-t-il d'un ton à la fois déçu et rude.

— C'est pas le jour pour me prendre la tête, Stone. Qu'est-ce que tu veux ?

— Je vois... Bah, on aurait pu aller manger une glace, mais je ne sais pas si j'en ai encore envie, du coup.

Mon rire moqueur est si sonore qu'il fait se retourner quelques étudiants.

— J'aurais préféré que tu me le proposes hier soir, idiot !

J'ai encore en travers de la gorge ma naïveté d'avoir cru rejoindre Tim. Et bien qu'il n'y soit pour rien, j'ai tout de même du mal à être gentille, tant j'ai la rage aujourd'hui.

— Oh, oh ! Tu es toujours aussi nerveuse, ou il n'y a qu'avec moi ?

— Réjouis-toi plutôt, je peux être bien pire avec certains ! lâché-je en faisant référence à Sayann.

Ne comprenant pas mon comportement, Tim écarquille les yeux.

— Laisse tomber. Je te l'ai dit, je veux copiner avec personne.

Je le contourne. Vexé, il sort de ses gonds.

— UNH renferme vraiment que des connards et des connes !

Lui aussi parle de Sayann en plus de moi. Quand vais-je être tranquille ? Punaise, j'aurais mieux fait de choisir un cursus à distance. Au moins, je n'aurais eu à supporter personne. Pour autant, je décide de partir sans envenimer la situation, sinon je vais m'emballer, je le sais. Et pour la peine, j'embarque ma trottinette et quitte le campus. J'ai besoin de m'aérer l'esprit et ce n'est pas en restant ici, avec tous ces abrutis dans les parages, que je vais être en paix. Alors je roule, en découvrant que ma machine va bien plus vite qu'avant. Je ne sais pas si Torres y a touché, mais elle file. C'est au moins une bonne nouvelle dans cette journée pourrie !

Sur le compteur je peux voir un « s » en rouge. Mais c'est bien sûr ! Il a juste activé une espèce de mode spécial. Le « sport », la rendant plus rapide. Top. Je ne vais pas me plaindre de cette découverte.

Sur la route, je continue de foncer, allant presque aussi vite que les automobilistes. La bâtisse de Yale se dresse sur ma droite, je la regarde et j'envie les étudiants qui se trouvent derrière ses murs. Devant l'entrée, c'est désert. Ils sont tous en cours.

J'ai à peine le temps de me faire cette réflexion en m'engageant dans une ruelle adjacente, car le bruit d'une voiture se rapprochant à vive allure me surprend. S'ensuit un crissement de pneus. Mais le choc est si violent qu'il me fait voler. Assez pour me plonger dans un *black-out* total quand mon corps retombe, inerte, sur la chaussée.

CHAPITRE 11

Sayann

Mon cuir sur le dos, je m'admire dans le miroir de la salle de bains commune, assez fier. Ce large sourire plaqué sur ma gueule, ça faisait bien longtemps que je ne l'avais pas vu. Tel un psychopathe, j'agrippe avec fermeté les bords du lavabo et plisse les paupières. Si cette fille avait respecté les limites, je n'aurais jamais eu à faire ce que j'ai fait. C'était violent, mais ça en valait la peine. Après tout, elle aurait dû se douter que ça allait arriver.

Bref, il me reste encore un autre détail à régler. Et pas des moindres. Étant obligé d'assister à tous les cours, je dois trouver la bonne personne qui me servira d'alibi pour mon absence d'hier après-midi. Car ce n'est qu'une question de temps avant qu'Howard me convoque et rapporte à Jackson, mon tuteur, mes absences aux cours. La double porte s'ouvre et je tourne vivement la tête en sa direction. Un mec dans mes âges effectue un pas en arrière dès que mon regard croise le sien.

— Casse-toi, j'ai pas fini de me préparer ! aboyé-je.

Sans résister, il repart d'où il vient et je suis peinard pour me laver les mains.

Je tire ensuite sur ma veste, récupère ma trousse de toilette et ma serviette puis m'en vais, la démarche assurée, pour retourner dans ma chambre. Ça m'emmerde, mais j'ai besoin de l'aide de mon coloc. Il y a un risque qu'Howard l'interroge au sujet de mon absence. J'entre et trouve Remington en train d'enfiler un pull à l'effigie de *Metallica*. Il était sur le point de partir.

— Tu es encore là, parfait.

Un sourire heureux fend son visage. Je balance mes affaires sur mon lit.

— Pour une fois que tu sembles emballé par ma présence, c'est cool ! On va pouvoir enfin devenir potes ?

Je viens de *buguer* et résultat : une grimace déforme ma tronche. Pourquoi s'entêter à vouloir être ami avec un mec comme moi, qui lui parle comme à une merde ?

— Toujours pas, non. Respecte-toi, aie un peu de dignité, ça sert à rien de forcer. Mais j'ai besoin d'un service.

Soudain vexé, il secoue la tête et attrape sèchement son sac de cours pour quitter la pièce. Je suis loin d'être doué pour convaincre tout le monde, putain. Pas le choix, je dois mettre de l'eau dans mon vin pour le retenir.

— Excuse, j'ai un caractère super merdique, mais j'ai aussi envie de m'améliorer pour construire de bonnes relations avec les autres, improvisé-je. Donc on pourrait essayer, ouais. Mais ça impliquerait de commencer par m'aider. T'en es ou pas ?

Mitaines gothiques aux mains, il passe les doigts dans ses cheveux noirs en pétard, tout en me dévisageant d'un air sceptique, derrière ses yeux soulignés au khôl.

— Je peine à te croire. Désolé, je suis pressé.

— Hop, hop, hop, pas si vite. Peut-être que toi aussi, tu pourrais trouver ton compte là-dedans.

Curieux, il lâche son paquetage au sol et s'assied sur son bureau.

— C'est-à-dire ?

— Hier matin, je t'ai vu te faire rembarrer par notre voisine. Nixie. J'ai entendu dans le couloir comment tu t'y es pris comme un manche. Je pourrais t'arranger le coup, si cette gonzesse te plaît vraiment.

Démasqué et presque honteux, il évite mon regard.

— Oui, mais c'est mort. Personne ne peut rien pour moi.

D'instinct, je lui colle une pichenette sur le front.

— Y'a pas de « mais c'est mort ». Sois un homme, bordel ! Dans la vie, faut porter ses couilles et ne jamais rien lâcher.

Surpris par ma façon d'être plus détendu avec lui, il me regarde d'un air admiratif. Je continue :

— Faut juste réparer ta connerie. Nixie a un faible pour toi, ça crève les yeux.

Sans déconner, elle bavait et il a dit de la merde, cet abruti.

— Ah ouais, tu crois ? s'enquiert-il avec une lueur d'espoir.

— Bien sûr. Mais quand tu as mentionné qu'elle sentait bon, qu'est-ce qui t'a pris de faire référence à ton ex ?

— J'ai paniqué, s'agace-t-il, dégoûté à ce souvenir. Elle m'intimide, cette meuf.

Il se ronge un ongle de stress. Mes épaules s'affaissent. Être aussi retourné mentalement à cause d'une nana est un truc qui me dépasse. Il en est accro et y'a pourtant rien eu pour le moment entre eux. Chelou.

— Si je joue les entremetteurs, si du moins j'amorce un début pour que tu puisses te racheter ensuite, tu pourras confirmer au doyen qu'hier, à partir de la fin de matinée, j'étais ici ? Genre cloué au lit pour cause de maladie si jamais il te pose la question ? Lui ou même n'importe qui d'autre ?

— Tu ferais ça pour moi ?

— Parfois, je peux être surprenant, précisé-je, sérieux. Et je t'assure que Nixie va te tomber dans les bras. Alors ?

Déboussolé, il met un temps indéfini à réfléchir.

— Accouche, oh ! J'ai pas la journée, m'impatienté-je.

— Tu as merdé, c'est pour ça que tu veux qu'on te couvre ?

Je grimace.

— Tu commences à me connaître... Disons que j'ai blessé une fille, mais c'est le risque quand on me pousse à bout.

— « Blessé » comment ?

Je soupire et serre la mâchoire.

— Tu es certain d'avoir envie de me gonfler maintenant, Remington ? Si tu veux pas, tu te démerdes avec ta...

Me sentant monter en pression, il m'interrompt.

— C'est bon, c'est OK.

— Me la fais pas à l'envers par contre, le préviens-je d'un ton mauvais pour assurer mes arrières. Sinon, je te garantis que je vais m'occuper de ton cas, et ce sera trash.

Même si on a un accord, je ne fais confiance à personne. Il acquiesce.

— Parfait. De mon côté, je te tiens au jus quand j'ai vu Nixie.

— Merci.

— Grand merci à toi surtout, lancé-je avec un demi-sourire. C'est important pour moi.

Sans m'interroger davantage, il hoche la tête. Je peux partir à la fac un peu plus léger.

Deux heures de cours de finance, une de math, une d'économie générale... Bordel, c'est épuisant d'enchaîner autant dès le matin. Vers la fin de la dernière heure, je lâche la rampe et pique une sieste, la tête sur la table. Je laisse mon cerveau s'apaiser, l'esprit tout de même aux aguets, au cas où un étudiant me jetterait ne serait-ce qu'un regard ou s'approcherait d'un peu trop près. C'est une habitude, de rester à l'affût tel un chat prêt à sortir les griffes.

En vérité, je n'ai rien branlé de la matinée, mais être assis à écouter les profs jacter est d'un ennui si mortel que je suis déjà au bout de mes capacités de concentration. La bonne nouvelle, c'est que pour l'instant, personne ne semble s'inquiéter de mon absence de la veille. Ni de celle de Bell, d'ailleurs. Simone. Ou Alexa. Je n'ai pas bien compris comment elle s'appelait. C'est le cadet de mes soucis.

Restons focus sur la principale info de la journée : j'ai réussi mon coup.

Je laisse mes pensées se disperser, quand, au moment où je sombre dans le sommeil, je suis assailli par des flash-back :

— Qu'est-ce que tu as fait ?

La voix paniquée de Tim résonne dans ma tête, et j'ai à peine le temps de regarder mes mains couvertes de sang, qu'un flic me les tire en arrière pour les menotter.

— Sayann Torres, vous êtes en état d'arrestation.

— Il est… Merde ! Putain, tu l'as tué ! s'égosille-t-il en essayant de s'élancer vers Spencer, inanimé.

Mais un autre agent l'en empêche en le retenant. Pour autant, ahuri par la scène, il continue de beugler, alors qu'on m'extirpe avec violence de là pour me faire entrer dans un fourgon de police.

— Enfoiré ! crache-t-il plein de mépris.

Sa rage – alors qu'on a toujours été comme les deux doigts de la main – pourrait m'atteindre, mais il n'en est rien. Je suis trop focalisé sur la connerie que je viens de commettre.

— Sayann !

Cette voix a changé, elle est féminine.

— Ta gueule ! m'écrié-je soudain.

En même temps, on me secoue le bras pour me réveiller.

— C'est madame Thomson, fait-elle remarquer d'un ton sec.

La vieille taupe ! La prof d'éco et ses lunettes en cul de bouteille. Et accessoirement, la femme d'Howard.

— L'heure est terminée, il serait bien d'émerger et de quitter ma salle. Vous êtes le dernier, monsieur Torres.

J'ouvre les yeux dans un sursaut puis, paumé, je la dévisage avec peur. Elle le remarque.

— Vous allez bien ? s'inquiète-t-elle en plissant les paupières.

Ses rides ressortent encore plus. Je me lève sans un mot et m'en vais.

— Vous oubliez votre veste !

Demi-tour, je vais la chercher, la passe sur mon dos et vire mon cul de la pièce, l'air désorienté. Et je le suis carrément. C'est la première fois qu'un cauchemar me frappe de plein fouet pendant les cours. Pourtant, nombreuses sont les occasions où je me suis endormi dans cette université. Il faut que je me ressaisisse et qu'à l'avenir, je sois beaucoup plus vigilant. M'assoupir en classe, oui. Y faire de mauvais rêves au risque de dévoiler la vérité à tous ces cons, non.

Au lieu de me rendre au réfectoire pour la pause de midi, je choisis de me nourrir d'une bonne dose de nicotine. À peine sorti du bâtiment, j'allume ma clope et apprécie cette grosse bouffée qui emplit mes poumons tout en collant mon dos au mur.

— Oh, fils de pute ! crache une voix derrière moi. Elle est où, Alexa ?

Stone. Comme si c'était le moment… Il me fait face, plus crispé que jamais. Je tire à nouveau une bonne latte puis garde quelques instants la fumée dans mes organes tout en toisant ce connard.

— Au cas où tu ne l'aurais pas remarqué, je ne suis pas sa mère, répliqué-je en expirant lentement.

— Et moi, je ne suis pas comme tous ces débiles, je sais de quoi tu es capable. Alexa est introuvable depuis hier, et d'après Nixie, sa coloc', elle n'a pas passé la nuit dans sa chambre.

Je lui lance un sourire en coin en guise de réponse. Il l'ignore pour continuer de blablater.

— Comme je l'ai vue quitter le campus agacée, et que toi aussi tu t'es barré peu de temps après, je suis en droit de me poser des questions.

Face à ce message subliminal, je me décolle du crépi pour approcher ma tronche de la sienne. Mauvais, Tim soutient mon regard.

— Je me répéterai pas, Torres, donc réponds.

Soupir. C'est impressionnant comme il peut me briser les noix.

— Chacun est sans doute là où il doit être, point, répliqué-je toutefois avec calme.

Le visage tendu, il se mord la lèvre inférieure.

— La place de Spencer n'était pas à la morgue, et pourtant tu as tout fait pour…

Interrompu par l'envoi, d'un geste sec, de ma clope en plein dans sa gueule, il serre les poings. La suite, je ne la vois pas, je viens de lui tourner le dos et de me barrer.

— Si tu as fait du mal à Alexa, je te jure de te tuer de mes propres mains !

Le bras en l'air, je lui tends mon plus beau majeur. Je suis resté tranquille parce que des profs n'étaient pas loin et certains avaient un œil sur nous, mais s'il s'avise encore de tenir de tels propos à mon égard, il mourra avant moi.

CHAPITRE 12

Alexa

Erreur de trajectoire. Tout est ma faute. Et me voilà, depuis hier, rendue au beau milieu d'un salon au style épuré. Dans une charmante bâtisse, chez cette femme qui, avant mon accident, m'était inconnue. Dans les âges de ma mère, madame Perry s'est occupée de moi dès l'instant où, en piteux état, j'ai franchi le seuil de sa maison soutenue par son fils qui m'a ramassée sur le bord de la route. Mais après avoir récupéré un peu, je dois rentrer. Chose qui inquiète la maîtresse des lieux. Elle fait tout pour me retenir, pour me convaincre de me reposer au maximum avant de me laisser filer.

— Vous êtes à mon chevet depuis vingt-quatre heures et je me sens bien. Il est temps pour moi de quitter votre canapé.

Même si, cette nuit, la chambre du rez-de-chaussée m'a été attribuée avec gentillesse. Un espace cosy aux murs bleu canard, dépourvus de cadres ou de posters, tranchant avec ma chambre universitaire. Bien que le lit soit ultra confortable, je n'ai pas beaucoup dormi. La faute à ma hanche sur laquelle j'ai chuté. Elle me fait souffrir, mais j'essaye de ne pas trop le montrer.

En me relevant, je m'étire. Les courbatures me font grimacer. Je vais en avoir pour des jours à m'en remettre !

— Alexa, tu devrais aller passer des examens, au cas où.

— Madame Perry, je vous assure que je n'ai rien de cassé. Et si j'avais des douleurs inquiétantes, je vous promets d'aller consulter.

Être meurtrie est normal, étant donné mon vol plané. Néanmoins, et par chance, ma tête a été assez épargnée. J'ai reçu un choc sur le crâne, oui, mais plus de peur que de mal. Disons que la trottinette m'est retombée dessus, et je me suis pris le guidon. C'est mon corps qui a le plus subi.

— Bon, je te fais confiance. Et sache que je m'engage à payer tes soins...

— C'est déjà adorable de votre part de m'avoir accueillie, mais ce n'est pas à vous de faire tout ça.

— Mon fils t'a ramenée chez nous, et même s'il est innocent, il se sent responsable, tout comme moi qui t'ai surveillée. Et puis mon côté bienveillant me pousse à t'aider.

Je lui souris. Cette femme a été géniale du début à la fin. Elle m'a installée d'abord confortablement sur son sofa, a tout de suite appliqué de la glace sur ma hanche impactée par le choc, mis de la crème apaisante pour m'éviter un hématome puis elle m'a servi de l'eau fraîche. Le soir, j'ai eu droit à un plateau-repas fait maison par ses soins.

— J'aimerais le remercier de s'être arrêté peu après mon accident et de m'avoir secourue.

Il ne s'est pas beaucoup montré. Il s'est vite éclipsé, comme s'il avait peur de déranger.

— Tu le trouveras dans le jardin. Mais avant, autorise-moi à changer ton pansement.

Voyant que ça lui tient à cœur, je le retire de mon coude d'un coup sec, découvrant au passage de grosses égratignures. Puis je la laisse m'en appliquer un nouveau avec délicatesse.

— Vous êtes une fée, déclaré-je.

— Oh, non, juste une petite infirmière.

Je l'ignorais.

— Je comprends mieux pourquoi vous êtes si adorable avec les gens.

Elle me lance un regard perplexe et inquiet.

— Je t'ai pourtant informée de mon métier à ton arrivée dans ma maison. Tu es sûre de ne pas vouloir aller à l'hôpital ?

Je souffle en silence. La surprotection, j'ai du mal.

— Certaine. Simple erreur d'inattention. J'avoue avoir été choquée sur le moment de l'accident et ne pas me souvenir de ça. Mais je me rappelle le reste, comme votre prénom. Ellen. Et que vous avez un seul enfant. Swan, sur lequel vous fondez beaucoup d'espoirs pour une future carrière dans le football américain, car il est très doué.

Ellen m'a dressé un portrait du quarterback comme étant un jeune prodige. Ravie, elle sourit.

— Bien, je me rends compte que j'ai été une vraie pipelette ! Mais Swan a un avenir très prometteur et avec son coach, nous sommes si fiers de lui, confie-t-elle des étoiles plein les yeux. Mais de ton côté, je ne sais même pas où tu étudies !

Normal, puisque je n'ai rien dit sur moi à cette femme, aussi sympathique soit-elle. Je me lève du canapé et, en boitant, me dirige vers la baie vitrée.

— Non loin de Yale.

En refermant derrière moi, je clos notre conversation. Si je lui suis reconnaissante d'avoir été si attentive, j'aspire désormais à rentrer au plus vite sur le campus. Ce simple tour en trottinette m'a coûté cher : une journée et demie de cours manquée avec le ressenti d'avoir un corps de quatre-vingts ans ! Je m'en remettrai, c'est juste dommage que le coupable ait pris la fuite et que je n'aie aucun indice. Tout s'est passé si vite ! Je tourne la tête vers la gauche et aperçois mon ange gardien allongé sur la pelouse, la nuque surélevée à l'aide d'un ballon ovale.

— Swan ? l'appelé-je.

— Ah, Alexa, ça va mieux ? s'empresse-t-il de demander, aussi attentionné que sa mère.

J'acquiesce. L'étudiant, un grand brun d'un an de moins que moi, se relève en frottant son pull floqué d'un énorme « Y ».

— Je suis venue te dire au revoir, et te remercier encore une fois.

— Je n'ai pas fait grand-chose, tu as juste eu de la chance que je sois sorti de mon cours un peu avant la fin. Les abords de Yale sont souvent déserts à cette heure-ci.

Une chance en or.

— J'ai un entraînement dans trente minutes, poursuit-il, mais ma mère peut te ramener.

Sans mauvais jeu de mots, je suis vraiment bien tombée. Enfin… dans une très bonne famille.

— Merci, ça ira. J'irai aussi vite sur mon engin. On peut aller le chercher dans ta voiture ?

Il grimace.

— Tu es un peu folle, toi, j'ai l'impression. Tu as failli mourir, mais tu comptes remonter dessus aussi sec ? Malade ! Et pour ce qui est de ta trottinette, je l'ai sortie, elle est dans l'entrée.

— Il y a des fous partout et désormais, je serai plus vigilante.

Car il est hors de question d'abandonner ce moyen de locomotion, il reste trop pratique.

— Comme tu voudras. Toujours aucun souvenir sur les circonstances ? La couleur du véhicule ou tout autre indice, même insignifiant ? s'enquiert-il, désireux de m'aider.

— Rien du tout.

Compatissant, Swan grimace.

— Pfff, la galère. J'espère que des éléments te reviendront pour que tu puisses aller porter plainte.

Je lui souris en notant sa grande sympathie.

— Oui, sans doute.

Mais suite à ses paroles, une question me brûle les lèvres. Je la lui pose tout net.

— Ce genre d'évènement est fréquent à Yale ? J'ai l'impression qu'elle craint grave, cette fac.

Swan fronce les sourcils puis hausse les épaules.

— Pas plus qu'ailleurs.

Mouais. Vu le spécimen qu'ils avaient l'année passée, j'en doute... Du coup, je me jette enfin à l'eau.

— Tu as connu un certain Sayann Torres ?

Comme s'il ne m'avait pas entendue, Swan jette un coup d'œil à sa montre.

— Tu m'excuses, mais l'heure tourne, je dois me préparer.

Intriguée par son comportement soudain pressé, je lève un sourcil. Mais c'est aussi le moment pour moi de prendre la poudre d'escampette.

— OK. Bye et encore merci.

Je quitte le jardin. Même si son attitude pourrait me donner l'envie de l'interroger. Je suis sûre qu'il a déjà entendu parler de Sayann-le-terrible. De retour dans le salon, je salue Ellen puis je récupère avec peine mon véhicule portatif bien abîmé au niveau des poignées.

Mais en ouvrant la porte de sortie, la surprise est si totale que j'en reste bouche bée. La faute à la personne qui se tient sur le paillasson. Prise d'un vertige et complètement désorientée, je titube et mes jambes cèdent sous mon poids, m'entraînant dans une nouvelle chute.

CHAPITRE 13

Sayann

— Bon sang, qu'elle est lourde ! m'énervé-je.

— Prends-la dans tes bras, plutôt, au lieu de la tirer de cette manière, Sayann !

Blague titanesque ! Mais devant l'urgence de la situation, dans la mesure où Bell est inconsciente et livide sur le carrelage de l'entrée, je m'exécute. Je la soulève et la cale sur mon épaule, où elle pend tel un pantin. Ma mère ouvre la porte à sa gauche. Bordel de merde !

— Ah, non, non, on la jette où tu veux, mais pas dans ma piaule !

— Garde tes réflexions pour toi ! Avance et dépose-la délicatement. Elle a déjà dormi là, cette nuit.

Putain, sérieux ? Pendant qu'elle s'affaire à virer *mon* drap pour que *mon* lit accueille l'intruse comme une princesse, je soupire de toutes mes forces.

— Allez, et avec douceur, insiste-t-elle.

J'obéis, mais pour la douceur, on repassera. L'œil noir de la *madre* me fait hausser les épaules.

— Quoi ? râlé-je. J'aurais pu la balancer, et je l'ai pas fait.

Je l'ai posée normalement, ça suffira comme ça.

— Bon, on m'explique, maintenant ? ajouté-je, nerveux. Pourquoi cette fille est chez nous, et à moitié morte ?

— D'abord, tu baisses d'un ton. C'est un malaise, elle respire. Ensuite, on attend sagement le médecin. Pour une discussion, on verra plus tard.

Alors qu'elle rafraîchit Simone à l'aide d'une poche de froid sur son front et marmonne en culpabilisant, je sors de la pièce, une main rageuse dans mes cheveux. Angoissé, je monte au premier étage, d'un pas déterminé. Le bruit de l'eau qui s'écoule me mène à la salle de bains. J'entre sans frapper et y découvre mon frangin qui, surpris, se passe rapidement une serviette autour de la taille.

— Putain, c'est toi ! Tu m'as fait peur.

— On a une couille ! Du genre énorme ! m'exclamé-je en me mettant à faire les cent pas.

Face à mon anxiété et à mes mots, il devient blême.

— C'est-à-dire ?

— Je te parle de la gonzesse qui est chez nous, en train de crever !

La stupeur se lit dans son regard.

— Qui ? Alexa ? Elle est encore là ?

Swan quitte la salle d'eau en vitesse pour le rez-de-chaussée. Toujours à grandes foulées, je le suis et ne lui laisse pas l'occasion d'entrer dans ma chambre. On entend des voix à l'intérieur. Simone semble en vie et notre mère lui tape la conversation, avec le doc.

— Tu connais cette fille ? demandé-je à mon frère en le repoussant.

Le benjamin de la famille souffle devant mon air tendu, mais ne me lâche pas du regard.

— Je lui ai sauvé la vie en la récupérant devant Yale, parce qu'un abruti l'a renversée.

Sans déconner ? Mais quel con !

— Au pire, fallait la jeter devant un hosto, au lieu de la ramener ici, putain !

— Alexa n'avait pas grand-chose et c'est le boulot de maman, de soigner des gens.

— Sauf que je connais Bell, et on se déteste ! lâché-je, désespéré de sa connerie, en flanquant un coup de pied dans la première marche de l'escalier. Va finir de te préparer, ton coach va pas tarder. Et pas un mot à papa ni à personne sur cette histoire. Compris ?

Il hoche la tête et s'exécute en s'éclipsant. Je me frotte le visage pour tenter d'y voir plus clair. Je fais quoi, maintenant ? Mon ennemie jurée se retrouve dans la baraque de la *madre*, dans mon putain de pieu, me plongeant dans une merde incommensurable.

La sonnerie de mon portable m'oblige à cesser de ruminer. Avant de prendre l'appel, je regarde l'écran avec méfiance. S'affiche le contact : « décroche, c'est ton pire cauchemar ». C'est le pseudo que j'ai choisi pour désigner Jackson, mon agent de probation. Il est missionné pour me surveiller et assurer mon suivi de réinsertion. Avec lui, aucun droit à l'erreur. Je risque la taule à la moindre incartade qui lui remonterait aux oreilles. Pareil si j'ai le malheur de ne pas lui répondre lorsqu'il essaye de me joindre. Je prends une profonde inspiration et je décroche, en me dirigeant vers le jardin.

— Jackson, il y a un problème ? demandé-je sur un ton calme, en mettant les pieds dans le plat.

Autant être fixé tout de suite. Et pour qu'il m'appelle aujourd'hui, c'est pas bon.

— Je viens vous faire part du fait que notre rendez-vous mensuel est avancé à jeudi, monsieur Torres, déclare-t-il avec gravité.

Après-demain. Pourquoi si vite ? Mon cœur s'emballe et mes pensées fusent dans tous les sens. Vaincu par le stress, je m'affale sur la pelouse.

— Impossible. Je suis pris ce jour-là. On maintient l'entretien à la fin du mois.

Un rire pincé se fait entendre à l'autre bout du fil.

— Sayann, il va falloir saisir une bonne fois pour toutes que ce n'est pas comme vous le décidez. Faites en sorte de vous libérer. On se voit à quatorze heures dans mon bureau.

À chaque entrevue programmée, je m'arrange pour la décaler. Mais Jackson pèse plus que Thomson et moi réunis dans la balance. Au niveau de son statut, de sa puissance dans le milieu. Sinon, en tant qu'homme, il est certain qu'il vaut *nada*. Je pourrais le monter en l'air[1]et le fracasser rien qu'avec un quart de ma force. Mais ce serait la fin pour moi. C'est con.

— OK, rétorqué-je en serrant les dents. Mais plutôt dix-huit heures, ça m'arrangerait.

Baisser mon froc et lui tendre mon cul en fermant ma gueule, c'est pas non plus dans mes plans. Faut pas déconner. Je suis pas un pigeon.

— Quatorze heures et pas une minute de plus.

Enfoiré ! Je peine à contenir ma haine, mais j'y parviens en prenant beaucoup sur moi.

— Pourquoi vous avez avancé le rendez-vous ? me renseigné-je, nerveux.

— Je n'ai pas votre temps, Torres, j'ai d'autres dossiers à traiter. Bonne soirée.

Et il raccroche, ce bâtard, sans explications ? Il me laisse comme ça ? Vraiment ? Je m'effondre de tout mon long. Y'a anguille sous roche.

1 *(Populaire) (Sens figuré)* Passer quelqu'un à tabac, sans difficultés.

Je sens venir la douille[2]. En un an, c'est la première fois qu'il avance un entretien. Ça pue. Quoi qu'il en soit, avant de venir ici, je suis passé voir Howard pour mentir sur mon absence. Direct, il a fait se ramener Remington qui a confirmé, donc je suis tranquille de ce côté-là. Mais si ma pire ennemie m'a mis dans la sauce…

Je plie les genoux, et en une impulsion, abdos contractés à fond, je me remets debout. Ça m'ennuie de faire ça, putain, ouais, ça fait carrément chier, même, mais est-ce que j'ai le choix ? Non. Je dois causer avec Alexa et m'assurer qu'elle a rien à voir là-dedans. Peu importe si ça me coûte.

Lorsque j'approche de ma piaule, je n'entends pas un bruit derrière la porte maintenant close. Je tourne la poignée et la découvre en position fœtale, endormie. Le médecin est déjà reparti et ma mère aussi. Alexa est seule, et je l'ai rien que pour moi. Avec délicatesse, je referme le battant, après être entré comme si de rien était, je fais craquer mes phalanges et penche la tête de côté. J'ai deux options. L'éliminer dans son sommeil et me barrer par la fenêtre, ni vu ni connu, ou attendre que Bell se réveille pour avoir une explication avec elle. Les poings sur les hanches, je réfléchis.

Si je l'étouffe avec son oreiller – qui, au passage, est le mien –, les enquêteurs vont l'embarquer pour le mettre sous scellé, et moi, je l'adore, ce coussin ! Rhaa, saleté de nana ! Et à tous les coups, elle est en train de baver dessus sans aucun scrupule. Pendant que je cherche la meilleure option tout en la matant, elle se fout à gigoter et tourne sa tête dans ma direction. Un œil qui s'ouvre, puis le second. En me voyant, elle se redresse vite.

2 Le mot « douille » a beaucoup de sens différents, mais utilisé seul, il peut signifier « l'arnaque ».

— Qu'est-ce que tu fais là ? Tu faisais quoi, tu me regardais ? se renseigne-t-elle, méfiante, en m'observant de biais.

— Je voulais te tuer, mais j'hésitais sur le mode opératoire, avoué-je en me forçant à sourire.

— Sors d'ici, espèce de malade ! s'agace-t-elle en virant le drap. Aucune idée de comment tu es entré, mais…

Je me tourne vers la porte et la désigne d'un geste théâtral. Alexa se lève. Je m'avance vers la malheureuse. Sur ses gardes, elle recule d'un pas. Un mouvement apparemment douloureux, vu sa grimace. Bell s'empare de la lampe de chevet pour s'armer. Je me penche vers elle en la regardant droit dans les yeux et lui déclare tout bas :

— Vise bien, pour m'achever en un coup, car moi, je te louperai pas.

Notre proximité semble la déconcerter. Ses longs cils battent bien trop vite, sa respiration se fait de plus en plus courte, sans parler de sa façon de danser d'un pied sur l'autre, même si sa jambe la fait souffrir. Dès l'instant où je me mets à sa hauteur, elle perd tous ses moyens. Une aubaine pour arriver à mes fins. Avec lenteur, je lui prends l'objet des mains pour le reposer sur la table de nuit. Elle se laisse faire.

— Allez, assieds-toi, faut qu'on parle.

D'office, sa paume se plaque au niveau de mon plexus solaire pour me repousser avec force.

— Tu t'attends vraiment à ce que je t'obéisse au doigt et à l'œil ? Tu peux toujours courir, demeuré, va !

Elle chope son flacon de médicaments et s'en enfile deux. Puis, sans que je l'aie vu venir, elle me flanque un coup d'épaule pour me dépasser. Waouh ! J'hallucine ! Mais même si je suis décontenancé par ses mots, j'ai ce réflexe nerveux de frapper le battant en bois pour le refermer avant qu'elle ait pu quitter la pièce. Tourné vers la boiteuse, j'affiche un sourire victorieux en faisant ressortir mes fossettes.

— D’abord, on discute, l’éclopée. Ensuite, tu restes dîner avec nous, ma mère est la reine du pain de viande. Après, on bosse sur le devoir. Et demain, on rentre à UNH. Mais surtout, si tu me traites encore une fois de demeuré, il faudra récupérer tes antidouleurs au fond des chiottes !

CHAPITRE 14

Alexa

La douche m'a revigorée. Je continue de me sécher tout en prenant soin de tapoter ma peau avec douceur au niveau de mes blessures. Sayann est décidément bête d'avoir pensé que j'allais rester sous le même toit que lui une soirée plus une nuit. Il a parasité mon esprit avec ces mots tordus pendant que je me lavais. Déjà qu'à cause de lui je me suis effondrée tout à l'heure… D'après le médecin, ce n'est rien de grave, juste un trop-plein d'émotions. Quoi qu'il en soit, j'ai quand même accepté de l'écouter et de faire l'exposé avec lui comme binôme, car il le faut, mais tout ça après mon passage par la salle de bains.

Hors de question qu'il soit le seul à imposer des choses. C'était ma condition. Bref, ses paroles ont été une grande surprise. Mais je ne dormirai pas ici ! Même pas en rêve ! Savoir qu'il est le fils d'Ellen, donc le frère de Swan, me surprend toujours autant. C'est si improbable ! Il est trop différent. D'ailleurs, madame Perry, qui est divorcée de leur père, m'avait dit n'avoir qu'un garçon. Ceci dit, avoir un enfant comme Sayann n'est pas la chose qu'on a envie de crier sur tous les toits.

On frappe à la porte, je me raidis et m'enroule dans la serviette.

— C'est Ellen, je peux entrer ?

Je me détends et déverrouille la serrure.

— Tu seras mieux dans des vêtements propres, fait-elle en me tendant une pile de linge bien plié. Choisis.

— Merci.

Je lui rends son sourire, puis referme derrière elle. Si je lui emprunte des habits, je vais devoir les lui ramener. Et remettre les pieds dans la maison de Sayann au risque de le recroiser, c'est non. Manque de chance, la petite voix dans ma tête me fait remarquer mon impolitesse. Et après tout ce que madame Perry a fait pour moi… Elle n'a pas à payer pour cet horrible personnage. En plus, mon pantalon et mon haut ont été déchirés dans ma gamelle, alors je jette un coup d'œil aux fringues et opte pour un short et un tee-shirt.

C'est l'occasion de porter un ensemble marqué « Yale ». Mon sourire dans le miroir, lorsque je m'admire avec ce gros « Y » floqué au niveau de mon buste, n'a pas de prix. Même si cet accoutrement est dix fois trop grand pour moi, c'est jouissif. Jamais je n'aurai la possibilité d'aller dans une université aussi prestigieuse. Et Swan, gentil comme il est, ne m'en voudra pas. Pour couronner le tout, il sent très bon l'assouplissant.

On frappe à nouveau, mais cette fois-ci avec plus de force. La porte en tremble.

— On n'est pas au spa, ici ! me fait remarquer une voix rauque.

Je soupire, d'autant que je n'ai pas traîné sous l'eau.

— C'est sûr, là-bas au moins, y'a personne pour emmerder le monde ! À bon entendeur…,rétorqué-je.

— On a une conversation à avoir, je te rappelle ! Donc, magne-toi.

— Remballe ton air aigri avec moi, je n'irai pas plus vite pour tes beaux yeux.

Aussitôt dit, je regrette. Me pincer les lèvres en plissant les paupières n'y changera rien, c'est trop tard. Le silence est assourdissant. Après tout, peut-être que Sayann est parti sans avoir entendu la fin de ma phrase ? À pas de loup, je me dirige vers la porte et l'entrouvre.

Merde, ils sont toujours là. Lui et son regard profond qui dévore ma personne.

— Alors comme ça, tu kiffes mes yeux ? se renseigne-t-il, moqueur.

— C'est une façon de parler. Allons avoir cette conversation ennuyeuse, qu'on en finisse, râlé-je.

Sans un mot, il se met en marche. Nous nous retrouvons dans le jardin, assis l'un en face de l'autre, séparés par une table.

— Bon, commence Sayann en y posant ses coudes, d'après la *madre*, tu ne te souviens pas de la voiture qui t'a percutée. Je t'avoue que ça m'arrange, mais...

D'instinct, j'écarquille les yeux.

— Attends... C'était toi ? lâché-je, éberluée. Tu m'as renversée volontairement ?

Pourquoi suis-je étonnée ? Ce mec est un malade, il veut la mort de tout le monde ! Et puis une phrase de sa part dite à la sortie du bureau du doyen me revient soudain en mémoire... « Je vais trouver un moyen discret de me débarrasser de toi... » D'un bond, je me lève et occulte la souffrance de ma jambe.

— Mais qu'est-ce qui cloche chez toi, Torres ? l'invectivé-je.

Piqué, il imite mon geste et, sur le même ton, me répond :

— Si ça avait été moi, je t'aurais pas loupée, imbécile !

— Stop, c'est trop, je préfère partir, sinon je vais te tuer de mes propres mains. Même si ça rendait service à du monde, je ne veux pas finir en prison à cause de toi.

Alors que je me déplace avec difficulté, il reste sur place et c'est tant mieux.

— Si on vient à savoir qu'une fille de ma classe a eu un accident et s'est retrouvée chez nous, je risque gros, déclare-t-il, neutre.

Lancée dans mon petit élan où j'ai dû faire à peine trois mètres, je m'arrête et lui fais face.

— Qui, « on » ?

Tiraillé entre développer et se taire, Sayann se masse la nuque, nerveux.

— Très bien, je m'en vais, tenté-je.

— Mon conseiller pénitentiaire, lâche-t-il à contrecœur. Je suis en liberté conditionnelle. Tu dois me donner ta parole que tu n'iras ni porter plainte ni raconter à personne ton passage chez nous.

Un rire moqueur m'échappe.

— C'est un peu facile, ça, non ? Pardon, mais tu as tout du mec coupable de mon état.

Je l'ai vexé, ses narines se dilatent.

— Encore une fois, si j'avais voulu te foncer dessus, ça aurait été plus violent.

Tout ça me fait froid dans le dos. Mais, en bonne maso, je veux bien le croire. Surtout si la rumeur de Yale envers l'un de ses camarades est fondée. Prise de frissons, je me frotte les bras.

— Comment t'en es arrivé là ? demandé-je, bizarrement calme et en l'analysant du regard. À être un psychopathe, sans la moindre trace d'humanité.

J'aimerais comprendre. Pourquoi ce gars, si atypique et très beau physiquement, est-il aussi fêlé qu'on le dit ? Pour quelle raison a-t-il été incriminé ? Et comment a-t-il réussi à entrer à Yale, bon sang ?

Voyons, Alexa ! Grâce à papa et son statut de sénateur, sans aucun doute.

Tous des pourris. Je continue de l'observer dans le plus grand des silences. Petit à petit, ses yeux s'embuent et son visage change. Sayann semble plus vulnérable et comme très déçu par mes propos. Dire que ça ne me fait rien serait mentir, je n'aime pas blesser les gens. Pas même les connards comme lui. Face à Sayann, je suis sans cesse obligée de me défendre, donc je pique. Et c'est difficile d'éviter d'être méchante, lorsque l'on vous fait sortir de vos gonds.

— Tous pensent pareil à la fac et tu sembles en jouer, lui fais-je remarquer, donc ne soit pas choqué parce que, moi, je te fais la réflexion.

C'est vrai, pourquoi je l'atteindrais plus qu'un autre étudiant ? Ça n'a aucun sens.

— Je peux compter sur toi ou pas ? insiste-t-il en occultant mes questions.

La balle est dans mon camp. Et la suite va être déterminante. À moi de faire le bon choix.

— Tu vas coopérer pour le devoir, c'est certain ? m'assuré-je.

C'est une hésitation de son côté, car il fuit mon regard.

— Alors ?

— Ouais. On le commence après le dîner et on le finira, je ne sais pas quand.

— On le terminera avant la fin du temps réglementaire, le préviens-je. Je tiens à mes études.

— OK. Mais crois pas que ça va améliorer notre… relation, s'étouffe-t-il presque. Je copine avec personne.

Je souris malgré moi.

— Aucune crainte, je suis pareille.

Étonné, il ouvre grand les yeux en hochant la tête comme un robot pour acquiescer.

— Si, en plus, tu me jures de te retenir de m'étrangler ou de me faire subir je ne sais quoi de sordide, et si tu me ramènes au campus ce soir, alors oui, j'accepte de me taire sur cette histoire d'accident. Mais seulement si tu m'assures encore une fois que tu n'y es pour rien.

Après tout, c'est aussi dans mon intérêt, papa serait fou de savoir que l'on m'a renversée.

— Laisse-moi assimiler tout ça avant de te donner ma décision, réplique-t-il en massant ses tempes.

Il marque un temps où il réfléchit pendant que je tapote mon avant-bras, impatiente.

— J'ai une requête.

Nous y voilà. Je lève les yeux au ciel.

— Je t'écoute, énoncé-je néanmoins.

— C'est OK de mon côté, j'accepte de te ramener, et j'appuie donc *encore* sur le fait que c'est pas moi qui te suis rentré dedans. Mais si tu pouvais aller te changer, là, maintenant, ça m'arrangerait, déclare-t-il, grave. J'aime pas te voir dans mes anciennes fringues.

Mon Dieu, quelle horreur ! Une moue de dégoût visible sur le visage, je me précipite dans la salle de bains. Lorsque j'en sors, c'est l'heure de passer à table. Et Ellen a beau me dire qu'elle va bien, je la trouve tendue.

— Je ne vais pas mourir, vous savez.

Je précise, au cas où elle culpabiliserait de ne pas m'avoir envoyée à l'hôpital hier, à la suite de mon malaise, comme elle le souhaitait. Par la même occasion, je ne manque pas de lancer un regard entendu à Sayann qui, pendant que je pose les assiettes, est affalé sur l'une des chaises du séjour. Il soupire.

— C'est bon, on a un accord. Personne ne crèvera ce soir !

Sa mère tourne vite la tête vers lui.

— Nous avons du monde, tiens-toi mieux ! lui ordonne-t-elle d'un ton que je ne lui connaissais pas. Le dîner va être servi, alors ôte ce cuir insultant et installe-toi correctement ! À force, tu vas casser mon mobilier.

Il s'exécute à contrecœur en me laissant remarquer que s'il y a bien quelqu'un à qui il obéit, c'est sa maman, même si leur relation est glaciale.

— Je sais même pas pourquoi je pose encore mon cul chez toi ! C'est à crever d'ennui, ici.

— Peut-être parce que je suis l'une des seules personnes sur cette terre à tolérer encore un minimum ta présence ?

Gloups. Bien envoyé, madame. Cependant, gênée par la situation, je manque de m'étrangler. Sayann sourit, puis il rit, mais jaune. J'ai la sensation que ça l'a atteint plus qu'il ne veut le laisser paraître.

— Papa me renie beaucoup moins que toi.

Et il me prend à partie.

— Elle t'a dit, la *madre*, que j'étais son fils ?

N'ayant pas l'intention de me retrouver au milieu de leurs histoires de famille, je ne réponds pas.

— Bien sûr que non, reprend-il. Elle le cache à tout le monde. Elle a trop honte, je suis une telle tare. Mais je m'en fous, j'ai besoin de personne.

Ellen, dont les mains sont crispées sur le dossier d'une chaise, avale sa salive avec peine.

— Arrête, Sayann. Si tu étais exemplaire, on n'en serait pas là, réplique-t-elle, mal à l'aise.

— C'est sûr que je suis loin d'être un petit prodige comme Swan ! rétorque-t-il.

— Je vais vous laisser, interviens-je.

— Nan ! On a un exposé à faire.

— Et j'ai un pain de viande pour un régiment qui attend d'être dévoré. Excuse-nous, Alexa, je t'en prie, assieds-toi.

Ce repas à trois, je m'en serais bien passé. C'est gênant, personne ne parle, chacun se concentre sur son assiette. Le bon côté, c'est que Sayann se tient à carreau. Enfin… Il a un œil sur son plat et l'autre sur l'écran de son portable. Parfois, il sourit aux réponses de son destinataire, je présume, et d'autres, il fronce les sourcils et grimace quand il semble moins d'accord. Ses expressions sont très parlantes lorsqu'il est absorbé par quelque chose. Et je ne peux pas m'empêcher de lui couler plusieurs coups d'œil en coin.

— Donc, vous vous connaissez ? me demande finalement Ellen au moment du dessert.

Elle me sert une part de tarte aux fruits.

— Merci. Très vite fait, éludé-je.

Sayann, toujours sur son téléphone, écoute quand même d'une oreille la conversation. Il s'en mêle sans quitter son écran.

— Et tu te doutes bien, chère mère, qu'on s'aime pas, elle et moi.

— Je confirme, avoué-je.

Cette fois, je le sens m'examiner. J'en fais autant. Mais lorsque nos regards se croisent, ils s'envoient une sorte de décharge électrique, et nous reportons vite notre attention ailleurs. Peu surprise que l'on se déteste, madame Perry termine son dessert sans poser davantage de questions. De mon côté, la journée a été épuisante et j'aspire désormais à rentrer sur le campus.

— On devrait partir et voir plus tard pour l'exposé, suggéré-je.

Sayann relâche sa cuillère.

— Tu te souviendras que c'est ton choix ? C'est hors de question que je me prenne des reproches par la suite.

— Oui, marmonné-je. Je suis fatiguée.

— OK, ça m'arrange. J'ai ni envie de bosser ni envie de rester là plus longtemps, approuve-t-il en se levant.

Il a tout de même la politesse de prendre ses couverts, les miens, ceux de sa mère… bref, cela est surprenant, mais il débarrasse la table sans que nous ayons eu le temps de nous saisir de la vaisselle.

— Pourquoi es-tu venu, alors ? lui demande Ellen, amère.

— Pour voir mon frère. Allez, on se casse.

— La prochaine fois, donne-lui rendez-vous ailleurs que chez moi.

Madame Perry ne lui accorde pas plus d'attention. Elle s'avance vers moi pour m'embrasser la joue.

— À bientôt, j'espère, Alexa, me sourit-elle, ce qui tranche avec son comportement envers son fils.

Je ne réponds pas.

— Dans tes rêves. Regarde-la bien, c'est la dernière fois que tu la vois.

Pfff. Désormais dans l'entrée, il s'empare avant moi de ma trottinette. Mon réflexe est de la lui arracher des mains.

— Sérieux ? s'offusque-t-il. Tu crois que je vais encore te la piquer ? Elle avance pas, ta merde !

Vexé, il la jette au sol. J'aurais dû retenir mon geste, mais qui aurait pu prédire que Sayann Torres aurait une attention de gentleman ? Pas moi, en tout cas ! Maintenant, en plus de peiner à marcher, je me trimballe mon engin lourd au possible jusqu'à une voiture noire. J'ouvre la portière côté passager.

— Nan, toi, tu vas derrière. Je te veux pas à l'avant.

— Et pourquoi ça ? Je me suis lavée, hein !

— D'une, c'est la place du mort, et j'ai dit que je te garderai en vie, j'ai qu'une parole. De deux, je préfère te savoir le plus loin possible de moi.

Bizarrement, ses mots me font sourire.

— Tu es spécial, Torres. Genre un cas unique. Et encore heureux ! Déjà que le monde va mal, alors…

Je suis à peine installée qu'il me claque la portière au nez pour que je me la boucle. Ma phrase restera donc en suspens. Je soupire. Hormis une feuille pliée en deux sous le siège conducteur, l'habitacle est très propre. Je me baisse pour la ramasser et la pose à côté de moi.

— On est loin d'UNH ? me renseigné-je quand il quitte l'allée de la maison.

— Nan.

— Mais encore ?

— Et si on jouait au roi du silence, plutôt, Simone ?

— Alexa, le corrigé-je en grognant.

— Alexa, éteins-toi, j'ai besoin de calme, me dit-il comme s'il s'adressait à l'assistant vocal d'Amazon.

Pauvre idiot, va ! Mais je finis par me taire. Sauf que je m'ennuie. Le trajet me paraît interminable et comme il fait nuit, c'est râpé pour profiter du paysage. Dans un virage pris avec brutalité, mon corps penche, malgré la ceinture de sécurité, m'obligeant à plaquer ma main sur la banquette pour me retenir. La paume sur la feuille, je me rends compte que je l'ai froissée. Discrètement, je la déplie et tente de la lisser. Sauf que je ne peux pas m'empêcher d'en lire le contenu. Au milieu d'un tableau Excel, juste une phrase :

« Remplacement de l'aile avant droite + peinture carrosserie ».

Un flash-back me revient, comme un uppercut. Je me revois heurter l'avant d'une voiture. Et de couleur noire. Mes yeux s'écarquillent de stupeur. Le salaud ! Ah, l'enfoiré ! Je suis dans la voiture qui m'a foncé dessus ! La sienne !

— Arrête-toi, ici ! tonné-je, hors de moi.

— Pour quoi faire ?

Avouer ou me taire ? Qu'est-ce que je risque de pire avec ce tordu ? Le pire, justement.

— J'ai besoin de prendre l'air.

— On arrive dans deux minutes.

— Je m'en fous, coupe le moteur ! lui ordonné-je, paniquée et le cœur au taquet.

Il m'avise dans le rétro et poursuit sa route. Un « clac » m'avertit qu'il vient d'activer le verrouillage centralisé pour m'empêcher toute tentative d'évasion.

Je suis désormais la proie d'un malade mental qui m'a bien bernée, juste pour me garder dans le viseur et éviter que je le balance à son agent de probation.

Et ce type est capable de tout.

CHAPITRE 15

Sayann

Tic, tac, tic, tac. Les yeux braqués sur l'horloge de cette pièce assez sombre, malgré une large fenêtre grillagée, je patiente.

— Pour la sixième fois, Torres, est-ce que, auparavant, vous avez créé des ennuis à mademoiselle Alexa Bell, étudiante à l'université de New Haven ?

— Pourquoi il y a une mouche crevée dans le globe de la pendule ? fais-je en la montrant du doigt. Juste là, sous la trotteuse.

Au bout du rouleau, Jackson abat son poing sur la table en métal. On est deux. Je suis épuisé. Rincé de me défendre et de me justifier depuis deux heures. Et s'il pensait me faire peur avec son geste, c'est niqué. J'ai pas bougé d'un pouce. Il penche son buste vers moi, puis en serrant les dents, reprend d'un ton en dessous.

— Réponds, espèce de p'tit morveux. Des guignols dans ton genre, j'en ai fait enfermer pour moins que ça. Tu sais ce que j'en fais, de ton putain de dossier ?

Il ne se gêne pas pour me le balancer en pleine gueule. Une pile conséquente de papiers virevolte et retombe sur le sol bétonné.

— C'est con, va falloir faire des heures sup' pour tout remettre en ordre.

Jackson se lève d'un bond. Il plaque une main sur sa hanche et se met à faire les cent pas. Avachi sur ma chaise, je tourne juste la tête pour suivre ses mouvements et observer son comportement. Jamais je ne l'ai vu si tendu. Mais jamais je n'ai été aussi peu conciliant avec lui. Je l'ai trop poussé dans ses retranchements, avec mon silence et mon insolence. Je l'ai dit, j'en ai marre, je suis HS, et donc, je n'ai pas envie de coopérer. Peu importe mon sort.

— Je crois que t'as pas bien saisi la gravité de la situation, là !

Je hausse les épaules.

— Très bien, on va passer à une méthode plus efficace, me prévient-il en revenant vers la table.

Jackson chope une feuille et me la montre. Face à cette image, je tourne la tête.

— Regarde, Torres. Tu la reconnais ? La dernière fois que quelqu'un l'a aperçue, c'était avec toi. Et ta mère nous l'a confirmé. À vingt et une heures deux exactement, ta camarade de classe a été retrouvée morte sur le bas-côté d'une route peu fréquentée.

Ma gorge se serre. J'étouffe, mais ne laisse rien paraître, malgré le malaise qui m'envahit. Ce n'est pas ce que je voulais, mais Bell ne m'a pas laissé le choix.

— Papa ne pourra rien pour toi, cette fois. T'es foutu.

Je garde le silence. À court de solutions, il se rapproche de la porte blindée de son bureau et appuie sur un bouton rouge.

— On va voir si tu vas faire le malin encore longtemps.

Toujours aucune expression de ma part. Moins de quinze secondes plus tard, un officier en uniforme débarque.

— Il est à vous, déclare Jackson avant de quitter la pièce, vaincu.

Le flic acquiesce, puis se dirige vers moi.

— Debout ! m'ordonne-t-il en sortant son taser et en le faisant tourner entre ses doigts.

La mâchoire contractée, je m'exécute, bras et jambes écartés.

— C'est bien, tu comprends vite.

Il procède à une fouille rapide et me confisque mon téléphone, mes clefs de voiture et mon portefeuille.

— Tourne-toi.

J'obéis en mettant les mains dans le dos. Et direct, je reconnais ce bruit de métal, cet objet qui vient serrer mes poignets. Comme un goût de déjà-vu.

— Avance.

Menotté, je fais ce qu'il me dit. Après avoir traversé de multiples couloirs qui longent des bureaux administratifs, nous passons le quartier des cellules, bourrées à craquer de toxicos et de fêlés en attente de jugement.

— Collez-moi avec ces débiles, et je repeins vos murs en rouge, déclaré-je d'un air entendu.

— Euh… C'est l'hôpital qui se fout de la charité.

Il jette un coup d'œil sur la feuille qu'il tient dans sa grosse main poilue et il poursuit :

— Torres. Putain, coupable de meurtre ! Tu es à mettre dans le même panier. Allez, bouge ton cul, on est arrivés à la maison.

Il conclut par un rire gras avant de me pousser dans la cage et de refermer la porte à clefs. Hors de question de rester là ! Ma tête heurte violemment le crépi. Le crâne explosé, je m'effondre au sol. Je préfère mourir plutôt que de passer le restant de mes jours en prison pour avoir assassiné froidement Alexa.

***

— Torres, bureau numéro 2.

Avec un mal de crâne épouvantable, donc avec toute la peine du monde, je me lève et je suis l'employée pénitentiaire qui me conduit jusqu'à Jackson. Elle ouvre sa porte et s'efface après avoir refermé derrière moi.

— Asseyez-vous, m'invite Jackson.

Trop tard, c'est déjà fait. J'espère que l'entretien va être rapide.

— Bon, comment allez-vous depuis la dernière fois ? Vous allez coopérer facilement, aujourd'hui ?

— On verra, réponds-je, nerveux, en faisant trembler ma jambe.

Je devrais prendre sur moi, être docile, mais j'ai du mal avec ces conneries. Pendant de longues minutes, il inspecte mon dossier. Mon sang ne fait qu'un tour.

— Pourquoi avoir avancé le rendez-vous ?

— Pour que vous me racontiez comment ça s'est passé pour vous à New Haven. J'entends, à la rentrée.

Tout ça pour ça ? Quel con !

— Les premiers jours sont jamais simples.

Loin d'être dupe, il fronce les sourcils.

— Mais encore ? Vos relations avec le corps enseignant et les étudiants ?

— Ça va.

— Hum. Et votre adaptation sur le campus ?

— Je déteste mes voisins. Et mon coloc' qui est un bon gros naze se prend pour une star du rock. Remington, c'est son prénom, vous avez la référence ?

Si j'en juge par son visage qui se déforme, c'est non.

— Tout va bien, me corrigé-je, conscient que faire profil bas est dans mon intérêt. Et de votre côté, vous avez entendu parler de mon cas ?

Il met un temps bien trop long pour me répondre, il préfère jouer avec ses lunettes. Il fourre une branche dans sa bouche, puis se tasse sur sa chaise et m'observe avec insistance.

— Non.

— Vous voyez. Je vous ai dit la vérité. Il suffit d'y mettre un peu du vôtre, pour reconnaître que je suis capable de me tenir à carreau.

Mensonge. Sceptique, Jackson tapote des doigts sur la table sans me lâcher du regard.

— Certes. Allez, c'est fini pour aujourd'hui. Déguerpissez, Torres.

Le soulagement est instantané. Libre, je me tire sans demander mon reste. Depuis hier, je me rends compte que je suis tendu comme jamais. À cause de cette putain de nuit et son lot de mauvaises surprises. Ce foutu cauchemar dont j'ai été victime et dont Remington a dû me tirer en me secouant pour me réveiller, tant je me frappais la tête contre l'oreiller comme un acharné. Ça paraissait si réel ! J'ai vraiment ressenti la douleur de mon crâne qui explosait contre le mur d'une cellule. Alors venir à ce rendez-vous avancé par Jackson et revivre les mauvais tours de mon esprit, en plus d'être super angoissant, ça m'a filé la migraine.

Merci de m'avoir foutu la trouille pour rien !

De retour sur le campus, je monte direct dans ma chambre. Mais avant de l'atteindre, la voix d'Alexa, dans mon dos, parvient à mes oreilles. Beaucoup d'amertume dans ce timbre d'ordinaire assez doux. Avec les autres, du moins. Avec moi, elle est sans cesse sur la défensive.

— C'est aussi ce qui s'est passé à Yale ? Tu as foncé dans une pauvre petite étudiante parce que tu es siphonné du cerveau ?

De nouveau tendu à cause de ces mots que je viens de me prendre en pleine tronche, je me retourne, les poings serrés. Je ne l'ai pas revue depuis que je l'ai ramenée l'autre soir et qu'elle a tapé une crise d'angoisse, sans raison, dans ma bagnole. Sans céder, j'ai continué de rouler. Je n'allais pas m'arrêter sur la voie rapide, elle se serait fait shooter comme une débile par une voiture. Quand on en est sortis, on était arrivés à la fac.

— J'ai préféré me taire sur le moment, ajoute-t-elle d'un ton froid dans ce couloir vide. Dieu seul sait ce que tu m'aurais fait subir. Mais plus le temps passe, plus ça me rend malade.

En silence, je comble la distance qui nous sépare.

— Pour la vingtième fois au moins, c'est pas moi, bordel ! Tu vas faire entrer ça un jour dans ton petit crâne ?

Elle m'observe comme l'ennemi public numéro un que je suis. Ses yeux sont remplis de rage et d'aversion.

— Tu ne me feras pas changer d'avis. Et manque de chance pour toi, je suis toujours en vie pour en parler à la police.

Je fronce les sourcils et un rire moqueur sort de ma gorge.

— Pour leur dire quoi, au juste ? Que tu te souviens de rien ?

— J'ai des preuves et elles seront suffisantes pour te faire coffrer.

Beaucoup moins serein, je ne peux m'empêcher de la retenir.

— Ne me touche pas ! s'écrie-t-elle.

Immédiatement, je retire ma main de son bras et je me mords le poing. Cette gonzesse a décidé de jouer avec mes nerfs, et elle ne sait pas à qui elle a affaire.

CHAPITRE 16

Alexa

Ce mec a décidé de jouer avec mes nerfs, et il ne sait pas à qui il a affaire. S'il pense que je vais me taire, il se fourre le doigt dans l'œil. Après lui avoir ordonné de me lâcher, chose qu'il a faite tout de suite, et encore heureux pour lui, me voilà retranchée dans ma chambre depuis la veille. Il est dix-neuf heures, je n'ai pas assisté à mes trois heures de psycho prévues aujourd'hui, je ne suis même pas descendue au self pour prendre mes repas. J'ai préféré me reposer et ma hanche me remercie.

— Tu ne veux toujours pas nous dire où tu étais pendant presque deux jours ? me demande Trixie.

Plantée avec sa jumelle au pied de mon lit, elle attend ma réponse.

— Non.

— S'il y a un garçon dans l'histoire, ça nous intéresse pourtant de connaître tous les détails. Et vu que tu boites un peu…, s'esclaffe-t-elle, c'est sans doute que c'était assez bon.

Je lève les yeux au ciel. Il n'y a rien de croustillant avec Sayann Torres !

— Laisse-la tranquille, Trixie, après tout, c'est sa vie. Va plutôt finir de *dérusher*[1] ta vidéo.

— Écoute ta sœur, elle a raison.

Avant que je m'énerve.

De toute façon, j'aspire maintenant à sortir de mon lit pour aller déposer plainte. Ma main s'abat sur la table de chevet pour attraper le papier plié en quatre. La facture du carrossier que j'ai embarquée en douce avant de sortir de la voiture de Sayann. Mon unique et maigre preuve.

En me préparant à quitter la chambre, vêtue d'un jean et d'un top, je m'aperçois que j'ai oublié de récupérer ma trottinette dans son coffre.

Eh merde ! Il est hors de question d'aller la chercher, maintenant, je ne veux pas de nouveau me retrouver face à mon voisin.

— Est-ce que l'une de vous deux aurait une voiture à me prêter ?

— On a pas le permis. Désolée, rétorque Nixie, d'un air coupable.

— C'est pas grave, je vais me débrouiller. À plus.

En passant devant la chambre de Sayann, je remarque que la porte est entrouverte. Curieuse, je jette un coup d'œil. Manque de chance, il est allongé sur son matelas et ses yeux sont dirigés sur moi. Je suis assaillie de frissons d'horreur et de honte. Instinctivement, j'accélère le pas tout en grimaçant, à cause de ma hanche. Mais avant de me rendre au commissariat, je fais un crochet par celle de Tim. Il me faut dix bonnes minutes pour atteindre le bâtiment D, et frapper plusieurs fois pour qu'il m'ouvre. Surpris de me trouver sur le seuil de chez lui, il lève un sourcil.

— Une revenante ! Ça fait plaisir de constater que tu es entière.

---

1 Couper les parties inutiles d'une vidéo et retoucher les séquences qui en ont besoin

J'en reste interloquée.

— Comment ça ?

— J'ai voulu t'inviter à manger une glace hier, mais tu étais introuvable. Tu sais, poursuit-il, nerveux, en se frottant la nuque, pour me faire pardonner de t'avoir mal parlé l'autre jour alors que tu étais très tendue, toi aussi. Et donc, enfin tu as compris… Torts partagés, quoi.

— J'apprécie. Je te présente également mes excuses. Sinon, pour mon absence, UNH est grand et j'aime bien vadrouiller à droite à gauche, éludé-je.

Soulagé, Tim me gratifie d'un sourire.

— D'accord. Cool.

— Dis-moi, je peux t'emprunter ta voiture ?

Ma question le surprend.

— Si tu as besoin de sortir, je veux bien jouer les chauffeurs. Mais te la céder même une minute, c'est non, désolé.

Je souffle de désespoir, puis joins mes mains en signe de prière.

— J'en prendrai soin.

Mais c'est foutu, Tim est intraitable sur le sujet. C'est avec lui, ou rien.

— Si c'est une tentative minable pour me draguer, laisse tomber, le préviens-je.

— J'ai capté qu'avec toi, c'est mort, on se mettra jamais ensemble. Mais je suis sérieux, c'est une caisse de collection et j'y tiens comme à la prunelle de mes yeux. Elle n'a qu'un chauffeur. Alors, on va où ?

J'hésite un instant. Il est ma seule chance de me rendre chez les flics, il est tard pour choper un bus. Et d'un autre côté, je ne veux parler de la cause de mon absence à personne, hormis au shérif. Mettre Sayann dans la merde, je m'en fiche. C'est lui le responsable, qu'il assume ses conneries. Pour ce qui est de mes parents, j'ai bien réfléchi hier, et c'est moi la victime dans l'histoire. Donc si ça arrive aux oreilles de papa, tant pis. Je n'ai juste pas envie de raconter mes histoires à tout le monde. Déjà parce que ça ne les regarde pas, et ensuite, me coltiner leur pitié, non merci.

— Au commissariat du centre.

Soit le plus proche d'ici, d'après Google.

— Mon père est flic et je dois récupérer un truc qu'il a laissé pour moi à son bureau.

Tim ignore qu'il est affecté à celui de Hartford à une heure de New Haven, donc ça va passer.

— OK, eh bien, allons-y.

La tête basse, je tourne les talons et nous nous rendons à sa voiture. Un très beau modèle des années soixante, d'un noir ultra brillant. En maniaque de sa titine, Tim essuie une trace invisible sur le capot avec la plus grande délicatesse. Et avant que j'ouvre la portière, il me prend de court en le faisant lui-même.

— Pardon, mais souvent les filles ont ce tic de la claquer pour la refermer, et ça me crispe.

Je soupire en silence.

— Tu m'autorises à mettre les pieds sur le tapis, ou je dois enlever mes chaussures ?

— Pour cette fois, ça ira, plaisante-t-il.

Lorsque je vois un CD dépasser du poste, je me permets de l'enfoncer.

— Tout doux, malheureuse ! Cette merveille m'a coûté un bras. Il faut le manipuler avec délicatesse.

— Je te savais pas aussi chiant, avoué-je.

— Je suis un peu tatillon quand il s'agit de mon bébé, mais regarde-moi ce bijou ! s'exclame-t-il en caressant le volant. Comment ne pas l'être ?

— Les voitures et moi, ça fait deux, désolée. Tant que ça me conduit d'un point A à un point B...

— Sacrilège. J'espère qu'elle t'a pas entendue.

Il démarre, limite ahuri par mes propos. Mais on n'a pas fait cent mètres à faible allure qu'une masse sombre surgit de nulle part droit sur nous. Un bruit sourd retentit, en même temps qu'un corps fait une roulade sur le capot. Tim écrase la pédale de frein, mais c'est trop tard. Une main sur le cœur, je ferme les yeux, tétanisée. Je ne saisis qu'à moitié ce qui vient de se produire. Ça va bien, les accidents !

— Merde, mais tu es complètement cinglé ! s'écrie Tim envers la victime en quittant le siège conducteur.

J'ouvre les paupières et pas encore remise de mes émotions, je détache ma ceinture, les doigts tremblants. Puis je sors à mon tour. Je rêve... Sayann ! Sain et sauf, il est debout, les poings sur les hanches. Il affronte Tim, le visage mauvais.

— Vous allez où comme ça ? se renseigne-t-il.

— Tu t'es volontairement jeté sur ma caisse pour savoir ça ? hurle Tim. Mais tu es un putain de désaxé, connard !

Afin d'évaluer les dégâts, Tim passe sa main sur la carrosserie, sidéré. Je le suis aussi, sauf que, de mon côté, je regarde Torres, abasourdie par sa stupidité.

— Aaarrrgggh... Le capot est mort, fils de pute !

Les veines de son cou sont si apparentes... La rage au ventre, il fonce sur Sayann pour lui coller son poing dans la figure, mais ce dernier n'ayant pas pour habitude de se laisser faire, il l'en empêche en esquivant à temps. Une sirène retentit au loin. Je tourne vite la tête et la vue de deux véhicules de police se rapprochant, sans doute interpellés par ce qui est en train de se jouer ici, me donne des palpitations. C'est un cauchemar ! Ne voulant pas me faire attraper, tout comme les deux autres qui semblent avoir repris leurs esprits, je m'apprête à remonter dans la voiture en même temps que Tim.

— Non, Bell ! s'écrie Sayann dans la précipitation. Rentre avec moi !

Pardon ?

— Démarre ! intimé-je à Tim.

Sauf que ma portière se rouvre. Sayann m'extirpe de là en me tirant par le bras. Je hurle, mais ces quelques mots me laissent soudain sans voix :

— Il est adepte des courses poursuites, car il n'est pas assuré ! Tu tiens vraiment à rester avec lui ? crie-t-il à nouveau en fourrant une main rageuse dans ses cheveux.

Mon père serait fou.

— Non, indiqué-je en secouant la tête.

— Alors viens, si tu ne veux pas passer la nuit en taule !

— C'est vrai ce mensonge ?

— Évidemment qu'il ment ! s'écrie Tim.

— Non ! Le contredit Sayann.

Qui croire ? Paniquée, je reste quelques secondes à ne pas savoir sur quel pied danser. Que faire ? Déguerpir avec Tim, dans l'espoir de les semer ? Ou me tailler à pied avec Sayann, et limiter la casse ? Tim a tellement l'air flippé, et coupable, j'ai l'impression que son ancien ami dit vrai. Partir avec Torres ? C'est sans doute pire ! Je ferais mieux de m'enfuir seule. Mais je baisse les yeux sur ma jambe. Je ne vais pas pouvoir courir ! Et Sayann semble l'avoir compris aussi, puisqu'il me tend sa main.

— Alexa, grimpe ! ordonne Tim. Maintenant !

Mais dans la panique, sans réfléchir davantage, je saisis la main de Sayann pour qu'il m'aide à le suivre. Malgré ma douleur, nous détalons en vitesse. Si mon père apprend que j'ai été témoin d'une course poursuite, que je suis montée dans une voiture non assurée et, pire, que j'ai été embarquée par la police, je vais en entendre parler à perpète. Mais c'est le cadet de mes soucis.

— Avance plus vite, bordel !

C'est un tel effort, tout mon corps me brûle, je suis au bout de ma vie.

— J'en peux… plus, bredouillé-je, essoufflée, lorsqu'on s'engouffre dans un parc.

Il tire sur mon bras encore plus fort.

— Quelle brute ! C'est trop pour moi.

— C'est dans ton intérêt !

Le tien, plutôt ! Crétin.

J'ai compris. S'il m'a suivie jusqu'ici et s'est rué sur la voiture de Tim, c'est qu'il n'aspire qu'à une chose : éviter à tout prix que je parle à la justice.

Lorsque la sirène se rapproche et qu'un bruit de portière retentit, je me tourne soudain vers la droite. Sans crier gare, Torres nous fait plonger dans un buisson. Les branches craquent sous notre poids. Je tombe à la renverse sur lui, sans pouvoir prévenir le choc. Alors que j'allais crier, il plaque sa main sur ma bouche.

— Chut, y a un flic dans les parages.

J'acquiesce en silence. Au même moment, un halo lumineux balaie les alentours. Il retire sa main.

— Pitié, je ne veux pas finir en prison, imploré-je tout bas.

— Si ça peut te rassurer, moi non plus, réplique-t-il, sérieux. Maintenant, tais-toi.

Toujours allongée sur lui, je ne bouge plus d'un pouce.

— Il se rapproche, non ?

— Baisse la tête, chuchote-t-il. Qu'on nous voie le moins possible.

Merci, mais j'ai pas envie de me coller plus que ça à lui. Pourtant, j'ai pas le choix. Alors je la cale juste à côté de la sienne, ma bouche plaquée contre sa clavicule. Pourquoi faut-il qu'il sente si bon, ce con ?

— Si tu me mords, je te dévore tout entière, prévient-il, toujours à voix basse.

Des picotements m'envahissent. Cette situation est bizarre. La faute à cette position, sans doute.

— Arrête de gesticuler, râle-t-il avec discrétion. Tu me fais mal et tu vas nous faire repérer.

— C'est pas ma faute si t'es pas confortable.

— Dit-elle, avec ses os pointus qui me défoncent les obliques.

En guise de vengeance, je ne trouve qu'une chose stupide à faire, le mordiller. Puis je crachote, comme dégoûtée. En réponse, Sayann me pince le bras. Par réflexe, je lui flanque une tape, mais il me bloque ensuite au niveau des poignets.

— J'aurais pu te dévorer sans aucune retenue pour te punir, mais ton odeur, c'est pas possible. Tu mets de la bombe à chiotte en parfum ou en déo ?

Vexée, et plus que je devrais l'être, je me libère de sa prise et tente de me relever. En vain. Il m'entoure de ses bras puissants pour me plaquer davantage contre lui. Et par plaquer, j'entends qu'il m'écrase comme une crêpe pour m'empêcher de fuir. Contre sa force, je ne fais pas le poids.

— Je me demande si je préfère pas plutôt finir sur la chaise électrique, plutôt que de rester collée à toi, grogné-je en frappant ma jambe contre la sienne. Je crois que je vais me rendre.

— La ferme, à la fin ! s'agace-t-il.

Si je m'exécute, c'est juste parce que des pas se rapprochent. Je fixe mon matelas droit dans les yeux pour savoir s'il a une solution. D'un regard désespéré, il me fait comprendre qu'il n'a pas de plan B. Aucune issue possible.

Advienne que pourra.

Purée, la poisse. Mon père va me tuer, c'est certain. J'aurais dû me taire au self et laisser Lana se débrouiller. Éviter de croiser Sayann par la suite, de le provoquer, de rentrer dans son jeu. Maintenant, c'est trop tard. Tout ça ne va m'apporter qu'un tas de problèmes du même genre. J'aurais dû suivre Tim, peut-être qu'il disait la vérité. Après tout, depuis le début, il est sympa avec moi. Prise au piège, je sens une larme couler sur ma joue. Les paumes plaquées sur le sol, je me retiens de craquer en pressant fort la pelouse.

— Ça va aller, assure Sayann d'un ton qu'il veut convaincant.

Je suis étonnée de ses mots simples et prévenants, c'est rien de le dire. Je suis même carrément sur les fesses. Et le pire est à venir. De son pouce, il sèche la larme sur mon visage. Décontenancée, je me tétanise.

— R.A.S dans le secteur, tonne un type à proximité.

On entend des crépitements de talkie-walkie et un drôle de bip. Un gars crache dans la radio :

— De notre côté, on a fini par coincer le conducteur de la Corvette noire. On le ramène au poste pour délit de fuite et défaut d'assurance. Terminé.

Torres avait raison. Un instant s'écoule dans le silence, et lorsque le flic s'éloigne pour de bon, Sayann ne manque pas de me faire une réflexion en me poussant pour se relever.

— Tu vois, je raconte pas que des conneries. Allez, on se tire.

Je hoche la tête et le suis pour quitter le parc. Plongée dans la nuit noire, avec les chouettes qui hululent, je ne suis pas tranquille.

— Pourquoi tu me colles au cul comme ça ? râle-t-il en pressant le pas devant moi.

— Pour te garder à l'œil, prétends-je. Je n'oublie pas…

Sayann s'arrête net. Moi aussi, pour ne pas lui rentrer dedans. Je me gratte nerveusement les cuticules.

— T'oublies pas quoi ?

Mon hésitation à développer et mon stress ne lui échappent pas. Soupçonneux, il poursuit :

— Je suppose que tu attends qu'on soit dans un lieu éclairé, avec de la circulation, pour me dire les choses, parce que tu as la trouille de ce qui pourrait t'arriver en étant seule ici avec moi.

Tout juste, Auguste !

— Non. Je cherche des mots faciles à assimiler pour toi.

Tendue et couverte de frissons, je le dépasse. C'est plus fort que moi, il me fout les jetons, et en même temps, je ne réussis pas à m'écraser. Pourquoi est-ce que je le devrais, d'ailleurs ? C'est plutôt mérité.

— Commence par avoir l'air détendue, si tu veux être un minimum crédible. J'ai jamais vu quelqu'un marcher de manière aussi raide. Tu es ridicule, Bell !

Le bras en l'air, je lui tends mon majeur.

— Et celui-là, il est bien raide aussi !

Un rire étouffé retentit dans mon dos.

— Trop vulgaire, lâche-t-il en essayant de prendre un air dégoûté, tu me donnes envie de gerber.

— Pourtant, je te fais marrer.

Pris en flag, il marmonne des choses incompréhensibles. Mais de retour à la civilisation, il revient à la charge :

— Alors, qu'est-ce que tu me reproches encore, Bell ?

— Toujours la même chose. J'oublie pas que tu m'as foncé dessus en voiture, avoué-je enfin pour lui fournir les explications qu'il voulait. J'ai vu la facture du garage.

— Rien à voir ! réplique-t-il du tac au tac. Simple concours de circonstances.

— C'est-à-dire ?

— J'ai eu un accrochage il y a longtemps, et j'ai pris le temps de faire changer l'aile que le jour où tu t'es fait percuter.

Sayann accélère le pas. Je dois lui courir après et me poster devant lui pour qu'il s'arrête.

— Jamais je goberai ça. J'irai porter plainte contre toi et tu pourras pas m'en empêcher, cette fois.

Un rictus en coin me répond. Je détourne le regard.

— Pour Tim, je t'ai pas menti, tu as bien entendu le flic. Et pourtant, tu t'obstines encore à penser que je te dis pas la vérité en ce moment. C'est pas moi, putain de merde ! Faut te le dire en quelle langue ?

— Tim, c'est un autre sujet. Un truc me dit que pour sauver ta peau avec ton conseiller pénitentiaire, eh bien tu es en train de m'embobiner. Il est temps d'assumer ta connerie, Torres. Et de payer pour ton acte minable.

Sans rester plus longtemps à côté de lui, je le distance. Sa voix résonne dans la rue.

— En m'accusant à tort, tu risques très gros, Bell ! Crois pas que je vais rester les bras croisés en fermant ma gueule ! T'as aucune preuve !

CHAPITRE 17

Sayann

J'y vais ou j'y vais pas ? Ça fait cinq bonnes minutes que je suis assis sur cette table de pique-nique du campus, et une gonzesse me mate sans retenue à quelques mètres. À force de récolter des sourires entre deux bouchées de son sandwich, c'est légitime de me poser la question. Sans doute une nouvelle qui ne sait pas encore qui je suis. Elle est mignonne, je pourrais lui épargner mon sale caractère et aller la voir pour faire connaissance, avant qu'un étudiant la mette en garde à mon sujet.

Tu as autre chose à foutre, mec.

Ma voix intérieure a raison, et ça m'emmerde, j'aurais peut-être pu tirer un coup !

De nouveau concentré, je dirige mon attention aux pieds de l'arbre sur ma gauche. Merde ! Y'a plus personne ! Où est passée Bell ? Elle était là, il y a cinq secondes, toute seule dans l'herbe, le dos collé au tronc à manger un muffin.

Je la piste depuis deux semaines. Elle ne boite plus, elle marche même vite, maintenant, cette saloperie. Tout ça pour me fuir. J'inspecte rapidement les environs et je la repère. Elle discute avec Stone. Le ton semble monter entre eux. Énervée, Alexa le pousse. Je ris intérieurement en croquant dans ma part de pizza. Mais il semblerait que je sois démasqué : il me pointe du doigt et elle se retourne, encore plus en colère. Je ne manque pas de leur faire un signe de la main pour les saluer, d'un air bien insolent. Mais avant qu'ils se ramènent dans ma direction, je tourne les talons.

— Je peux savoir pourquoi tu te marres comme un con ? crache Tim.

— On s'en fiche, lui lâche-t-elle. Pourquoi tu me suis à la trace, Torres ? Ça, c'est la vraie question.

— Si tu crois que je vais te répondre ! rétorqué-je, pas du tout avenant.

Pour appuyer mes paroles, je poursuis ma route.

— Depuis hier, tu es partout où je me trouve et tu passes ton temps à me reluquer.

Là, ça mérite une rectification.

— Déjà, ça fait pas vingt-quatre heures, mais quinze jours ! Et non, je te mate pas.

Elle est si stupéfaite que son visage se décompose.

— Sérieux ? Mais y'a même plus de mots pour qualifier le niveau de ta connerie ! Et j'ai rien vu plus tôt ! peste-t-elle contre elle-même. Sois tranquille, j'ai plus besoin d'aller au commissariat.

Dans l'incompréhension, je fronce les sourcils.

— Comment ça ? Explique ! répliqué-je.

On m'attaque, je mords.

— Tu as la trouille, hein, jubile-t-elle en pensant avoir le dessus.

— Je me demande juste ce que tu as en tête. Et tu as plutôt intérêt à cracher le morceau.

— Sinon quoi ? me provoque-t-elle avec un large sourire.

Ma mâchoire se contracte. Mon cerveau carbure à toute berzingue et très vite, je comprends.

— Si jamais tu as dans l'idée d'attendre de revoir ton père pour lui en parler, tu seras perdante, Bell.

Ne pouvant pas la pister quand elle est chez elle, donc n'ayant aucun contrôle sur elle à ce moment-là, c'est la merde. Elle hausse les épaules sans cesser de sourire. Putain, la plaie ouverte ! J'ai visé juste.

— Continue de me suivre, et je rajouterai à ta longue liste ton petit côté harceleur. Allez viens, Tim, on va se manger notre glace de la réconciliation, me nargue-t-elle.

Cet enfoiré veut me taper sur l'épaule en se tirant avec elle, pour me souhaiter bon courage avec toute sa foutue arrogance. Mais je l'esquive. Ouais, ça me fait chier ! Bell n'a définitivement rien compris. Comment peut-elle encore faire confiance à ce connard ? Même si c'était dans mon intérêt de l'empêcher de monter avec lui l'autre jour, je lui ai quand même évité un passage au poste, et c'est comme ça qu'elle me remercie ?

D'un pas rapide, je me rends à l'amphi. Je n'ai pas envie de bosser, mais est-ce que j'ai le choix ? C'est la seule chose qui peut sauver mon cul auprès de Jackson. Du moins, ça servira à mettre un peu d'eau dans son vin quand je serai convoqué à cause d'elle. Putain, je peux pas me permettre de la laisser me balancer !

Soulé de n'avoir aucun plan, je m'installe tout au fond et jette mes affaires sur la tablette. La seconde d'après, je lance mon sac sur le siège de droite et mon cuir sur celui de gauche. Ça m'évitera de mettre mon poing dans la gueule de quelqu'un, parce qu'il se sera assis à côté de moi. La prof, une fourmi vue d'en haut dans cet espace immense, commence son cours.

Notre glace de la réconciliation.

Exaspéré par cette pensée subite, je balance mon crayon et mon carnet. Puis je me ronge un ongle. Le mec sur qui mes affaires ont rebondi deux rangées plus bas se lève en se retournant.

— Qui a osé ? s'exclame le pseudo-molosse en brandissant mon stylo. Montre-toi, que je t'apprenne la vie.

Je laisse échapper un rire narquois.

— C'est moi, fais-je en levant le bras, et tu vas vite redescendre sur terre, si tu veux pas que je t'en colle une le premier. Rends-moi ça !

Avec, au bas mot, deux cents élèves dans la salle, je peux m'accorder le plaisir de l'allonger sans que la prof le remarque. Ça sera rapide, un bon coup et hop, la superstar d'UNH finit à terre et on en cause plus. N'appréciant pas la façon dont je me suis adressé à lui, il enjambe son fauteuil pour en découdre. Je ne bouge pas. Sa voisine le retient par le bras et lui parle à présent à l'oreille. Le visage du type change d'expression, il se ravise en serrant les dents. Encore une qui lui a dit de se méfier de moi. Je souris avant de reprendre un visage impassible.

— Bah ouais ! Je bouffe peut-être pas autant de poudre que toi, je soulève pas non plus des poids à la salle pour impressionner les gonzesses, mais je suis assez taré pour que tu fermes ta grande gueule, maintenant, hein !

Je pourrais me taire au lieu de pousser le bouchon aussi loin, mais c'est si bon d'humilier encore plus ce mec. Son envie de me fracasser est si flagrante qu'il faudrait vraiment être aveugle pour ne pas la voir. Toutefois, statique, il continue de soutenir mon regard en essuyant des réflexions chuchotées par quelques étudiants assis derrière lui. La vue de l'estrade leur est bouchée par son gros corps bodybuildé. Même s'il est respecté ici, le désir de travailler de la bande d'intellos l'emporte sur le reste.

Mais la discrétion n'est pas le fort de tout le monde. La porte de l'amphi s'ouvre en provoquant un impressionnant grincement. Une autre fourmi fait son entrée. Que dis-je, quand la personne se rapproche, je déplore plutôt qu'il s'agisse d'un insecte inqualifiable à la longue chevelure châtain et aux yeux noisette. Alexa. Elle se dirige vers le bureau de Garcia pour s'excuser de son retard, j'imagine. Imperturbable, je reporte mon attention sur la boule de protéines. Il va finir par nous filer un strabisme, à force de me fixer.

— Fais le tour et ramène-toi pour t'expliquer, sinon, pose ton cul et casse pas les couilles ! m'énervé-je en frappant du poing la tablette.

Sa voisine a beau lui chuchoter des trucs pour le dissuader de venir à ma rencontre, il l'ignore et fait chier l'assemblée en passant devant tout le monde.

Que le spectacle commence !

Je fais place nette devant moi en rassemblant mes fiches avec soin avant de les poser sur le siège. Puis j'époussette le bois. Mon but est de le choper à la nuque et de lui éclater le front dessus. En espérant que ma fausse toux au moment opportun soit assez forte pour couvrir le bruit du choc de son crâne d'écervelé.

Maintenant au milieu de l'allée, il me fait comprendre d'un signe de tête de sortir pour qu'on règle le souci dehors. Le tout, sans remarquer la petite nana derrière lui qui, en cherchant une place libre, râle contre lui. Je souris légèrement et tranche par la négative. Je ne me lèverai pas pour lui. Personne ne vaut la peine que je fasse ce genre d'effort.

— Avance, feule-t-elle sans trop hausser le ton.

Sur les nerfs, le gars se retourne d'un geste vif et s'adresse à Alexa.

— Quoi ? Tu as un problème, toi aussi ?

Cette fois, je me fous sur mes pattes et les rejoins vite.

— Dites, au fond, on vous dérange ? tonne soudain la prof en prenant appui contre son bureau.

Merde ! J'étais à un cheveu de le choper et de lui faire bouffer la marche. Immédiatement, il se radoucit en jouant les faux-culs.

— La miss cherchait une place, je voulais l'aider, mais c'est bon, elle va se mettre à côté de moi, raille-t-il en regardant Bell d'un air qui me déplaît.

Bâtard. Il veut juste l'avoir sous le coude pour lui faire subir je ne sais quoi de dégueulasse en guise de vengeance.

Sans lui répondre pour éviter de se faire remarquer davantage, Alexa se dirige vers le fond de l'amphi. Vexé, il pose sa main sur l'épaule de la malheureuse pour la retenir. Enfin, il a essayé. Mon bras l'en a empêché.

— Vous avez trente secondes pour regagner vos places ! prévient Garcia en tapant du pied.

Plus intelligent que lui, je lui tourne le dos en premier et retourne m'asseoir. Mais je me tends quand je vois ma veste sur ma tablette. Et surtout, Bell, sur le siège à côté du mien, en train de s'installer sans aucun scrupule.

Sentant mon regard assassin, elle finit par lever les yeux sur moi. Dans la foulée, elle souffle et se justifie :

— C'est bourré à craquer. Si j'avais eu le choix...

— L'escalier est pourtant désert, la coupé-je en râlant.

Au moment où je m'apprête à passer dans notre rangée, elle abaisse sa tablette pour m'en empêcher. Et Garcia gueule de me voir encore debout. Bell, contente d'elle, rit dans sa paume.

— Je t'ai livré ta trottinette en bas du dortoir la semaine dernière. À sa place. Et c'est comme ça que tu me remercies ?

Insolente, elle hausse les épaules.

— Si je plonge, je t'emmène avec moi dans les profondeurs du bureau d'Howard, la préviens-je avec calme. Alors dégage ton bordel, s'il te plaît.

Comme j'ai cramé qu'elle voulait faire profil bas, ça fonctionne. Elle s'exécute à contrecœur et je peux enfin aller m'asseoir. Par la même occasion, je fais exprès de cogner ses genoux avec ma jambe en passant pour la faire rager. Le cours reprend.

— Et sinon, la glace était bonne ? demandé-je sur un ton qui me trahit, en foutant mon cuir sur mon sac à ma droite.

— Délicieuse, exagère-t-elle en essuyant le coin de sa bouche. Mais c'était trop rapide.

Exaspéré, je me mords l'intérieur des joues.

— Ça m'étonne pas. Stone est du genre précoce.

Ma voisine est soudain prise d'une quinte de toux. Je pourrais en profiter pour casser la tronche du molosse sans me faire remarquer, tant elle crache ses poumons. Pour la ramener parmi nous, je la briefe sur un truc.

— J'ai pensé qu'on pourrait commencer le devoir ce soir.

De cette façon, je l'aurai à l'œil, au cas où elle déciderait de me balancer à son père. Elle réfléchit. Elle m'analyse, tente de soutenir mon regard, mais elle a du mal, ses pupilles bougent dans tous les sens.

— On travaillera dans le parc et seulement en journée.

Je me surprends à m'attarder sur son visage d'ange. Merde. Un soudain mal-être m'envahit. Un truc que je peux pas décrire, si ce n'est que j'ai un coup de chaud. J'inspire à fond et ne laisse pas la crise d'angoisse me submerger.

— Parfait, c'est mon endroit préféré pour découper mes victimes, répliqué-je, l'air sérieux.

Je peux voir les poils de ses bras se hérisser. Je secoue la tête, las. Après tout, je l'ai cherché. Elle marmonne un « putain de psychopathe ». Et à la manière dont elle masse ses tempes, Alexa semble s'en vouloir à elle-même, d'avoir accepté de bosser avec moi.

Je l'avais prévenue.

De mon côté, ce merdier, cette histoire d'accident, domine et je préfère m'assurer d'un truc.

— Tu as pris des nouvelles de tes parents ou tu comptes le faire ?

— Si ta question est de savoir si je t'ai dénoncé à mon père...

— Ouais. Et regarde bien mes lèvres ! Pour la énième fois : c'est. Pas. Moi.

Après avoir braqué ses prunelles dessus, elle déglutit.

— Dans ce cas, prouve-le.

J'ai horreur d'aborder ma vie personnelle, mais si c'est le prix à payer pour qu'elle me lâche la grappe... Je recherche dans mon téléphone les nombreux messages de Kaylee puis balance mon portable sur la tablette d'Alexa.

— Bonne lecture, grogné-je.

Surprise, mais surtout curieuse, Bell l'attrape puis les fait défiler.

— Eh bien, visiblement cette Kaylee est plus causante que toi ! Il y a plus de SMS de sa part...

— On s'en fout, lis !

Avec discrétion pour éviter de se faire remarquer par les autres et la prof, Alexa rétorque :

— Ça m'indique juste que cette fille est accro à toi, un peu trop même pour parler d'avenir, enfin, je pense, du moins. Mais... réagit-elle au fur et à mesure, ah, oui, elle est folle aussi, non, pour ordonner une relation sérieuse alors que tu le veux pas ?

— On s'était foutus d'accord pour une seule et unique nuit, mais c'est parti en couille, réponds-je tout bas, elle en voulait plus... Bref, c'est une nana rencontrée pendant les vacances et au moment de ton accident, j'étais avec elle pour mettre les choses au clair. Elle est venue à UNH, je l'ai rejointe sur le parking extérieur. Mais j'ai pas pris ma caisse, hormis en fin de soirée pour l'emmener au garage.

— Je suis censée te croire sur parole ?

Conscient que je suis foutu, je me tasse dans mon siège en grommelant.

— Fais ce que tu veux, abdiqué-je, blasé. De toute façon, j'en ai marre de te pister.

C'est la vérité. Elle repose son crayon et jette un coup d'œil sur mon téléphone toujours ouvert sur la conversation avec Kaylee. Je la laisse faire.

— Dans son dernier texto, elle évoque…

Merde ! Je lui arrache vite mon bien des mains pour le fourrer dans la poche de mon jean.

— Avoir un penchant pour les mecs est tout sauf dramatique, tu sais, s'amuse-t-elle de la situation.

— J'ai trouvé que ça pour qu'elle me foute la paix une bonne fois pour toutes ! Je suis tout ce qu'il y a de plus hétéro.

C'était violent, d'ailleurs. Kaylee a des réactions excessives et j'ai essuyé une crise de nerfs quand j'ai menti en lui disant que j'étais devenu gay. Et j'en ai chié pour la calmer. J'ai été obligé d'aller marcher avec elle pour l'apaiser. C'est le silence du côté d'Alexa. Elle tapote son menton en réfléchissant, puis elle réplique enfin :

— OK. Je veux bien te croire.

— Ah ouais ? Pourquoi ? m'enquiers-je, surpris et méfiant.

— Tu es prêt à arrêter de scruter mes moindres faits et gestes. Ça prouve que tu sauras t'en sortir, parce que tu sais que tu es innocent, donc qu'ils trouveront aucune preuve contre toi.

— Tu as tout compris.

— Quelque part, même si le chauffard court toujours, je suis soulagée, m'avoue-t-elle après un temps de réflexion.

Je lui lance un regard interrogateur.

— Pourquoi ?

Silence.

— Pourquoi ? insisté-je, le cœur battant.

— Avoir des doutes, c'était pas confortable. Je vais pouvoir faire ce devoir en commun avec toi plus sereine. Et puis j'avais aucune preuve sérieuse. Mais ta voiture…

— Je te l'ai dit, c'est un concours de circonstances. J'ai shooté un animal sans le faire exprès. Et il était pas sur une trottinette...

Elle hoche la tête, l'air plus détendu. De mon côté, je suis K.-O. Tout est si différent depuis un an. Devoir être constamment sur mes gardes, qu'on me déteste, c'est épuisant. Pourquoi je me plains ? Je l'ai choisi, mais si Spencer n'avait pas merdé, je n'en serais pas là. Je serais toujours un mec libre, qui fait sa vie sans se soucier de rien. Je hais les moments comme maintenant, où c'est compliqué de gérer mes émotions. C'est un enfer. Putain, c'est dur, bordel, de savoir que le monde entier est contre vous. Et surtout que cette gonzesse, bien qu'elle doute encore, soit prête à me croire.

Le cerveau en vrac, je range mes affaires dans mon sac, récupère ma veste en cuir et me lève. Alexa, loin d'être étonnée de ma fuite soudaine, me laisse le champ libre pour passer, sans que j'aie besoin de réclamer.

— Demain, à treize heures au pied de la statue pour le devoir, c'est bon pour toi ?

Je l'ignore. La gorge serrée, j'emprunte les marches pour partir d'ici. Première étape pour m'apaiser : me caler dans un coin et descendre une bouteille de Jack Daniel's.

CHAPITRE 18

Alexa

Jour *off* pour moi. Après une grasse matinée, je compte bien profiter encore un peu de mon repos avant de rejoindre le diabolique Torres pour enfin commencer notre travail en commun. Les jumelles sont en cours, rendant d'autant plus agréable ce début de journée. Cette colocation m'est difficile, nous n'avons aucune affinité. Trixie est beaucoup trop pipelette et intrusive. Quant à Nixie, même si elle est plus discrète, je ne supporte plus ses ASMR sur tout et sur rien H24. C'est un toc, elle tapote ses doigts sur des objets du plus classique, comme un carnet, au plus farfelu, la fenêtre, par exemple, ou encore sur ses chaussures, à la recherche du déclencheur qui lui procurera le plus de frissons.

Je me retourne pour attraper mes vêtements dans le placard. Mon corps bute contre la *Ring Light* de Trixie. Le trépied vacille. Par réflexe, en voulant le retenir d'un geste un peu trop brusque, je me prends le pied dans le fil électrique. Si ça ne tenait qu'à moi, tout ça volerait par la fenêtre déjà ouverte. Mais je sais contenir mes nerfs. Je ne m'appelle pas Sayann.

Torres... Je me demande comment va se dérouler cet après-midi. Est-ce qu'il va coopérer et être bosseur ? Je doute qu'on réussisse à s'entendre sur le sujet de la dissert pour rédiger quelque chose de solide et de propre. Mais je vais lui laisser une chance. Peut-être qu'il saura me surprendre.

En sortant de la chambre pour m'aérer l'esprit, mon sac sur le dos, je croise mon voisin. Un mec que j'ai déjà aperçu une fois ou deux, et qui a une allure similaire à celle de son colocataire. Il est vêtu d'un pantalon déchiré aux trois quarts et ses cheveux en bataille tombent sur ses yeux soulignés au Khôl. Il me sourit malgré son visage blafard. Au moins, lui, il est avenant.

— Salut.

Je lui réponds par un signe de tête.

— Le bruit de cette nuit... Désolé, mon pote est rentré dans un sale état, s'excuse-t-il d'un air coupable. Il a pas mal forcé sur l'alcool.

— Sayann ? demandé-je, surprise de cette confidence. Je n'ai rien entendu...

— Bon, tant mieux alors !

Il tourne les talons en me laissant clouée sur place. Je le rattrape.

— Il dort encore ?

— Non, il est sorti il y a plus d'une heure.

— OK. Merci.

Nous partons chacun de notre côté. Il est vrai que Sayann n'avait pas l'air dans son assiette hier, en quittant le cours à la va-vite. Mais en même temps, il est spécial, alors... Là où j'ai été sur les fesses, c'est quand j'ai vu ma trottinette en bas des marches, ramenée par ses soins, il y a quelque temps. Et puis en amphi, bien que je n'aie besoin de personne pour me défendre, il m'a sortie des griffes de ce type. Après il a été très causant à propos de cette Kaylee. Comment cette fille peut-elle être accro à un mec comme lui ?

C'est quoi ton secret, Torres ?

Une belle gueule ne fait pas tout. Est-ce que c'est son côté mystérieux ? Ou celui plus dangereux ? Ça m'en donne des frissons. J'ignore toujours ce qu'il a bien pu faire subir à cet étudiant de Yale. Et pourtant, j'ai rendez-vous avec lui, je me suis même assise à côté de lui au cours de Garcia. Je suis peut-être aussi folle que lui ?

La matinée bien entamée me laisse juste le temps de faire une petite promenade à pied sur le campus.

Vers midi, je fais un crochet par le self. Plateau en main, je me sers un plat chaud et un dessert. Dans l'allée principale, à la recherche d'une place libre, mes yeux finissent par se poser sur une table presque déserte. Seul un étudiant y est installé. Son regard vert émeraude et toujours intense croise le mien. Prise d'un frisson et d'une subite tachycardie, presque électrisée, je fais demi-tour pour aller vers une bande de filles où un siège est disponible. Tant que j'aurai le choix, je n'irai pas vers lui. En plus de détester le personnage, je hais sa façon de mettre autant de puissance dans son regard.

Personne ne me parle, je peux déjeuner en paix, comme j'aime le faire. À peine cinq minutes plus tard, pendant que je déguste mon poisson, un courant d'air me parvient, accompagné d'une fragrance envoûtante. Boisée, épicée… Sayann. Je lève juste les yeux pour l'observer déambuler avec assurance. Le gros « Fuck » patché dans son dos est une réponse à tous ceux qui, comme moi, osent le regarder.

— Il est beau gosse, hein, s'élève avec discrétion la voix de ma voisine.

Elle vient de me surprendre à le mater. Je lui adresse une grimace.

— Il est surtout beaucoup trop con ! ajoute une autre.

— Si vous pouviez vous taire, marmonné-je, ce serait sympa !

Je ne souhaite pas revivre une scène similaire à celle de la rentrée. Qu'il s'arrête et attire encore l'attention sur nous, avec son sale caractère. Le silence revient enfin. Et Sayann qui, Dieu merci, n'a rien entendu, finit par quitter le self. S'il se dirige vers notre point de rendez-vous, qui est assez loin d'ici, il sera un peu en avance par rapport à moi. Je me dépêche de terminer mon repas.

***

Assise aux pieds de la statue à jeter des petits cailloux pour tuer le temps, je vérifie l'heure sur mon portable. Je pensais trouver Sayann ici avant moi, mais je m'étais bien plantée. Je ne l'ai pas croisé depuis que j'ai quitté le restau universitaire. Il s'est comme volatilisé.

Au bout de vingt-trois minutes d'attente précisément, je perds patience. Je dois me résigner, il m'a fait faux bond. Comment ai-je pu être si naïve ? C'était évident qu'il ne tiendrait pas ses engagements. Il a toujours détesté l'idée de faire équipe. Il a pris un air motivé chez sa mère, juste pour m'avoir à l'œil, pour éviter que je le dénonce. Maintenant qu'il a prouvé son innocence, peu lui importe. Dégoûtée de devoir me farcir le boulot toute seule, je m'installe en face, à une table de pique-nique, en plein milieu du parc.

Après avoir sorti ma trousse et le nécessaire pour me mettre dans les meilleures conditions possible, je commence à noter sur une page blanche quelques lignes. Je raye, réécris entre deux coups d'œil du côté de la statue, au cas où je le verrais se pointer. Je tente de trouver les bons termes et rapidement, je conclus avec dépit que cette ébauche est pire qu'un brouillon. C'est loin d'être percutant, et en plus, je suis à côté de la plaque, complet. Le prof va me rire au nez si je continue sur cette voie-là. D'un coup de sang, ma main se crispe sur la feuille pour la froisser.

Torres abuse ! Quel con ! C'est de sa faute si je n'arrive à rien. Ma haine envers lui monte crescendo. Il est hors de question que je me tape tout le boulot ! J'ai les nerfs, et pire, quand je reconnais quelques étudiants de ma classe installés avec leur binôme ici et là dans l'herbe. L'ambiance entre eux est la même partout : joyeuse. Pendant que je suis là, dans mon coin, à faire la gueule. Blasée, je pose mon coude sur la table et regarde l'heure une énième fois.

Quarante-six minutes de retard. Pourquoi j'espère encore ? Jamais je n'ai été si impatiente et désireuse de le voir débarquer. C'est foutu ! Bon sang, que je m'en veux de ne pas avoir commencé dès le départ à réfléchir à ce devoir ! Résultat, il ne reste plus que quatre malheureux jours pour le rendre. Un œil curieux à mes camarades d'à côté, et je remarque qu'ils ont déjà une pile conséquente de feuilles griffonnées devant eux. Il me faudrait de nombreuses nuits blanches pour atteindre le même résultat. Et pour le coup, je suis démotivée. Si seulement l'univers pouvait m'aider, et aligner les planètes juste une fois dans ma misérable vie d'étudiante !

Allez, pitié, un petit coup de pouce, s'il vous plaît...

La tête entre les mains, j'implore en silence, quand une voix éraillée arrive à mes oreilles.

— Bah, putain ! Dire que ça fait une plombe que je t'attends de l'autre côté ! Et toi, tu digères en roupillant, génial, grogne Torres en balançant son sac sur la table.

Mc laissant médusée devant son apparition, il s'assied sans scrupule sur mes cahiers. Et les bancs, ils sont là pour la déco ? Je secoue la tête. Pour la peine, je sors de son sachet l'un des deux muffins à la myrtille achetés ce matin et commence à le déguster.

— Tu es gonflé ! On avait rendez-vous là, fais-je sur le même ton en pointant du doigt la statue, et j'étais à l'heure.

Il réfléchit pendant que je tire sur mes fournitures pour les virer de ses fesses.

— Avec qui et à quelle heure j'avais rencard, moi, du coup, devant le dortoir C ? se parle-t-il à lui-même.

— Sûrement avec une idiote qui a accepté de sortir avec toi, râlé-je.

— Possible, ouais, rétorque-t-il, arrogant. Alors, tu as avancé, j'espère ?

En même temps, il remarque mes feuilles vides.

— Tu as un sacré culot ! J'ai essayé, mais j'y arrive pas.

— Et moi, j'ai pas envie. Je préfère te briefer, avant que tu me demandes de gérer le début de la dissert'.

Il conclut en bâillant. Nous voilà bien… Au vu de ses yeux rouges, brillants et cernés, je remarque un gros manque de sommeil chez lui. Mais maintenant qu'il est là, je compte le garder avec moi pour qu'on bosse. Alors je prends les choses en main.

— On pourrait commencer par…

Mais je m'arrête lorsqu'il pique un morceau de mon muffin pour le fourrer dans sa bouche. Outrée qu'il ait osé, je lui plaque ma pâtisserie sur le nez. Puis je ris de le voir essuyer la myrtille en grognant. Il s'apprête à rétorquer, quand un garçon au style de rockeur nouvelle génération s'avance vers nous. Ce même type croisé ce matin. Mon voisin.

— Salut les amoureux ! Pardon de vous déranger, je…

— On a l'air de s'aimer ? lui crache Sayann, sanguin, en lui lançant mon stylo au visage. Donne-moi une putain de raison qui te ferait penser ça ?

Il esquive le projectile. Pour une fois, je suis plutôt d'accord. Et je me sens gênée. En une seconde, ce mec m'a foutu les mains moites.

— Bah, tu traînes avec personne, hormis toujours la même fille. J'ai cru que…

Euh, pardon ?

— Tu fatigues, Remington, soupire Torres. Tu déranges, aussi. On bosse, là. Va jouer ailleurs.

Mon regard passe de l'un à l'autre. Remington, lui, est fuyant. Il détourne son attention sur les environs comme pour se retenir de balancer ses quatre vérités à son colocataire. Mais moins d'une minute plus tard, il finit enfin par revenir sur Sayann.

— Je venais juste aux nouvelles, pour savoir si tu as pu voir qui tu sais.

En même temps, il évite mon regard. Ils ont l'air de se détester et pourtant, ils partagent des secrets.

— Pas eu le temps. Et plus tu réclameras, moins j'irai voir *Nixie*.

Sayann lui décoche un large sourire. Rouge de honte, Remington secoue la tête, affligé. Ça crève les yeux, il n'avait pas envie que le prénom de l'une de mes coloc' sorte. Il peut se rassurer, je tiendrai ma langue et ne dévoilerai pas qu'il a l'air de bien l'apprécier.

— C'était pas une bonne idée de me confier à toi, déclare-t-il, vexé.

Puis, se sentant trahi, le grand brun s'enfuit. J'ai mal pour ce gars que je connais à peine.

— Tu t'en rends compte que maintenant ? s'écrie Sayann pour se faire entendre.

Je souffle, blasée.

— Eh ben, ça doit être sympa, le soir, entre vous.

— C'est l'éclate, même, répond Sayann, ironique.

— Tu es un connard, lâché-je tout bas.

Il fallait que ça sorte. Il m'a entendue et me lance un regard contrarié. Peu m'importe, il m'énerve. Même si je suis asociale, je suis loin d'être aussi rude que lui avec les gens.

— Et fier de l'être, c'est un problème ?

Instinctivement, je lui flanque une grosse tape sur l'épaule.

— Non seulement tu me gonfles, mais tu me dépites. Je comprends pourquoi t'as pas d'amis.

Son regard se fait soudain plus sombre.

— Dans ma vie, j'ai eu plus de potes que n'importe qui ici.

— Mais ils t'ont tous tourné le dos, donc...

Ses yeux s'embuent, j'ai l'impression d'avoir touché un point sensible. Cependant, il garde un visage impassible.

— Tu te permets d'ouvrir ta bouche et de me critiquer, mais tu sais rien de moi. Et le pire, c'est que t'es pas mieux. Tu es loin d'être entourée, tu fais marche seule, tu crèveras seule.

— Tu dois être très malheureux pour être si méchant avec les autres. Je n'aimerais pas être à ta place.

— Je suis le plus heureux du monde, quand on me fait pas chier.

Il empoigne son sac et saute de la table de pique-nique avant de s'en aller, la tête rentrée dans les épaules. Le message est clair : je l'ai encore plus agacé.

— Et le projet ! m'insurgé-je.

Aucune réponse de sa part. Ma vérité l'a contrarié. À la va-vite, je range mes affaires et ramasse mon crayon. Ensuite, je m'élance à ses trousses tout en finissant mon gâteau. Le sachet dans ma main qui contient le second muffin se balance au rythme de ma course. Arrivée à la hauteur de Sayann, je découvre que Tim s'avance vers nous. Il ignore Torres pour s'adresser à moi, et ainsi, m'empêcher de retenir le diable qui poursuit sa route.

— Alexa, ça te dirait de venir à une fête avec moi, ce samedi ?

— Pas maintenant, c'est pas le moment.

Je le contourne et m'écrie :

— Sayann, attends ! On doit travailler !

C'est un cri de détresse, une bouteille jetée à la mer sans grande conviction. Pourtant, à mon immense surprise, il s'arrête et se ramène dans ma direction sans broncher. Toutefois, désormais à côté de moi, il focalise son attention sur Tim. Ce dernier revient à la charge en l'ignorant.

— Mon coloc organise une soirée chez ses parents, pas très loin d'ici, et chaque étudiant peut venir avec un invité.

Après tout, ça pourrait m'aider à décompresser. Je ne suis pas obligée de copiner, j'aurais juste à m'amuser de mon côté, comme je le faisais dans mon ancienne fac.

— C'est OK.

— Idem pour moi, intervient Sayann.

Nos têtes se tournent en même temps vers lui. Et Tim me prend à nouveau de court en s'adressant à son ex-meilleur ami.

— T'es pas le bienvenu.

Sayann rétorque, un sourire en coin :

— Tu l'as dit toi-même, chaque personne peut inviter quelqu'un. Et, spoiler alert, je suis celui de Bell.

J'écarquille les yeux.

— Oh, n…

— Tu veux faire ce devoir, oui ou non ?

Mon pied frappe avec hargne le bitume de l'allée, accompagné d'un « Putain, c'est pas possible ».

— C'est quoi ce chantage ? Pourquoi tu veux y aller ?

Mais il ne semble pas disposer à me répondre, il préfère toiser Tim avec mépris.

— Sayann adore les fêtes. Et il supporte mal de te savoir en ma compagnie, j'ai l'impression. Tu es jaloux, Torres ? le nargue-t-il. À moins, plutôt, que tu redoutes que je lui révèle tout ce qu'il s'est passé…

Soudain, Sayann tend son bras et resserre ses doigts autour du cou de Tim. Je m'en mêle en plaquant une paume ferme sur son poignet.

— Arrête ! Tu vas te faire remarquer et tu n'en as pas envie. Lâche-le.

Surtout que Thomson est à quelques mètres, en train de fumer son cigare. Problème supplémentaire que je montre à Sayann. Ça fonctionne, il le libère aussitôt. Tim se masse la peau.

— Dommage, tu aurais dû le laisser aller au bout. C'est mon rêve, de le voir *enfin* prendre tarif[1] comme il se doit.

— Va-t'en, Tim, réclamé-je avant que la situation ne s'envenime.

— Tu devrais faire attention à tes fréquentations, Alexa. T'as pas choisi le bon pote.

Piqué, Sayann se rapproche de son ennemi. Je me dresse aussitôt entre eux et réussis à le fixer droit dans les yeux.

— Retiens-toi, fais pas de connerie. C'est dans ton intérêt.

Puis je le pousse pour le faire avancer. Conciliant, pour le coup, il obéit et nous marchons vers les dortoirs.

Afin de le détendre, je lui tends le second muffin. Grognon, il secoue la tête. J'arrache un morceau et le lui porte aux lèvres.

Il finit par ouvrir la bouche et se le laisser caler entre les dents. Ensuite, il me regarde. Gênée, je détourne les yeux et lui fourre le reste dans la main. Il le mange. Au bout d'une cinquantaine de mètres, je brise ce silence oppressant entre nous.

— On peut aller chez moi pour travailler, les jumelles sont en cours pour la journée.

Noyé dans ses pensées, Sayann reste silencieux. Pfff, qu'il est compliqué ! Nous continuons d'avancer l'un à côté de l'autre. Lorsque nous atteignons notre étage et que je m'apprête à ouvrir la porte, il me retient par le bras. Son visage est grave. Je ne pipe pas mot.

— Pourquoi tu m'as dissuadé de l'anéantir ? s'enquiert-il, à la fois calme et perdu.

Je hausse les épaules.

---

1 (Familier) Subir des conséquences négatives importantes à une situation.

— Tim te provoque sans cesse. Alors même si j'ignore ce que tu as fait pour mériter un tel traitement, et que je l'aime bien malgré tout, je trouve ça nul de sa part, c'est tout. Et puis aussi parce que j'étais présente, encore une fois, et que moins je vais dans le bureau du doyen, mieux je me porte.

— Tu vas y aller quand même, à cette fête ?

— Je sais plus trop, rétorqué-je en m'appuyant contre le mur. Je voulais m'amuser, mais bon...

Déçue, je regarde mes pieds.

— Pourquoi t'empêcher de t'éclater ? Tu es plutôt du genre à emmerder le monde, d'habitude, non ?

Qu'il me fasse la conversation, et pour me rebooster, en plus, après m'avoir percée à jour, je ne m'y attendais pas.

— Disons que je me fiche pas mal des autres, oui. Je fais mon truc dans mon coin et ça me convient... Et toi ? hésité-je. Tu vas y aller ?

— Ouais, je pense. Stone a raison : je suis un fêtard.

— Pardon, fais-je en pouffant doucement, mais je t'imagine mal en train de danser et rire aux éclats.

De son côté, il reste impassible.

— Nan, faut pas déconner. Je suis plus du genre à m'asseoir près du bar et à disséquer tous ces cons un par un.

Pour mieux choisir ta prochaine victime ?

Si j'avais le sourire, et si j'étais un poil plus détendue en sa compagnie, cette pensée – que j'ai intérêt à garder pour moi – vient de me le faire perdre et de me figer. Je n'ai aucune connaissance de son niveau de dangerosité, il faut bien l'avouer. Pourtant, à cet instant, j'apprécie de discuter avec lui.

Tu ne sais rien de lui, Alexa, et tu as déjà passé beaucoup trop de temps à ses côtés.

Je devrais rentrer et m'enfermer à double tour, mais ce n'est pas ce que je veux. J'aimerais poursuivre notre conversation.

Putain, reprends-toi, ma vieille, tu crains !

— Pourquoi j'ai l'impression qu'on est pareil, Torres ? Je veux dire, dans notre rapport aux autres. Enfin, je suis pas aussi nerveuse que toi, c'est sûr, mais tu m'as comprise.

Silence. J'ose le regarder pour déchiffrer ses pensées. Un léger sourire en coin finit par se dessiner sur son visage, accompagné d'un ricanement. Il lui en a fallu, du temps, pour assimiler mes mots !

— T'es pas en train de me proposer d'aller avec toi à cette soirée, et de mater tous ces abrutis en sirotant un cocktail, des fois ?

Merde ! Ça ressemblait à une proposition ? Au secours, loin de moi cette idée !

— Bien sûr que non, affirmé-je.

Même si, à nous deux, je pense qu'on ferait un malheur. Je me flanque une gifle mentale. Ma voix intérieure a raison, je dois me ressaisir.

— J'espère bien, ouais.

— Alors, fais-je en ignorant sa réponse, on va le commencer une bonne fois pour toutes, ce projet sur les inégalités sociales ?

— Hum… OK. Mais dimanche.

Mes épaules s'affaissent.

— Tu plaisantes ? La veille pour le rendre le lendemain ? On n'aura jamais le temps ! Les autres ont déjà rédigé des dizaines de pages !

— Mais comme toi et moi, on est différents de tous ces tocards et qu'on s'en branle, tout va bien. En une heure, ça sera plié.

Il me tourne le dos et rentre chez lui. Je ne sais pas quoi penser de ses paroles. Elles viennent de me perturber. Sayann reconnaîtrait-il, lui aussi, qu'on se ressemble ?

CHAPITRE 19

Alexa

Depuis ce matin, je suis dans tous mes états. Comme nerveuse à l'idée de faire ma première soirée à UNH. Ce n'est évidemment pas d'aller m'amuser qui me stresse, mais plutôt de m'y rendre avec mon voisin. Il est vingt heures vingt-huit précisément. Dans deux minutes, il est censé venir me chercher. C'est ce dont il m'a informée tout à l'heure, à la sortie de l'un de nos cours.

Comment ne pas être angoissée ? C'est du délire ! J'aurais pu tout aussi bien lui dire de me rejoindre sur place, mais je ne l'ai pas fait. Une seule explication à ça : il m'a prise de court et s'est sauvé sans attendre ma réponse. Par ailleurs, j'avoue ne pas avoir cherché à lui courir après, même si ça pourrait s'apparenter à un rancard. Mais, j'insiste là-dessus, ce n'en est pas un ! Dieu merci, les jumelles sont absentes ce soir, ça me soulage un peu. Je n'ai aucune envie d'être assaillie de questions en tout genre. Tu vas où ? Avec qui ? Pourquoi ?

Après plusieurs heures passées devant mon placard à essayer tous mes vêtements, j'ai arrêté mon choix sur une robe courte Rockabilly à carreaux noirs et rouges, et sur des boots à lacets. Je vais les porter pour la première fois et j'aurais peut-être dû les faire avant, car nous allons à la fête à pied. Je me fais une queue de cheval et j'ajoute un serre-tête bandana formant un nœud assorti à ma tenue. J'applique ensuite une touche de rouge à lèvres carmin et je suis prête.

On frappe avec force à la porte. Je sursaute et plaque ma main sur mon cœur. Rhooo, quelle brute !

Allez, courage, ça va bien se passer.

Lorsque j'ouvre, une fragrance m'envahit. Torres. Il sent encore bon, le con.

Son épaule est appuyée contre le montant et il me scrute de la tête aux pieds, l'air surpris. Je constate que j'ai mis deux heures trente à choisir *la* tenue pour me rendre un peu stylée à cette soirée, alors que certains n'ont pas besoin de faire beaucoup d'efforts pour l'être.

Planté là, dans son jean destroy habituel, avec un tee-shirt noir qui a subi le même sort, il arbore une chemise à manches longues, nouée autour de sa taille, au motif écossais semblable au mien. Avec sa mine toujours aussi avenante, il donne l'impression d'être là pour me kidnapper. Personne n'affiche un visage si déconfit pour se rendre à une fête !

— Alexa, articule-t-il comme s'il s'adressait au boîtier, est-ce qu'il va faire froid, ce soir ? Car j'ai pas pris ma veste.

Je l'ignore et jette plutôt un coup d'œil à la bouteille d'alcool dans sa main. Il la tend devant lui. Il me semble qu'offrir des fleurs à une femme, c'est plus apprécié. Mais on parle de Sayann. Et j'aurais refusé. En revanche, du Jack Daniel's… « Offrir » est un bien grand mot, il a plus l'air de vouloir la partager. Car j'ai beau la prendre et la porter à mes lèvres, il continue de tenir son précieux. Je ne suis pas une grosse buveuse, mais comme une situation exceptionnelle m'attend…

Si papa connaissait la personne qui m'accompagne à cette fête…

— Mollo, elle doit me faire la soirée, me prévient-il.

J'avale une unique petite gorgée, histoire de me donner du courage pour supporter le trajet en sa compagnie.

— Pourquoi la partager, dans ce cas ?

— Pour diminuer ta douleur quand tu m'auras fait assez chier et que je t'assommerai. Je suis un connard, mais ça m'empêche pas d'être sensible, ironise-t-il avant de faire couler une bonne rasade dans sa bouche.

Par la même occasion, il m'envoie un clin d'œil.

— Je pense te buter la première, rétorqué-je du tac au tac, en attrapant mes clefs.

Il appuie le bout de sa langue sur sa molaire tout en affichant son traditionnel sourire en coin.

Ne pas se focaliser sur ses fossettes !

Sayann décolle son épaule de l'encadrement et masse son menton.

— Je sens que la soirée va être bonne... La dame est prête ?

— J'ai l'air de sortir habillée tous les jours comme ça ? fais-je remarquer en tournant sur moi-même pour lui exposer mon allure très rock'n roll.

De plus, on est assortis. Est-ce que j'ai fait le meilleur choix ? C'est trop tard pour me changer, en tout cas.

— Aucune idée, j'ai pas l'habitude de te mater.

Il ouvre la marche pendant que je reste sur place, remplie d'amertume. Il n'y a pas à être vexée ou déçue, venant de sa part, c'est une réaction logique. Puis j'en ai rien à foutre de lui plaire, c'est pas le but.

— Active, Bell, on va être en retard.

Après avoir expiré à fond, je trottine pour le rattraper et nous voilà partis pour deux bons kilomètres et demi à pied. De temps en temps, j'ose observer son profil dans la nuit, à la dérobée. Son tattoo, le mandala sur le côté de son crâne est plus visible qu'hier et les jours précédents. En revanche, les mèches aux reflets verts sur le dessus de sa tête n'ont pas bougé, elles sont toujours aussi longues.

— Tu as rasé davantage tes cheveux, fais-je remarquer. Tu comptes draguer à cette soirée ?

Surpris de mon analyse, il me lance un regard en coin.

— J'ai le droit de me faire beau pour moi, nan ?

— En effet.

Sayann ne réplique pas. Nous poursuivons notre route. Il me tarde d'arriver et de m'amuser sur de la bonne musique parce que là, ce mutisme entre nous est pesant.

— Et toi, lâche-t-il soudain au bout de cinq minutes, en fixant un point invisible devant lui, tu t'es mise en bombe pour Tim ?

Je rêve, ou il aime beaucoup ma tenue ? Mon cœur s'emballe et pour contrer ça, j'inspire profondément.

— Non. Il ne me plaît pas, avoué-je. Tim n'est pas assez charismatique.

Pourquoi me confier à lui ? Je n'en sais rien. Mais en jetant un coup d'œil à Sayann, je découvre l'impensable…

— Pourquoi tu souris à moitié ? lui demandé-je, étonnée de sa réaction.

Aussi sec, il reprend un visage impassible.

— J'ai pas souri.

— Ah si, et je l'ai bien vu, même. Cet aveu a eu l'air de te faire plaisir l'espace de quelques secondes.

D'un geste sec, il dévisse sa bouteille et fait couler le liquide ambré dans sa gorge. Puis il essuie sa bouche et d'un air angoissé me répond :

— Crois pas que je sois content pour x ou y raisons.

En même temps, il bifurque de sa trajectoire pour pénétrer dans le jardin d'une résidence privée. Peu sereine, je m'assure qu'il n'y ait personne, avant de m'arrêter pour le regarder faire. J'en profite pour remuer mes orteils à l'étroit dans mes bottes. Sayann marche plus vite que moi et dans peu de temps, ils seront en compote. Sans ménagement, il arrache une fleur et revient dans ma direction avec, allant jusqu'à me fixer droit dans les rétines.

— Je te *déteste*, un peu, commence-t-il en tirant d'un coup sec sur un pétale.

Je lève les yeux au ciel.

— Beaucoup, reprend-il en en enlevant un deuxième.

Pour finaliser la tâche et vite, je dépouille le reste en une fois.

— Passionnément, à la folie. C'est réciproque. Je te hais aussi du plus profond de mes entrailles.

— Tu es dans le jugement sans me connaître, ose-t-il d'un ton neutre en se remettant en marche.

Non, mais c'est une plaisanterie ? Qu'est-ce qu'il cherche, au juste ? Être haï de tous, c'est ce qu'il adore.

— Tu sais rien de moi non plus, et tu peux pas me blairer donc...

— On est enfin arrivés, ça a l'air d'être cette baraque-là, me coupe-t-il, en désignant une immense bâtisse et un paquet d'étudiants qui attendent sur le perron.

Il me dépasse pour s'y rendre seul. Je le colle aux fesses.

— On est venus ensemble, on reste ensemble ! lâché-je à la hâte.

— Ah bon, pourquoi ça ? me demande-t-il, surpris.

— Euh, bah, parce que tu as besoin de moi pour être accepté à la fête. Et puis parce que je veux bien m'asseoir aussi dans un coin à siroter de l'alcool. J'ai déjà les pieds en feu, rétorqué-je en grimaçant.

Il m'observe un instant en plissant les yeux. Puis il examine ma tenue une seconde fois dans son intégralité et avec beaucoup d'insistance. Déshabillée du regard sans vergogne par ses soins, je me sens gênée. Je suis incapable de l'affronter. Mes yeux tombent sur sa pomme d'Adam. Elle monte et descend en faisant s'animer les tatouages de son cou. C'est très beau. Mais je ne m'attarde pas plus sur cette œuvre d'art, je préfère reporter mon attention sur le paysage.

— Commence par trouver cet enculé de Stone, alors, lance-t-il. Sans lui, tu pourras pas entrer non plus.

Je suis déjà en train d'inspecter tous les alentours, mais c'est pété de monde, ici. Lasse, je prends les choses en main et me dirige vers la file d'attente.

— On s'en fout, au pire, on y va au culot. Sois naturel, ils vont flipper et nous accorder l'accès sans problème.

— Connasse, grogne-t-il par-dessus le brouhaha de la foule, contrarié.

— Pardon ? répliqué-je en faisant comme si j'avais mal entendu.

— Rien, laisse tomber.

Agacé, il ressemble à cet instant à un petit garçon, avec ses sourcils froncés et sa moue boudeuse. Je lui tourne le dos et cache mon rire. Il est à la fois chiant quand il est aigri, mais tellement mignon. Loin devant, un type posté sur les marches de l'entrée s'écrie :

— Chaque verre à l'intérieur est payant, les bouteilles sont interdites ! Videz-les avant de mettre un orteil chez moi.

— Putain, il est encore plus casse-couilles que mon coloc, lui, déclare Sayann en soupirant.

Je lui fais face et alors qu'il essaye de cacher le précieux dans son dos en ronchonnant, je me rapproche jusqu'à devoir me coller contre son corps pour la lui soutirer.

— Tu es un débutant, ou quoi ? m'étonné-je en agitant le contenant et en rétablissant une distance un peu près correcte.

Dans l'urgence de la situation, je m'accorde la liberté de glisser deux doigts sous son nombril, entre sa peau et son jean, et de tirer dessus pour y glisser le whisky, tout en regardant ailleurs.

— Tu pourrais demander la permission, avant de tripoter ma queue.

Devant cette raillerie, je reste de marbre. On sait tous les deux que je n'ai absolument pas fait ça.

— Hors de question d'aller jusque-là, je suis pas débile, non plus. Et si c'est arrivé, soit tranquille, j'ai rien senti…

Je me délecte de lui afficher un sourire moqueur. De son côté, il relève son tee-shirt, déboutonne son pantalon et le baisse légèrement pour me faciliter la tâche. Assez pour me laisser deviner son attirail, dissimulé sous un boxer blanc *Calvin Klein*. Juste au-dessus, sur son bas ventre imberbe, est tracé un tatouage. Une tête de serpent. Et je ne veux pas savoir jusqu'où il descend. S'il s'agit du plus petit du monde, ou au contraire d'un boa constricteur. Mais à en juger par la bosse sous le tissu... Bref ! Ma salive est en difficulté pour se frayer un passage dans ma gorge. Sayann, satisfait de me voir gênée et sans doute les joues en feu, s'amuse à me déshabiller du regard pour me mettre encore davantage mal à l'aise. Un torrent de lave s'écoule dans mes veines.

— Vas-y, je t'en prie, fais-toi plaisir, me propose-t-il d'un ton beaucoup trop sensuel. Essaie de caler le Jack, s'il reste un peu de place.

En plus de se vanter, il me lance un défi.

— Non merci, tu me dégoûtes.

— Ah, c'est drôle, vu comment tu rougis, et tes yeux qui pétillent, je pense plutôt le contraire, *honey*[1].

Mon corps réagit à l'exact opposé de ma raison. Il me trahit. Et je le maudis. Je déteste l'effet que Sayann a sur moi. Me laissant comme une gourde à ne pas savoir quoi répondre, il m'arrache la bouteille et en profite pour boire un coup, sans se faire repérer. Puis il réussit, cette fois, à la coincer dans son dos. Enfin, il reboutonne deux boutons sur trois avant de me faire signe d'avancer. Je m'exécute en me forçant à reprendre contenance.

Honey...

Beurk !

---

1 Chérie.

— Me donne plus jamais ce surnom. Venant de ta part, ça me donne envie de vomir, le préviens-je.

— Pourtant, j'ai plus de charisme que Stone, se moque-t-il, arrogant. Chose qui devrait te plaire, nan ?

Une montée d'adrénaline me frappe de plein fouet. Car il a raison, mais son niveau de dangerosité m'étant impossible à évaluer pour le moment, je refuse d'admettre que Torres me chamboule ce soir. Et pourquoi jouer à ça ?

— Le whisky te rend amoureux ? osé-je.

— Exact. Je commence à être imbibé et à aimer tout le monde. Même toi, *honey*.

Je pince les lèvres pour me retenir d'être désagréable. Pourquoi, dès que ce surnom sort de sa bouche, j'ai comme des frissons horribles de bonheur ?

Putain de réaction pourrie !

— Dans ce cas, tu devrais songer à arrêter, et de manière définitive, lâché-je néanmoins.

— Ou me noyer davantage dans l'alcool pour oublier que je vais devoir te supporter toute la nuit.

Cette fois, je me tais. Il cherche la confrontation, ça le nourrit, j'ai l'impression, et je préfère être plus intelligente que lui. À mesure que la queue se réduit devant nous, je me demande si c'était pas une connerie de venir ici. Car si, jusqu'à maintenant, j'étais focalisée un peu trop sur mon pire ennemi, je remarque désormais que l'attention des étudiants autour de nous est braquée… eh bien… sur nous. Génial. Ils tentent tous d'être discrets en jetant des petits coups d'œil, mais c'est peine perdue, ça se voit à des kilomètres. Et Sayann les aperçoit aussi. Fini le mec détendu qui prenait un malin plaisir à me clasher, il vient de se tendre comme un arc, la tête tournée vers la gauche.

— Qu'est-ce t'as, connard ? feule-t-il sur un type en particulier. Au lieu de parler tout bas, viens me dire ce que tu as à dire en face !

— Arrêteuuuh, grondé-je.

Honteuse de son comportement, je tire avec force sur sa manche pour faire descendre son bras qu'il brandit, montrant son majeur à tous. Conciliant, Sayann l'abaisse et perd l'équilibre. En même temps, il en profite pour entourer mes épaules comme pour se retenir de tomber. De mieux en mieux ! Mais je n'ai le temps ni de m'interroger ni d'avoir la moindre réaction, car c'est à notre tour d'entrer.

Il y a tant de monde que l'hôte de la soirée nous regarde à peine.

— Allez-y.

Il nous invite à franchir le seuil de sa maison sans faire attention au fait que mon acolyte est armé d'une bouteille. On s'exécute.

L'endroit, un immense salon dans lequel nous pénétrons, affiche une décoration digne du Far West avec ses murs en imitation bois et ses selles de cheval posées sur les poutres de la charpente. C'est bondé d'étudiants. Le brouhaha ambiant est quasi insupportable, tout comme la chaleur causée par cette marée humaine. Et à voir Sayann soupirer, comme dépité, on pense la même chose : c'est irrespirable, il faut trouver un coin plus calme, et vite. Nous partons, collés l'un à l'autre, à la recherche d'une nouvelle pièce.

Sayann exerce une pression sur mon épaule afin de me rapprocher plus de lui, pour pouvoir me parler à l'oreille. C'est à cet instant seulement que je prends conscience d'être restée entourée de son bras sans broncher. Pour autant, je ne dis toujours rien et le laisse faire.

— Tu vois, si ça avait été moi l'organisateur, ça aurait été mieux. C'est bien un plan pourri digne de Tim, ce truc-là. Je préfère me casser, du coup.

Pardon ? Il est hors de question qu'il fasse demi-tour. Je le retiens par la taille.

— J'ai pas fait tout ce chemin à pied pour rien.

— Rien t'empêche de t'amuser.

— S'il y a une chose que mes parents m'ont apprise et que je respecte, c'est de ne pas rentrer seule d'une soirée. Enfin... En réalité, je m'arrange toujours pour être accompagnée de quelqu'un de bien, avec qui je peux être en sécurité.

Son rire éclate contre les murs du couloir.

— Attends, mais t'as toujours pas capté que j'étais celui en qui tu pouvais avoir le moins confiance ? Genre, là, tu penses vraiment être *safe* avec moi ?

Bien sûr que non. Je ne comprends pas pourquoi je m'entête à vouloir rester avec lui.

— Je ne connais personne d'autre ici.

C'est bête comme réponse, mais c'est vrai ! Mon cœur cogne quand Sayann se rapproche. Il se permet de replacer une mèche rebelle derrière mon oreille, d'un geste aussi tendre que déroutant. Puis il me fixe, encore avec ce regard de braise.

— *Honey*, c'est moins risqué de rentrer seule, crois-moi, affirme-t-il, sérieux.

Cesse de me parler avec ton air si charmeur, bon Dieu.

— Jusqu'à présent, je suis toujours en vie, rétorqué-je en réussissant à soutenir son regard.

— Ouais, mais rien ne te prouve que demain matin, tu le seras toujours.

Ces mots débités sur un ton si froid, et normal pour lui, font remonter le long de mon épine dorsale un frisson de peur. Mais ses yeux, si hypnotiques, la senteur de son parfum qui m'envoûte et lui, ce mec charismatique, me poussent à poursuivre sur ce terrain dangereux. Je prends conscience que je suis folle et irresponsable. Mais il est hors de question de le laisser gagner à ce jeu tordu de me foutre la trouille.

— Passons la soirée ensemble à finir cette bouteille, rentrons à deux et voyons si je me réveille ou non demain, le défié-je.

Une lueur étrange traverse ses iris. Je ne sais pas si c'est bon ou mauvais.

Il s'agit de Sayann Torres ! La réponse est vite trouvée, idiote !

— Tu es certaine de vouloir une telle chose ?

J'acquiesce. Sa main récupère le whisky dans son dos. Il me le tend. Je m'en empare, mais il le retient en me montrant le niveau de la bouteille. Elle en est à la moitié.

— Je commence et tu la finis.

Gloups.

— OK.

Il la renverse dans sa bouche pendant un long moment. Les secondes s'égrènent et je danse d'un pied sur l'autre. *Primo*, j'ai soif, moi aussi. *Secundo*, je prends conscience, dès qu'il cesse de boire, qu'il reste beaucoup trop de liquide à avaler. Hésitante, je me masse la nuque. Je suis loin d'être du genre à picoler, pire, de faire cul sec, et avec de l'alcool pur, en plus… Mais au secours ! Dans quoi je me suis lancée ? Je viens de signer mon arrêt de mort toute seule.

— Je comprendrais que tu te défiles, crâne-t-il, un sourire en coin.

Enfoiré.

— Jamais je ne baisserai ma culotte devant toi.

Alexa préfère baisser ton boxer, pour voir si anaconda, il y a !

J'ignore la voix de ma conscience qui se fout ouvertement de ma pomme.

— C'est bien la première fois qu'une gonzesse me sort ça !

Quelle prétention ! Je l'ignore. Il lève un sourcil. À contrecœur, je lui arrache la bouteille des mains et au moment de la porter à mes lèvres, la chance me sourit. Derrière lui, sur la droite, j'aperçois Nixie et Trixie passer. De l'autre côté arrive Remington. Je me ravise.

— Nos coloc' respectifs sont là. Tu m'excuses, mais je vais aller saluer les jumelles. Les filles ! m'exclamé-je en faisant de grands signes pour signaler ma présence.

Je m'apprête à redonner son bien à Sayann, mais il se retourne et, sans sommation, fonce sur Remington pour le plaquer au sol.

Bouche bée devant une telle rapidité et la violence du coup qu'il vient de lui porter à la mâchoire, j'observe la scène, impuissante. Mes colocataires, elles, hurlent en chœur, effarées aussi. Je n'ai rien compris à ce qu'il vient de se produire. C'était trop soudain. Torres glisse quelques mots à Remington avec discrétion, puis l'aide à se relever avant de revenir vers moi. Sa main dégage les mèches de son front pour les rabattre en arrière pendant que Remington, sonné, essuie le sang qui perle au coin de sa bouche. Alors que je suis sur le point d'aller le voir pour le soigner, Sayann me retient par le bras.

— Il n'a pas besoin de ton soutien, lâche-t-il en désignant les sœurs déjà en train d'évaluer les dégâts sur son visage.

— Ne me touche pas ! m'énervé-je, bouillonnante de colère. Tu es définitivement un con !

Bien qu'il obéisse en me rendant ma liberté, il m'arrache le whisky et, sur les nerfs, le termine d'une traite. J'en profite pour rejoindre la foule et me noyer dans la masse, avant de partir en quatrième vitesse d'ici. Seule. C'est parfait. Personne ne peut être plus psychopathe que lui. Tout ce cirque d'attirance dont j'ai été la victime doit cesser.

Sayann Torres est une bombe à retardement, il m'avait prévenue. Capable d'exploser à tout moment comme ce soir, il est trop sanguin, incompréhensible et n'a pas beaucoup de bons côtés. Aucun, même ! Je mérite de m'attarder sur quelqu'un de meilleur.

CHAPITRE 20

Sayann

Il faut toujours apprendre de ses erreurs. Mais ce soir, je vois pas où j'ai merdé.

Putain, elle était trop sexy dans cette tenue rock...

Pourquoi je pense à ça, encore ? Mon poing frappe le matelas. Pourquoi je me pose autant de questions et j'arrive pas à dormir ? Je suis rentré il y a une heure, me suis couché aussi sec, et impossible de trouver le sommeil. Je cogite sur le déroulement de cette soirée et de ces derniers jours. Je commence à en avoir plein le cul, de passer pour le connard de service !

La porte de la chambre qui s'ouvre inonde la pièce de la lumière du couloir. Allongé sur le dos, je me tourne pour ignorer mon coloc et ne manque pas de soupirer pour lui signifier que sa présence me dérange toujours autant.

— Je suis venu prendre quelques affaires, m'informe-t-il.

La moitié du visage déformé par l'oreiller, je bougonne.

— D'abord tu me réveilles en débarquant comme un chacal dans le bordel, grogné-je, et ensuite tu me rends des comptes. Dis-moi juste, je ressemble à ta mère ou quoi ?

— Tu es un bâtard, Sayann, lâche-t-il tout bas.

Enfin… Il est loin d'être discret, car j'ai bien entendu. Je ne sais pas si je me raidis ou si je me lève en premier, mais une chose est sûre, quand je lui fais face, à moitié à poil et les biceps contractés, je suis ultra tendu.

— Répète, fais-je en me tapotant l'oreille.

Si je pensais qu'il allait se barrer en courant, je m'étais bien planté. Au lieu de ça, son poing s'écrase sur ma mâchoire en un coup, ma foi, fort vexant. Je hoche doucement la tête en massant ma joue pour atténuer la douleur qui se diffuse.

— Comme ça, on est quitte, ajoute-t-il.

Je le fixe un moment sans rien dire puis réplique sur la défensive :

— C'est bien. Il était temps que tu portes tes couilles.

Et je retourne me coucher.

— Content que tu le prennes comme ça, jubile-t-il.

— Fais pas trop le malin, Remington, je me suis retenu, mais je peux aussi changer d'avis et te coller une bonne raclée.

Il fourre ses vêtements en silence dans un sac de sport. Avant de se tirer, il précise :

— Tu avais raison, ça a marché. Nixie a été aux petits soins avec moi, on a pu discuter et y' a un feeling entre nous. Du coup, je vais passer la nuit avec elle.

Bien sûr que ça ne pouvait que fonctionner. Je suis loin d'être novice en matière de gonzesse. Et je ne frappe pas les gens pour le plaisir, *moi*. Je touche une nouvelle fois ma tronche. Cet enfoiré a une certaine force et il mériterait que je le fracasse contre la vitre et le balance par la fenêtre.

— Ravi pour toi, allez, casse-toi maintenant.

Mais avant qu'il referme la porte…

— Attends.

Il interrompt son geste.

— Bell est rentrée ?

Car le temps que je finisse ma bouteille, elle avait disparu.

— Oui.

C'est un soulagement. Je sais comment ça se passe, pour les nanas seules comme elle, les fêtes sur les campus avec tous ses chacals qui rôdent. C'est pour ça que je suis venu la chercher. Il fallait que je reste collé à elle. Mais qu'elle soit introuvable ensuite m'a rendu dingue. J'ai retourné toute la baraque.

— Depuis combien de temps ? Parce que personne m'a répondu à côté quand j'ai frappé.

— Aucune idée. Là, elle fait son sac aussi. Elle et Trixie nous laissent la chambre.

Je me redresse en vitesse.

— Pour aller où ? rétorqué-je du tac au tac, curieux.

— Trixie a une copine qui l'accueille pour la nuit...

— Je m'en tape d'elle ! C'est Alexa qui m'intéresse, craché-je contre ma volonté. Je veux dire...

— J'ai compris, va.

Regard en coin de ma part. J'aime pas ce ton moqueur ni le sourire à la con qu'il affiche. Il prend trop ses aises.

— Tire-toi vite. C'est mieux.

Je m'allonge à nouveau et j'attends patiemment qu'il disparaisse pour virer le drap et enfiler un jean. Hors de question qu'il voie que je lui donne raison. J'entrouvre le battant. Des voix me parviennent. En premier, celle de Trixie qui fait résonner ses talons dans le couloir. Elle vient de rejoindre la cage d'escalier. Puis celle de Bell, qui salue Remington et Nixie. Je referme la porte et récupère une clope dans ma veste accrochée au porte-manteau. Je tâte la poche arrière de mon fute pour m'assurer d'avoir un briquet. Et quand j'entends claquer la porte d'à côté, j'ouvre la mienne en grand. *Timing* impeccable ! Mon geste soudain fait sursauter Alexa juste devant ma piaule. Une main sur le cœur et un sac sur l'épaule, elle expire lentement. Moi, je souris, la clope au bec.

— Du mal à s'endormir ? Besoin de s'oxygéner ? me renseigné-je d'un air innocent.

— C'est ça, ouais, soupire-t-elle, blasée, en reprenant sa route dans la tenue qu'elle portait à la fête.

Je la suis. Mais arrivé en bas, et en sortant, je constate que les nuits sont fraîches et qu'il aurait été préférable de mettre un tee-shirt et des godasses. Tant pis. J'allume ma cigarette et poursuis mon chemin sans la lâcher d'une semelle.

— Je peux savoir pourquoi tu me colles comme ça ? s'agace-t-elle en cessant de marcher.

— On n'est pas obligé de discuter. Je te chaperonne, parce que ça craint ici passé une certaine heure. Fais ta petite vie, je t'en prie, répliqué-je en lui faisant signe d'avancer.

Alexa s'exécute et son rire m'arrive aux oreilles. Un son doux, agréable, mais un poil moqueur.

— Quelle ironie… Le seul danger, c'est toi, Sayann !

Aïe.

— Arrête de me suivre, reprend-elle, sinon je vais être obligé de te faire une prise de self-défense en criant à l'aide.

— Essaye toujours.

Elle s'arrête net et se retourne en tendant son bras dans ma direction. La clope au bec, je saisis son poignet pour interrompre son geste et éviter qu'elle me touche. Je plonge mes yeux dans les siens. Instinctivement, Alexa s'humecte les lèvres tout en soutenant mon regard.

— Tu veux vraiment me faire du mal, *honey* ?

Sa respiration se fait plus profonde. Elle déteste ce surnom et pourtant, ça lui fait de l'effet. C'est flagrant ! Ses joues rosissent, j'en suis sûr, et ses prunelles pétillent.

— Et toi, *hornet*[1], tu me suis par pur plaisir de m'emmerder, ou au contraire, tu veux vraiment me protéger ?

Je me mure dans le silence, comme hypnotisé par son iris qui me transperce, et je verrouille toute expression sur mon visage. Pas question que je lui montre mes émotions.

— *Hornet* ? m'insurgé-je. Pourquoi ? Parce que tu es piquée de moi ?

La contre-attaque est ma seule défense. Car Alexa a ce don de ne jamais rien lâcher, de me tenir tête et, parfois, de m'impressionner. Je déteste. Elle déglutit et comme un con, je l'imite. Elle baisse les yeux sur son poignet maintenu par ma main tatouée. Je me dis que je suis un abruti fini. Alexa est focalisée sur mon pouce, je caresse inconsciemment sa peau. Oui, je suis vraiment trop con. J'arrête et la relâche aussitôt. Décontenancée par ce contact surprenant, elle se masse la nuque et évite désormais de croiser mon regard.

— Je… J'allais voir…, bégaie-t-elle si… disons que Remington…

— Passe la nuit avec Nixie, terminé-je pour elle. Donc tu cherches une piaule libre, et tu t'es dit que c'était une bonne idée d'aller voir si Tim était chez lui.

Elle braque à nouveau son attention sur moi.

— Comment tu sais ?

D'une pichenette, je fais voler mon mégot.

— Facile. T'as aucun pote ici à part lui.

Mon ton est plus dur que je le voulais. Chaque fois qu'on évoque mon ancien ami, je suis à cran.

---

1 Frelon, en français.

— Et s'il est pas là, tu vas crécher sur un banc ? continué-je, plus calme.

Elle hausse les épaules, l'air perdu. En fait, Alexa n'a aucun plan, elle a laissé le champ libre à Nixie sans en mesurer les conséquences.

— J'aviserai.

— C'est mort !

C'est sorti tout seul. J'ai encore manqué une occasion de fermer ma gueule !

— Pardon ? s'indigne-t-elle en croisant les bras sur sa poitrine menue.

— Dans le pire des cas, je partage ma chambre. Au moins, je saurai où tu es.

Ça me coûte, mais bon... Elle écarquille les yeux. Étonnée, et la bouche grande ouverte, elle cherche ses mots.

— C'est... Tu es bizarre, Torres. J'ai trop de mal à te cerner. Quelle idée tordue...

Étrange, ça, oui, moi-même je peine à me reconnaître.

— Tsss... Allez, arrête avec ça ! Je vais pas te tuer. Tu auras qu'à squatter mon lit et je dormirai par terre.

— Pourquoi être si gentil d'un coup ? Y'a quelques heures, tu collais un pain à Remington sans raison.

— Y'en a une. C'était pour que Nixie ait un peu de compassion pour lui. Il s'y prend comme un manche avec les gonzesses, il avait besoin d'aide...

— Donc tu l'as frappé. Ça tourne pas rond, là-dedans, conclut-elle en désignant son crâne.

Grrr.

— Quand j'ai su qu'il était là, fallait être réactif et j'ai trouvé que ça. J'ai rempli ma mission et ça a marché, ils sont sans doute déjà en train de se tripoter.

— Désolée, mais moi, j'ai de la peine pour lui. Il ne méritait pas de s'en prendre une.

— J'ai reçu la même de sa part en guise de vengeance tout à l'heure, on est à égalité.

— Eh bien, c'est étonnant qu'il soit toujours en vie, dans ce cas, non ? me provoque-t-elle.

Mais je résiste. Je ne rétorquerai pas, bien que ça me vexe. Pour la simple et bonne raison que je risque d'être méchant alors que j'en ai pas super envie. Elle partirait et là encore, ce n'est pas ce que je veux.

— Accepte de remonter avec moi. Comme ça, demain matin, on se met direct au boulot.

Je récolte un regard en biais. Elle rougit. Bell pense à quoi, là ?

— L'exposé, grogné-je.

— Oui, oui, j'avais saisi.

Mytho.

Alexa réfléchit. Après un temps interminable à me cailler en silence, les tétons si durs qu'ils pourraient rayer du verre, je l'entends me lâcher :

— On n'a qu'une journée pour le faire. *Le devoir*, articule-t-elle avec insistance. Va falloir travailler, et à deux.

— J'y mettrai du mien, je serai même *très investi*. Contre le mur. Je te ferai la totale.

— Euh... Hein ? s'empourpre-t-elle en vacillant.

— C'est comme ça que j'aime bosser. En placardant une grande feuille sur le mur et en écrivant au feutre les éléments clés. Ça permet de mieux cerner les points à traiter.

Elle m'observe maintenant avec une certaine admiration.

— Waouh. Eh bien ! D'accord.

Je hoche la tête, satisfait, et nous montons en silence. Devant ma porte, elle pointe du doigt les numéros gravés dans le bois. Les trois six.

— Ton adoration pour Satan, tu la tiens depuis quand ? demande-t-elle d'un ton neutre avant d'entrer.

— Depuis toujours, fais-je pour lui donner un coup de chaud.

Mais ça ne fonctionne pas. Elle pénètre dans mon antre et elle scrute toute la déco. Mon drapeau représentant une tête de mort sanguinolente couvrant le plafond, les murs noirs et les tickets de concerts collés un peu partout. J'en ai d'autres dans ma table de chevet du groupe Palaye Royale. Mais si je les affiche, la copie de Remington Leith va être folle de savoir que je suis allé les voir et il va vouloir un compte-rendu détaillé. Autant dire d'avance que c'est *niet*.

Rien n'échappe à Alexa. Pendant qu'elle continue de tout étudier du regard, je récupère une couette dans le placard. Je la jette sur mon lit. Enfin, j'éteins la lumière, attrape des draps que j'étale par terre pour créer un matelas et j'enlève mon jean. Elle lâche son sac au sol et s'assied avec prudence sur mon plumard. Je crois qu'elle s'allonge, mais j'ai le dos tourné et je ferme les paupières.

— Merci pour l'invitation et la couette, se force-t-elle à dire d'une petite voix.

Je ne réponds pas. J'aspire juste à dormir pour oublier la connerie que je viens de commettre. Celle de l'avoir ramenée chez moi. Dans mon intimité. Lui offrant une micro-ouverture sur ma vie.

Une situation qui pourrait précipiter ma perte.

CHAPITRE 21

Alexa

Ce matin, le réveil est difficile. Les matelas sont inconfortables ici. En plus, être ailleurs que dans ma chambre, ça a été très compliqué, surtout avec Sayann au pied du lit. Il s'est vite endormi, mais moi, j'ai longtemps cherché ma place avec une question qui me hantait : qu'est-ce qui m'a pris d'accepter sa proposition ? OK, j'étais démunie et je ne savais pas trop où aller hier soir, mais de là à atterrir dans son lit ! L'odeur de son parfum sur les draps m'a empêchée de sombrer dans le sommeil, autant que la crainte de me retrouver avec lui dans ce petit espace et dans le noir. Comme un chat, j'ai dû rester aux aguets pour assurer ma survie.

Enfin… Son hospitalité me force à reconnaître qu'il a quelques qualités. Sans parler de son pouce et de sa caresse contre ma peau, quand j'ai voulu le mettre à terre, et qui m'a provoqué bien plus qu'une nuée de frissons… Je préfère taire cette histoire.

Sayann gesticule légèrement. Je me redresse et l'observe. Ce n'est pas la première fois. Je l'ai fait à de multiples reprises. Mais je ne trouvais pas le sommeil et n'avais rien de mieux à faire pour tuer le temps !

En position fœtale, vêtu d'un boxer, il a la chair de poule. Sans réfléchir, je prends ma couette, me lève et recouvre délicatement son dos. Soudain, il se tourne. D'une main, il se frotte les yeux, et de l'autre, il repousse ma charmante attention à ses pieds pour la dégager. S'ensuit un bâillement et enfin, il ouvre les paupières. Son visage est verrouillé. Vais-je me faire découper en rondelles ? En tout cas, je n'ai pas peur. À force de le côtoyer, j'ai appris à dompter la crainte.

— Bonjour, dis-je d'un ton neutre.

— Alexa, il est quelle heure ?

Grrr. Il me prend encore pour cet assistant vocal.

— Huit heures.

— Alexa, il fait quel temps aujourd'hui ? réclame-t-il, joueur.

Je jette un œil vers la fenêtre et je remarque que la vitre est mouillée.

— Gris avec quelques ondées.

Il grimace.

— Alexa, mets *War Pigs* de Black Sabbath.

J'attrape mon oreiller – ou plutôt le sien – et le lui balance en pleine face.

— Mets ta musique, toi-même. Je vais me laver, je descends prendre mon petit-déj' et je remonte pour le devoir, déclaré-je en récupérant mon sac.

Il se redresse sur ses coudes en exhibant ses abdos contractés, ainsi que ce début de tête de serpent à la lisière de la ceinture de son sous-vêtement...

— Depuis quand tu te laves le matin ? Tu as oublié que j'aime être seul quand je vais à la douche ? lâche-t-il, arrogant, en se levant.

Il enfile son jean et attrape sa trousse de toilette.

— Depuis que je l'ai décrété, tout simplement. Donc désolée de te décevoir, mais on sera deux aujourd'hui.

À l'idée de me retrouver avec lui, je sens le rouge me monter aux joues. Alors je quitte vite la pièce avant que ma gêne grandisse. Surpris, il reste planté là. Fière de moi, de lui avoir tenu tête comme il se doit, je pousse la double porte-battante qui mène aux cabines. Trois mecs sont là, chacun une serviette nouée à la taille. Leurs cheveux sont humides. Je les contourne pour aller m'enfermer, quand l'un d'eux me bouscule d'un coup d'épaule. À côté de lui, son ami me fixe et prend la parole avant même que j'aie pu dire quoi que ce soit.

— J'irais bien reprendre une douche, moi ! Tu viens m'aider à me savonner jusqu'à me faire cracher, ma belle ?

Tous éclatent d'un rire gras. Et alors que j'ouvre la bouche pour me défendre, un courant d'air me fait frissonner dans le dos. Sayann entre dans mon champ de vision et s'adresse au gars.

— Avec plaisir, vas-y, passe la première, lui intime-t-il en se rapprochant dangereusement de lui. Par contre, je suis pas fan de ce surnom !

Le type devient blême et ses potes, eux, foutent le camp, la queue basse. Encore des étudiants qui connaissent Torres, sans doute. Son ton menaçant et sa voix rauque suffisent à les convaincre de déguerpir.

— J'ignorais que c'était ta copine, mec, se défend-il en reculant son visage, de peur de se prendre un coup de boule.

Pauvre merde ! Encore un qui pense que je suis sa petite-amie. Bon sang ! D'accord, je porte toujours ma robe Rockabilly et des boots, un look rock comme Sayann, mais je ne comprends pas ce qui leur fait dire ça à tous !

Tu es tout le temps fourrée avec lui.

Ma voix intérieure a à moitié raison. Et c'est *toujours* parce que je n'ai pas trop le choix. Un simple concours de circonstances.

Qui en soi n'est pas si désagréable, n'est-ce pas ?

C'est un fait.

— Mets-bien tes petits copains au parfum aussi, si j'entends encore une fois de la merde sortir de ta bouche contre n'importe quelle gonzesse qui vient se laver, c'est pas ton jus qui s'écoulera dans le siphon, mais ton sang.

J'ai beau être contre la violence, je suis assez d'accord avec ce que vient de dire Sayann.

Le type se tire, j'entre enfin dans la cabine. Sayann en fait de même dans celle d'à côté.

— Merci, mais j'aurais pu m'en dépatouiller toute seule, fais-je en me déshabillant et en me cognant contre les parois.

Cet espace est trop restreint. Après avoir suspendu mes habits au crochet et poussé mon sac le plus près possible de la porte pour éviter de le mouiller, j'ouvre le robinet. Le mur qui nous sépare tremble sous les coups de coude de mon voisin qui ôte son jean, je présume. Ignorant mes paroles, il fait couler l'eau et se met à chanter. J'avais remarqué qu'il aimait donner de la voix. Son timbre éraillé, ses notes très justes, attirent mon attention. Prise de frissons, j'augmente la température de l'eau. Très vite, l'odeur de mon gel douche se mêle à celle de son savon. Boisé, ambré, épicé, une senteur de mec viril qui, comme son parfum, lui correspond à la perfection.

— *« I'm trying*

J'essaye

I'm trying to be

J'essaye d'être

The man that you wanted to see

L'homme que tu voulais voir »

Broken. Cette chanson de Palaye Royale, que je connais bien, me fait frémir. Aucune idée des raisons pour lesquelles il a choisi ce titre. Mais si jamais c'est un message subliminal, destiné à provoquer chez moi une sensation de malaise, l'effet est tout autre. Je me mets au contraire à chanter avec lui quelques paroles. Ma voix aiguë se mêle à la sienne, plus grave, et le rendu est presque parfait. Je m'arrête lors du refrain qui nécessiterait de forcer sur les cordes vocales. Il le gère à la perfection, ce qui déclenche en moi une réaction délicieuse. Je me liquéfie en soupirant et en fermant les paupières. Je me surprends à ralentir mes gestes sur ma peau. Bercée par la voix de Sayann, je glisse mes mains avec lenteur sur ma poitrine et la presse. Elles trouvent le chemin d'une zone plus au Sud et davantage érogène. Couverte de mousse, je mords machinalement ma lèvre en caressant l'intérieur de mes cuisses, puis mon clitoris sans réfléchir au pourquoi du comment j'en suis arrivée là. Tant pis, c'est trop bon et je découvre que je suis déjà très humide, sans avoir eu besoin de faire grand-chose. Juste grâce ou à cause de Sayann, de sa voix, de lui nu aussi à côté.

Alors qu'il arrête de pousser la chansonnette, je continue de me faire du bien en imaginant ses doigts à la place des miens. Mon excitation est à son comble, mon dos heurte le mur carrelé. Je dois me raccrocher au pommeau pour éviter de défaillir et tomber à genoux dans le bac à douche tant mes jambes sont en coton. J'aimerais qu'il donne à nouveau de la voix pour éteindre le feu qui bouillonne en moi, mais je n'entends plus que le bruit de l'eau. Je voudrais même, sans doute, qu'il me rejoigne et joue avec mon corps comme je pourrais m'amuser avec le sien…

Un gros « boum », celui des portes battantes qui claque contre le mur suivi de plusieurs voix masculines et féminines vient casser ce délicieux moment. Nooonnn ! Sans mauvais jeu de mots, j'étais à deux doigts de la jouissance. Nous coupons l'eau au même instant. Et nous râlons aussi en chœur. Les cabines se remplissent, pendant que je fouille dans mon sac à la recherche d'une serviette. Après avoir buté autant que Sayann contre les cloisons pour me rhabiller, je sors et le croise, les cheveux trempés. Cette fois, ma gêne est visible. Je me sens rougir de m'être fait du bien en songeant à lui. Je détourne vite le regard et quitte la pièce.

— Sont casse-couilles, tous ces cons ! rage-t-il en me dépassant. On peut jamais se laver tranquille.

Je n'en pense pas moins. Nous empruntons les escaliers et prenons la direction du self. À une certaine distance devant moi, il me laisse l'occasion de contempler sa démarche assurée ainsi que ses mèches colorées, humides et rabattues en arrière. Hummm. Et que dire de ses longues jambes dans ce jean destroy mettant en valeur son fessier... Pfff, même de dos, il est canon ! Cruelle réalité.

Mate plutôt les alentours, Alexa !

C'est dimanche et il n'y a personne dans le parc. Nous sommes les premiers lorsque nous prenons chacun un plateau et que nous nous servons en silence. Nous remplissons nos assiettes débordantes de nourriture salée et sucrée.

Ça creuse de se masturber !

Dépassée par ma voix intérieure, je secoue la tête. Je ne suis pas la seule à être sur le point de faire un carnage culinaire, Sayann semble également avoir les crocs. Tout comme moi, en plus des œufs brouillés, du bacon et de sa tonne de pancakes, il bourre un bol de céréales.

Peut-être que lui aussi s'est...

À cette idée, le plateau me glisse des mains. Par chance, rien ne se renverse. Les doigts maintenant cramponnés aux bords afin d'éviter de le lâcher tant je suis prise d'un coup de chaud, je pars m'installer au beau milieu du restaurant universitaire. Sayann, quant à lui, a choisi sa place traditionnelle, tout au fond, près de la baie vitrée. Je préfère, je suis assez nerveuse et j'aspire à petit-déjeuner en solitaire. Est-ce que lui aussi s'est... Non, impossible. Je suis l'unique débile à m'être fait plaisir sous cette maudite douche. C'est ridicule. Mais tout comme ce que j'ingurgite de bon matin, il faut l'avouer, c'était trop bon.

Sssssss, Alexa, c'est le serpent qui te parle, veux-tu goûter...

— Oh, la ferme ! grogné-je tout bas.

Ça y est, je deviens folle ! Folle d'un fou. Me voilà dans de beaux draps. Quel enfer ! Et dire qu'une journée complète m'attend avec lui.

En parlant d'attente, moins de dix minutes plus tard, l'objet de mon attention – pour ne pas dire de mes fantasmes soudains les plus dingues – apparaît à ma table.

— T'en es que là ? râle-t-il comme à son habitude.

Les yeux braqués sur mon plateau, je fais le bilan de ce qu'il me reste : trois pancakes. Avant de lui répondre, j'essuie ma bouche.

— Vas-y, je te rejoins.

Il s'exécute en laissant dans son sillage des effluves de son parfum. Et je me félicite de me concentrer sur mon plat plutôt que sur le derrière de Torres. Une micro-victoire.

CHAPITRE 22

Alexa

— Ça se voit que tu as étudié à Yale.

C'est trop carré. Faute d'avoir un bureau, nous sommes installés à même le sol, mais cette organisation de malade est digne des plus grands psychopathes. Un frisson traverse mon dos. Les feutres de différentes couleurs sont disposés en une rangée rectiligne. Une feuille A3 est placardée sur le mur et une pile de copies blanches attend bien sagement d'être remplie. Deux stylos, bien alignés, et dont aucun bout ne dépasse, sont à notre disposition.

— Rien à voir. Je me mets au tableau et tu notes, m'indique-t-il d'un ton ferme en prenant un marqueur.

Debout, proche de son tableau improvisé, il inscrit les fameux mots clefs à aborder. Il a pris les commandes d'un air autoritaire, et sans rechigner, je me saisis d'une page vierge, très étonnée de son attitude si bosseuse. Qui es-tu vraiment, Sayann Torres ? Je plisse les yeux et l'analyse en l'observant, stupéfaite de le voir si concentré. Son comportement est très appréciable. Voilà qui va arranger mes affaires, ça, tiens ! Pfff. Il marque encore un point là où il ne faudrait pas.

— Je persiste et signe, affirmé-je en écrivant ce qu'il me dicte, il n'y a qu'à Yale qu'on apprend à être si rigoureux. D'ailleurs, dans la mesure où je me suis fait renverser dans une rue à deux pas de cette université, tu pourrais peut-être m'aider à identifier le coupable, non ?

Je ne sais pas du tout pourquoi je remets cette histoire sur le tapis, ni pourquoi je veux m'associer à lui. Son mécontentement est visible. Peu importe, je poursuis sur ma bonne lancée, prête à m'enterrer.

— Tu connais du monde là-bas, tu y as étudié.

Ses doigts se resserrent avec force sur le marqueur et ses gestes sur la grande feuille murale sont plus vifs et brutaux.

— Oublie. Et des tas de gens passent par là chaque jour pour aller au boulot. Rien ne dit que c'est l'un de ces connards.

— Certes, capitulé-je, déçue.

Il appuie tant sur la pointe du feutre qu'elle crisse. Je l'ai énervé. Tout comme Tim, Yale est un sujet très sensible.

La porte s'ouvre. Remington déboule dans la chambre avec un large sourire plaqué sur son visage.

— Salut !

Polie, je lui réponds. Quant à son coloc', il continue de martyriser son crayon sur le papier en l'ignorant.

— Tu vas bien, Alexa ?

— Super. Toi aussi à ce que je vois. La soirée était bonne ?

— Parfaite, même.

Il ne se gêne pas pour raconter qu'il a passé le début de la matinée dans les bras de sa belle à lui faire des papouilles.

— Waouh, c'est top.

Nixie est une petite chanceuse. Rêveuse, je me perds dans mes songes et imagine ce que donnerait une vraie nuit avec Sayann. Il me…

Ramenée sur terre par le bruit sec de la feuille qu'il arrache, puis du marqueur qu'il balance contre la fenêtre, je demeure stoïque. D'un pas décidé, il se dirige vers le porte-manteau et prend sa veste. Merde ! Impossible de le laisser filer !

— Puisque je suis le seul à bosser, je me casse !

— Non ! Le devoir est à rendre demain !

— Rien à foutre ! s'écrie-t-il en claquant la porte derrière lui.

Toujours assise, je sens les vibrations du choc. Je me prends la tête entre les mains et soupire. Ce mec est beaucoup trop sanguin quand il s'y met, c'est épuisant.

Remington, qui est désolé, danse d'un pied sur l'autre à mes côtés.

— Il est compliqué, hein ?

À qui le dis-tu !

— Il est comme il est, ouais, rétorqué-je, lasse, en massant maintenant mon front.

Encore et toujours difficile à suivre.

— Quelquefois, il a bon cœur, même si ça reste rare.

— Pourquoi tu défends l'indéfendable ? répliqué-je. Sayann est pas sympa avec toi, je me trompe ?

Il hausse les épaules.

— Et toi, pourquoi tu passes autant de temps avec lui ?

— J'ai pas le choix, grogné-je. On a une dissert à faire en commun, parce que ni lui ni moi n'avons su nous décider à temps pour trouver un binôme.

Il tourne la tête vers la droite. Sur le matelas de fortune improvisé par Sayann au pied de son lit.

— Pourtant, tu es venue dormir ici. Vous n'avez pas travaillé cette nuit, constate-t-il.

Touché, coulé. J'expire avec force.

— Tu n'as pas autre chose à faire de ta journée que de me psychanalyser ?

— Je pense juste que toi comme lui, vous êtes attirés l'un par l'autre.

Ça y est, ça me soule et je ne manque pas de lui en faire la réflexion en ramassant mes affaires avant de me lever.

— C'est n'importe quoi ! fais-je sur un ton acerbe.

— Vous êtes pareils, j'ai l'impression. Aussi sanguins…

Je ne lui laisse pas terminer sa phrase, je claque la porte de chez lui. Elle se rouvre et je me cogne le dos contre le battant. Je me retiens de tomber.

— Juste pour info : hier soir, il avait l'air stressé de te savoir dans la nature. Il m'a demandé si tu étais bien rentrée. Ça, c'est plutôt cool de sa part, nan ?

Oh. J'avoue. Mais si je pouvais chasser ce sourire idiot de mon visage, ce serait super. Je ne contrôle plus rien. Que ce soit mes réactions physiques ou émotionnelles. Car ça me fait du bien, oui, j'apprécie plus que je ne le devrais de savoir qu'il s'est soucié de ma sécurité. Sayann disait vrai quand il m'a suivie, ce n'était pas qu'une question de jalousie mal placée envers Tim. Certes, il a préféré que je dorme chez lui plutôt qu'au dortoir à l'autre bout du campus ou sur un banc, mais il s'est surtout inquiété de savoir si j'étais saine et sauve après ce trajet en solitaire. Et ça me touche.

Comme sous la douche ?

Je grimace.

— Je ne te dis pas ça parce qu'il a arrangé mon cas avec Nixie, – à sa façon –, mais fonce le rattraper. Y'a un truc entre vous.

Mensonge. Cependant, mon cœur palpite soudain.

— Comment tu as pu voir ça ? Je ne suis pas persuadée que Sayann s'intéresse à moi de cette façon.

— Il n'accepte personne dans sa chambre en temps normal. Et chaque fois que je vous aperçois tous les deux, je le sens différent de quand je suis avec lui.

Mon esprit assimile petit à petit ses mots.

— Peut-être, mais tout comme avec toi, il n'est pas super tendre avec moi.

Hormis quand son pouce a frôlé mon avant-bras durant quelques secondes hier soir, pour me retenir d'aller chez Tim. Comment ai-je pu oublier ce contact si agréable ? Et son regard si insistant et perçant ?

Par réflexe, je caresse mon bras.

— Ça vaut ce que ça vaut, mais tu ne me feras pas changer d'avis, affirme Remington. Sayann aime passer du temps avec toi, même si au départ, c'était contre son gré.

— Moi aussi, lâché-je, comme si ça ne demandait qu'à sortir.

— Alors, va le retrouver !

***

Assise dans l'herbe en plein milieu du campus, je réfléchis à ma conversation avec Remington. En vérité, je repousse l'échéance en dégustant une barre chocolatée. C'est plus simple.

Courage, tu peux le faire. Tu vas trouver Sayann, tu le plaques dans un coin et tu lui roules la pelle du siècle à ce p'tit con !

Essayant tant bien que mal de faire taire les pensées farfelues de ma conscience depuis une bonne heure, je décide de cesser de ruminer et de me lever, pour partir enfin à sa recherche. Autant être fixée. Mes mains sont moites, mon cœur menace de lâcher mon corps et mon souffle est court. Par quoi je vais pouvoir commencer ? « Il faut qu'on parle ? » Non, c'est nul. Il est agacé, donc il va m'envoyer bouler. Punaise, quelle galère ! « Écoute, je crois que j'ai un faible pour toi… » Au secours, c'est encore plus pourri !

Respire, ça va aller.

Lorsque je l'aperçois, assis sur une table de pique-nique à fumer sa clope, mon état empire. Mes jambes menacent de céder sous la pression que je me suis foutue toute seule. Ce n'est pas le moment de se dégonfler, donc je prends sur moi et souffle un bon coup avant de partir à sa rencontre. Quand il me remarque, ses yeux plongent dans les miens. Punaise… En plus d'être saisie par une montée d'adrénaline, je perds tous mes moyens. Mon sourire est crispé et mon visage est sans doute blafard. Je suis prise d'un mal de ventre terrible.

— Ne cherche pas, j'ai plus envie de bosser, peste-t-il avant d'aspirer une grosse bouffée de nicotine. Vous m'avez soulé, tous les deux, à parler de la pluie et du beau temps. Remington est encore plus chiant quand il est accro à une gonzesse, j'ai l'impression.

— Tu es jaloux de leur relation ?

Aucune réponse. Je me focalise désormais sur ses doigts tatoués qui tiennent la cigarette. C'est plus facile que de le regarder en face. La situation est trop critique. Je dois lui avouer qu'il ne me laisse pas indifférente, et en même temps, j'ai peur qu'il trouve ça débile et m'envoie sur la lune. Je devrais laisser tomber, il n'est pas fait pour moi ! Misère, il y a trop de choses qui se bousculent dans mon esprit…

— Je suis pas là pour parler de ça en fait, rétorqué-je avec des trémolos dans la voix.

— Pour quoi, alors ? réplique-t-il d'un ton sérieux.

Pourquoi, surtout, tu me fixes autant, toi ?

Je le sais, car je le sens. Son regard est si intense qu'il pèse sur mes pauvres épaules comme un rouleau compresseur.

— Bah… je…

Je ressemble à une guimauve qu'on aurait trempée dans l'eau. Toute flasque et sans intérêt.

— Tu ?

J'avance d'un pas pour me rapprocher de lui. Sayann est assis sur la table et je colle presque ma cuisse à son genou en osant le regarder. Mon vœu le plus cher est que mes yeux lui passent le message.

Comme s'il avait compris où je voulais en venir, il penche son corps en arrière.

Merde, la honte, je ne veux pas l'embrasser ! Si, enfin... non, pas comme ça, je suis juste attirée par lui comme un aimant, bon sang ! Et j'ai besoin d'être proche de lui. J'effectue un pas en arrière pour retrouver une distance acceptable, mais je peine à masquer ma déception. Il est évident qu'on ne partage pas l'envie de... quoi, au juste ? Je n'en sais rien ! C'est du délire ! Putain ! Je n'ai aucune idée de ce que je veux réellement avec lui.

— Laisse tomber.

Perdue, je fais demi-tour.

— Non, reste.

Un espoir renait. J'obéis. Cette situation ne peut pas durer, je dois me libérer maintenant. Comme il est dos à moi, c'est plus simple de tout lui avouer.

— J'ai besoin d'être rassurée. Que tu me dises ce qui s'est passé de si terrible à Yale. Même si j'appréhende beaucoup et qu'une partie de moi ne veut pas savoir.

N'ayant pas de réponse de sa part, je me retourne. Ses sourcils sont froncés. C'est pas bon signe et aborder ce sujet sensible va jouer en ma défaveur. Quelle conne ! Mais il faut aussi que je sache si oui ou non je dois me laisser aller et lui révéler ce que je ressens.

— Est-ce que ça craint vraiment ? demandé-je d'une voix à peine audible.

Les larmes aux yeux, je puise dans mes dernières ressources intérieures pour les contenir.

— Tu veux pas savoir, Alexa, crache-t-il en évitant mon regard et en bondissant de la table. Tu veux pas me connaître.

Très tendu, il me tourne le dos en ébouriffant ses cheveux.

— C'est qu'une façade. Au fond...

Je laisse ma phrase en suspens et me poste devant lui. Ses épaules s'affaissent et il soupire avec force. D'un regard contrarié, il me scrute.

Immobiles, nous nous toisons tandis que mon cœur est au bord de la crise cardiaque.

— Cherche pas. Tu fais fausse route. Reprends ta vie, de toute façon, pour le devoir, c'est mort !

Ses paroles déclenchent un truc pénible en moi. Je suis soudain froissée et bourrée de colère.

— Connard… Tu m'avais dit qu'en une journée ce serait bouclé ! Comment j'ai pu être si naïve ? Jamais je n'aurais dû te faire confiance !

— Pas mieux ! s'écrie-t-il. Je regrette d'avoir été aussi con de m'être soucié de ta sécurité, putain !

Il shoote avec haine dans une canette. Elle rebondit dans un bruit métallique. Il poursuit :

— Tu sais pas à quel point ça me tue de t'avoir dans le crâne !

À bout de nerfs, il frappe dans un arbre des deux poings serrés. Contre le tronc, la tête entre ses avant-bras crispés, il enrage et jure tout ce qu'il peut. Vaincu. Et vulnérable.

Plantée là, je reste interdite devant cette scène. Je ressens un profond déchirement. Sayann se retourne comme désabusé et me supplie, dans un soupir :

— Va-t'en, Alexa.

Au lieu d'obtempérer, mes pas me rapprochent de lui. Je peux lire dans ses yeux le trouble qui le ronge. Ses aveux sont une porte ouverte dans laquelle je m'engouffre.

— Moi aussi, j'aspirais à tout, sauf à craquer pour toi.

L'inavouable est enfin sorti de ma bouche. Est-ce que c'est libérateur ? À moitié. Savoir que je le hante autant qu'il me hante m'aide, mais nous sommes tous les deux dans une impasse. Celle d'être attirés l'un par l'autre contre notre volonté. Je me sens perdue, brassée par les évènements, épuisée de ma colère et de la sienne. La tête tournée, je lui cache mes larmes. Une caresse inattendue fait lever mes yeux embués vers lui. Ses mains encadrent mon visage et malgré ma vision trouble, je distingue chez Sayann une expression de colère, toujours, mais aussi de tristesse.

— T'aurais dû te taire et dégager, me reproche-t-il, un ton en dessous.

Sayann lutte pour contenir sa rage et refouler ses émotions positives à mon égard.

— J'ai essayé.

Une grimace vient tordre son visage.

— Essaye encore, s'il te plaît, me supplie-t-il à nouveau. Pars.

— Impossible, lâché-je dans un sanglot. Si tu veux t'éloigner de moi, vas-y, prends la fuite. Moi, je ne bougerai pas.

Seconde grimace. Il se retient, semble se bagarrer avec ses propres démons toujours accrochés à ma peau. Et sans se contrôler, nos visages se rapprochent dangereusement. Le front maintenant collé au mien, Sayann déglutit avec difficulté avant de susurrer :

— Alexa..., putain de merde, me fais pas ça...

Le cœur tambourinant à cause de cette proximité et de ses mots, je ne cille pas, je ne bronche pas. À lui de se décider. Les secondes qui s'écoulent me paraissent interminables et je préfère fermer les paupières. Car peu importe son choix, il me sera douloureux. Un souffle chaud vient caresser ma bouche. Le sien. Je me raidis, mais lorsque je sens ses lèvres brûlantes sur les miennes, je savoure ce baiser en relâchant toute la pression accumulée.

Je vais le regretter, mais pour l'instant, je ne peux que me délecter de ce moment. Il intensifie son étreinte avec fougue. Ses doigts glissent le long de ma nuque pour empoigner la racine de mes cheveux. D'un geste énergique, il m'arrime à lui. Plaquée contre son corps, je m'abandonne à la caresse de sa langue jouant avec la mienne. Incapable de résister, je fonds sous son contact en me laissant aller. Mes doigts impatients se faufilent sous son tee-shirt. La peau douce et chaude de son torse ferme, la puissance de ses caresses maintenant sur mes fesses, font de moi une chose minuscule.

Soudain, il cesse de m'embrasser et s'arrache à moi. D'une façon si brutale que c'en est douloureux. Gêné, il frotte son visage et se passe la langue sur ses lèvres par réflexe. Inconsciemment, je l'imite et m'exprime la première, encore chamboulée aussi. Je cherche mes mots.

— On pourrait… Pour le projet, remonter et…

Sayann secoue la tête en signe de refus.

— Impossible. Je me suis souvenu que j'avais des trucs à faire.

Ma déception est palpable. Renfrognée, je rive mes yeux au sol. Je suis dégoûtée de sa réaction, à l'opposé de sa tendresse et de son excitation d'il y a quelques minutes à peine ! Je m'apprête à rétorquer, quand il me prend de court.

— On se verra sans doute demain.

Stoïque, il me tourne le dos pour de bon cette fois-ci, en me laissant dans le flou de cette relation naissante. En plus, il nous met dans une galère incommensurable pour cet exposé sur les inégalités.

CHAPITRE 23

Alexa

Lundi. Jour J. On doit rendre notre travail en binôme. Autrement dit, je vais remettre à monsieur Potter… du vent. En quittant le dortoir sur ma trottinette, stressée à cause du cours qui m'attend, je tombe sur Tim.

— Bah alors, je t'ai pas vue à la fête ? me demande-t-il en accourant pour faire le trajet à mes côtés.

— Je ne suis pas restée longtemps.

— Tu es venue seule ou accompagnée ?

Je freine et souffle.

— Tu peux lâcher deux secondes la grappe à Sayann ?

— C'est pas un bon pote, Alexa.

— C'est marrant, lui pense la même chose de toi.

Il se mord la joue et ses narines se dilatent.

— Si tu savais ce qu'il s'est passé, ça t'aiderait sans doute à t'éloigner de lui.

Il m'agace et je rétorque, du tac au tac :

— Bah dis-moi, dans ce cas !

C'est moche de ma part, mais comme Sayann n'est pas décidé à se confier… C'est une opportunité en or, une occasion que je dois saisir.

Il scrute les alentours tout en réfléchissant et après une bonne minute, il me répond à voix basse :

— Samedi, à minuit, sur le campus de Yale. Rejoins-moi au bord du bassin, derrière la fraternité Delta Kappa Epsilon.

Il va falloir que je sois patiente jusque-là, mais je suis preneuse.

— C'est là que le drame a eu lieu ?

Grave, il acquiesce. Ma peau se couvre de frissons. Surprise qu'il soit prêt à me raconter ce qui s'est passé, je tique.

— Comment je peux être sûre que tu me diras la vérité ?

— J'étais présent, je n'ai oublié aucun détail de cette soirée. Et je veux ton bien, il est temps que tu ouvres enfin les yeux sur lui.

Oh.

— D'accord, j'y serai.

— Pas un mot à personne. Si ça se sait, le sénateur fera en sorte de me mettre des bâtons dans les roues pour mes études.

C'est dingue, ce pouvoir.

— OK. À plus.

Comme je n'y ai jamais mis les pieds, je recherche sur mon téléphone – en partant de mon côté – un plan de cette université. Après avoir calé mon portable sur le guidon de la trottinette, je garde tout de même un œil sur la route. Le campus est aussi immense que celui d'UNH et je dois glisser beaucoup de fois mon index sur l'écran pour trouver le fameux point d'eau. Je n'ai pas le temps de songer davantage à cette affaire que je suis arrivée à destination. Je récupère mon portable et gare l'engin devant le bâtiment où mon cours a lieu. Pour le moment, j'ai d'autres chats à fouetter. D'un pas pressé et les mains moites, je suis la dernière à franchir la porte de ma salle.

Je parcours du regard la pièce en allant m'installer et le verdict tombe : Sayann est absent. Putain, ça craint. Je vais devoir me défendre seule. Après avoir sorti mes affaires sur la table, je me triture les ongles.

Les autres étudiants ont une pile de copies devant eux et le sourire comme satisfait de leur travail accompli. Blasée, je secoue la tête en mordant ma joue.

— Je vais vous appeler par binôme pour que vous puissiez venir exposer vos recherches et votre analyse finale sur ce projet. J'espère n'avoir que des retours complets. Dans le cas contraire, votre place sera dans le bureau du doyen pour le semestre. J'ai une certaine aversion pour les tire-au-flanc.

Au secours ! Je suis foutue ! Je n'ai aucune idée de ce que je vais pouvoir trouver comme excuse hyper valable pour m'éviter une telle sentence. J'ai ruminé le sujet seulement une petite partie de la soirée, la plus grande était centrée sur ce baiser échangé et ce contact divin…

— Mesdemoiselles Martinez et Harrys ?

Les deux premières appelées gagnent l'estrade avec chacune un dossier serré contre elle. Je m'enfonce dans le siège.

— Vous avez cinq minutes, les prévient le prof en s'asseyant sur son bureau les bras croisés et tout ouïe.

J'en profite pour faire carburer mon esprit à la recherche d'une solution. Que dis-je, il me faudrait un miracle ! Mais c'est peine perdue. Une tante décédée ? Le chien qui a mangé les copies ? Je manque tant d'imagination que je n'ai rien d'autre que des excuses vues et revues, nulles, de surcroît. Quelques minutes plus tard, des applaudissements retentissent dans la salle.

— Un travail comme celui-ci mérite un A. Bravo !

Potter se saisit d'un carnet sur lequel il écrit. Puis il jette un coup d'œil sur une fiche posée devant lui.

— Bien ! Continuons avec… Mademoiselle Bell, et monsieur Torres.

Mon cœur tape un sprint. Le prof attend qu'on vienne au tableau, tout comme la trentaine de personnes présentes à ce cours. Après avoir pris une bonne inspiration et m'être raclé la gorge, je me lance, figée sur ma chaise.

— Mon binôme est en retard, pouvez-vous appeler un autre groupe en attendant, s'il vous plaît ?

Ma voix est mal assurée et Potter semble avoir pitié de ma gêne. Sans s'y opposer ni faire de commentaire, il convoque un nouveau duo. Je viens de m'enterrer un peu plus. J'aurais dû avouer la vérité de suite. D'autant que rien ne me dit que Sayann va se pointer. L'heure tourne et les tandems défilent tour à tour. Certains mettent plus de temps que d'autres à exposer leur projet et à la fin, il ne reste plus que moi et mon désespoir. Dans deux minutes, le cours sera terminé. Avec un minimum de chance, il nous repoussera à la semaine prochaine, qui sait ?

— Mademoiselle Bell ?

Je suis fichue ! Je pince les lèvres. Je me lève et en traînant des pieds pour grappiller quelques ridicules secondes supplémentaires, je me rends jusqu'à l'estrade les mains vides, morte de honte.

On frappe à la porte en même temps qu'elle s'ouvre avec fracas dans un vacarme assourdissant. Mes épaules s'affaissent, c'est une libération. Je n'ai jamais été si heureuse de le voir ! Il va pouvoir se débrouiller avec le prof. Sayann, son sac à dos à la main, vient à notre rencontre. Son parfum emplit mes poumons.

— Excusez pour le retard. J'étais au café du coin, déclare-t-il en mâchant un chewing-gum.

— Vous avez une cigarette coincée derrière l'oreille, lui fait remarquer le prof d'un air désapprobateur.

— Je sais, répond-il, insolent.

Je me masse la tempe. L'attitude de Sayann ne va pas arranger mon cas.

— Mais j'ai surtout ceci...

De son sac, il extirpe une chemise porte-documents bien épaisse et de qualité, si j'en juge par la page de garde joliment décorée à la main. Sidérée, je les observe tour à tour, bouche bée. Le dossier. Sayann. Le prof. Trop de questions se bousculent dans ma tête, mais une principale en ressort : comment s'est-il débrouillé pour faire tout ce travail, en si peu de temps ?

— Le cours est fini, indique Potter en ignorant le dossier.

C'est l'ascenseur émotionnel. Nos camarades se lèvent et quittent la salle.

— On a bossé toute la nuit pour le terminer ! tonne Sayann.

Je reporte mon attention sur lui. De gros cernes assombrissent ses yeux. Je n'en reviens pas qu'il ait sacrifié son sommeil pour un devoir.

— Lisez-le, au moins, le supplié-je.

Le prof hésite, puis devant nos mines déconfites, il tend le bras pour l'attraper.

— Ne vous attendez pas à avoir un A. Le fait que vous n'ayez pu le présenter verbalement à vos camarades va vous retirer des points.

Si c'est le prix à payer, tant pis. C'est toujours mieux d'avoir un C plutôt que d'être viré de ses cours et les passer dans le bureau de Thomson.

Soulagée et le sourire aux lèvres, j'expire un bon coup en quittant la salle aux côtés de Sayann.

— Merci d'avoir travaillé toute la nuit sur la dissert, mais pourquoi tu ne m'as pas appelée ?

Silence. Il fixe un point invisible devant lui, le visage fermé. Je le bouscule gentiment.

— Fais au moins semblant d'être heureux, tu veux ?

Un regard noir me répond. Je hausse les épaules.

— Même pas peur. On pourrait aller boire un café pour fêter ce projet rendu dans les temps ? Je t'invite.

Là, je marche sur des œufs. Avec lui, ça passe ou ça casse.

— À moins que tu souhaites oublier ce qui s'est produit au parc hier et t'éloigner de moi de manière définitive ? ajouté-je.

Autant en avoir le cœur net, même si le mien s'emballe par peur de sa réponse. Soudain décontenancé, Sayann s'étrangle comme si j'avais dit une énormité. Il reste silencieux, pourtant il continue de marcher dans le couloir en ma compagnie. Je m'immobilise en le fixant. Il m'imite, mais en évitant mon regard. Comme il est toujours là et qu'il n'a pas pris ses jambes à son cou, je tranche à sa place en crochetant mon bras au sien. Nous reprenons notre route. Bien que plus légère et enjouée qu'il se laisse trimballer, je râle en riant de sa façon de traîner les pieds.

— Tu es chiant, Torres ! Mais je t'aime bien quand même.

Je ne peux m'empêcher d'observer sa réaction. Le sourire en coin qui sublime son visage me réconforte. Le remarquant plus détendu, je me libère. Arrivée à l'extérieur, je suis surprise par son bras qui vient entourer mes épaules d'un geste doux.

— On va où ? soupire-t-il comme au bout de sa vie, avant de déposer un baiser sur ma tempe.

Mon corps est pris d'un millier de petits picotements agréables lorsque je pointe du doigt la devanture du café le plus proche sur le campus.

— Je n'y ai encore jamais mis les pieds, et toi ?

— Non plus, répond-il.

En entrant, nous commandons une boisson chaude et deux muffins à la myrtille puis nous allons nous asseoir. L'endroit est bondé, Sayann est aux aguets à scruter le monde autour de lui.

— Hey, fais-je tout bas en attrapant ses doigts avec douceur. Qu'est-ce qui ne va pas ?

— Je déteste qu'on nous mate comme ça.

— Il suffit de ne pas faire attention à eux, dis-je en essayant d'être convaincante.

Même si c'est compliqué. Certains ont quitté les lieux à notre arrivée, quand d'autres se permettent de nous toiser. Je comprends pourquoi il ne fréquente pas ce genre d'endroit ici.

— On se croirait dans un mauvais Disney, toi la belle et moi la bête. Une putain de bête de foire.

Qu'il pense ainsi me fait mal.

— Peut-être qu'ils nous envient, tout simplement, supposé-je pour dédramatiser.

— Putain, Alexa ! s'agace-t-il tout bas en libérant sa main de la mienne. Comment tu peux penser ça ? Tout craint dans ma vie, c'est évident qu'ils me jugent !

Peinée de le voir ainsi, si vulnérable, si déchiré par une douleur psychologique latente et une torture sans nom, je plaque cette fois ma paume sur son bras en guise de soutien.

— Peut-être parce qu'ils sont aussi dans l'ignorance. Ils n'ont aucune idée de ce que tu as fait, donc ils se posent un milliard de questions. Tout comme moi.

Sa respiration s'accélère. Je calme le jeu avant de récolter la tempête. Ce n'est pas le bon moment pour obtenir ses aveux.

— Tu sais que tu peux tout me dire et que je garderai ça pour moi. Mais je me fiche de savoir, là, maintenant. Je veux juste profiter de ce café avec toi. C'est possible ? réclamé-je en faisant la moue.

À cet instant, c'est la vérité. Son état me brise trop pour que je le pousse à me parler de ses soucis.

— Mes problèmes me rattraperont toujours. Et comme un con, je suis en train de te mêler à tout ça.

Voulant le réconforter, j'approche lentement ma bouche de la sienne. Mais je m'arrête pour lui laisser le choix d'être embrassé ou non. Il replace une mèche derrière mon oreille, ce qui me déclenche des frissons. Il chuchote :

— C'est dur d'être seul contre le monde entier.

Cette confidence peu banale de sa part et si déchirante pour lui m'atteint en plein cœur.

— Moi, je suis là, susurré-je. Laisse-moi apaiser un peu ta souffrance.

Sans réfléchir davantage, il pose ses lèvres sur les miennes. Pour appuyer mes paroles, je donne de l'intensité à ce baiser en caressant sa langue avec ferveur.

À bout de souffle, je me détache de lui.

Et nous trempons enfin nos lèvres dans notre café, cette fois.

CHAPITRE 24

Alexa

Bon sang, qu'il est beau avec sa démarche de tombeur…

Dans le couloir de la fac où nous marchons l'un vers l'autre pour nous retrouver après notre dernier cours de la journée, que nous n'avons pas en commun, je souris à Sayann.

Mais je dois garder les pieds sur terre, je ne sais pas tout de lui et il renferme bien des mystères. Pourtant, après ce café sans goût ressemblant à de l'eau à peine colorée, il y a quelques jours, j'ai accepté d'aller aujourd'hui chez son père, à Manhattan, pour en boire un autre. Le meilleur de tous les temps, selon mon petit ami. Curieuse, cette invitation venant de sa part, non ? Mais ce n'est pas pour me déplaire. Au moins, on n'essuiera pas tous les regards des étudiants sur nous, ce qui est parfois pesant, surtout pour lui. Et surtout, je veux apprendre à le connaître davantage. Si j'ai souvent du mal à le cerner, j'aime qu'il détonne au milieu des autres mecs. Avec ses tatouages à des endroits peu communs, son assurance, ses longues jambes, sa beauté, son style vestimentaire, bien que trash, mais qui lui correspond parfaitement et le rend unique…

Arrivée à sa hauteur, je me hisse sur la pointe des pieds et l'embrasse en ignorant le monde qui gravite dans les locaux. Nous ne nous sommes pas vus depuis la veille et il m'a manqué.

— Ta journée s'est bien passée ? me demande-t-il, attentionné, en entourant ma taille de ses bras.

J'ai à peine le temps d'acquiescer que, sentant le poids du regard d'un type sur ses épaules, Sayann tourne la tête dans sa direction. Les veines de son cou tatoué ressortent, je glisse mon index dessus en une caresse. Des frissons apparaissent sur sa peau, ce qui ne l'empêche pas de s'adresser au gars, sur la défensive.

— Tu veux voir ma gueule de plus près ?

Je crois qu'il tourne les talons. Je suis trop absorbée à essayer de le faire revenir à moi, d'un geste de la main sur son visage.

— Arrête de réagir de cette façon, s'il te plaît, sauf si tu adores rendre visite à Thomson.

— J'en ai juste plein le cul qu'on me fixe de tous les côtés. Qu'ils fassent leur vie, bordel, ronchonne-t-il.

— Allez, on y va.

Il s'exécute, et nous allons jusqu'au parking.

Des deux heures de trajet à bord de sa voiture, Sayann ne décroche pas un mot. Il me semble vouloir se contenter de ça, donc j'écoute la musique diffusée à la radio sans chercher à lui faire la conversation. C'est la première fois que je traverse New York et depuis l'habitacle, je me sens comme une fourmi en voyant tous ces gratte-ciel dressés autour de nous.

Une poignée de minutes plus tard, nous arrivons au pied de ce building vertigineux et torsadé de Manhattan. Je suis si impressionnée par la beauté du bâtiment que je reste scotchée sur place, soudain nerveuse. Sayann déverrouille la porte à l'aide d'un code. J'essuie mes paumes moites sur mon pantalon en entrant, tandis qu'il me tient la porte.

— Pardon, c'est juste déroutant pour moi, autant de luxe.

Le hall en marbre, puis cet ascenseur du même acabit, avec le lecteur dans lequel il passe une carte… Les numéros des étages qui s'affichent dans la cage n'en finissent plus de défiler.

Papa est sénateur, tu t'attendais à quoi ?

— Je suis au courant pour le métier de ton père, comment je dois me comporter ? me renseigné-je.

Un rire amusé sort de sa bouche.

— Bah, normalement. Je te pensais plus sûre de toi, jubile-t-il.

Je lui envoie une grimace.

— Aucun risque de tomber sur lui, il n'est jamais là. Sinon, on serait resté à UNH.

J'acquiesce et me laisse bercer par cette ascension interminable, plus détendue. Au soixante-treizième étage, les portes s'ouvrent. Directement dans un salon. Waouh ! Je suis Sayann, les jambes en coton. Seule ma respiration courte résonne dans l'immense pièce aux tons beige et marron tant je suis impressionnée par sa beauté exceptionnelle. Ce large lustre en cristal au-dessus de ma tête et ce sol en granit, c'est splendide.

— Tu peux te détendre. L'employée de maison n'est pas là non plus, y'a que nous deux, lâche-t-il en se débarrassant de sa veste.

Il la fait voler ensuite sur le canapé en angle, puis se dirige vers la cuisine. Tout aussi grande avec ses nombreux meubles laqués, elle est comme la pièce à vivre, entièrement vitrée. Cette vue imprenable sur le quartier d'affaires, c'est somptueux !

Il ouvre un tiroir.

— Approche, tu veux laquelle ?

J'obéis, mais devant ce choix considérable de dosettes de café, je suis perdue.

— Comme toi, ce sera très bien.

— Intense et corsé, donc, indique-t-il en me faisant un clin d'œil et un sourire en coin.

Le rouge me monte aux joues. Pendant qu'il fait couler nos boissons, je retourne au salon et en profite pour enlever mon gilet et ne garder que mon top. J'admire l'escalier *design* à ma gauche. Chaque marche est éclairée de leds, même en pleine journée. C'est magnifique.

La décoration est épurée, seule une grande toile d'une peinture assez sombre et abstraite couvre une partie du mur. Je me déchausse avant de marcher sur le tapis de couleur crème pour aller m'asseoir sur le sofa. Quant à Sayann, lorsqu'il revient avec nos tasses, il garde ses boots et se jette sur le canapé d'une manière désinvolte.

— Qui habite ici, au juste ?

— Mon *padre*, parfois moi quand il n'y ramène pas ses pétasses, et mon frère.

Prise d'une quinte de toux, je me racle la gorge. Ça en dit long…

— Ouais, c'est assez habituel de le voir avec une escort différente, précise-t-il naturellement avant de boire son café d'une traite.

Pour ma part, il est si délicieux que je préfère prendre le temps de le déguster. Sayann se lève et appuie sur le bouton d'une chaîne HI-FI. Un doux air de jazz et de blues s'élève dans la pièce. Très vite, il bidouille sur son portable.

— Alexa, donne-moi de la vraie musique, se moque-t-il, les yeux fixés sur son écran.

J'empoigne un coussin et le lui balance en pleine face.

— Ne bouge pas, j'arrive. Tu vas regretter ton geste, grogne-t-il en lançant un titre plus rock'n roll.

Je suis saisie d'une montée d'adrénaline. *With or without you* de U2 m'arrive aux oreilles et je dois reconnaître que son choix est excellent. Un classique, j'adore ce titre. Je me lève et le rejoins avant qu'il ne le fasse. Presque collée à son torse, je l'observe, charmeuse.

— Vas-y, le défié-je d'un air joueur avant de pincer ma lèvre avec mes dents.

Focalisé sur ma bouche, il y passe la pulpe de son pouce avec une grande douceur. Ses pupilles se dilatent lorsque je le mordille. Et le sourire qui se peint sur son visage creuse ses fossettes. Mes doigts glissent sous son tee-shirt pour toucher sa peau. Elle est si douce et chaude… Sayann se recule et d'une main, il retire son haut qu'il fait voler en m'offrant la vue sur son torse musclé.

— Si c'est ça ma punition, ça me va, reconnais-je, ravie de me rincer l'œil.

— Beaucoup trop facile, tu crois quoi ? rétorque-t-il sur un ton machiavélique. Je suis juste plus à l'aise comme ça.

En même temps, il lance *Creep* de Radiohead. À la pensée du refrain, des paroles « je suis un pauvre type, je suis taré », je suis prise de frissons. Sayann le remarque. Alors que son corps est collé au mien, il effleure tout mon bras du dos de sa main. Un contact si doux que cette réaction s'amplifie, mais dans le bon sens. Lorsqu'il cesse, il m'arrache une grimace de déception. Il retient son souffle et me chuchote à l'oreille :

— Il est encore temps de fuir, Alexa.

Tout comme moi, il désire le contraire. Et pour cause, je sens son érection pousser contre mon bas ventre.

— Tu n'es pas convaincant.

Trahi par ce réflexe physiologique, Sayann se détache légèrement.

— Tu es sûre d'avoir envie de moi ? Et pas que de ma plastique ?

— Oui, rétorqué-je du tac au tac, en voulant rapprocher sa taille de mon corps pour le sentir.

Mais il m'en empêche en saisissant mes poignets qu'il fait passer dans mon dos. Il me fait tourner ensuite à vitesse grand V afin d'aimanter ma colonne vertébrale contre son buste. Prisonnière et lovée contre lui, je ferme les paupières et savoure sa paume se faufilant avec lenteur sous mon top.

— Tu as osé me balancer un coussin, je te rappelle, me signale-t-il sur un ton sensuel. Ne crois pas que je vais te laisser me toucher tout de suite.

Mon excitation vient de franchir un palier supplémentaire.

— Tu veux toujours rester ?

En silence, je hoche la tête.

— Sûre ? s'enquiert-il à nouveau.

— Plus que jamais.

Satisfait d'avoir le feu vert, il remonte sa main jusqu'à atteindre mon cou, puis ma bouche, dans laquelle il glisse un doigt, avant de redescendre pour saisir l'un de mes seins et le caresser. À sa merci, je me sens défaillir de bonheur. Imprégnée par sa *playlist* qui défile, je remue mes fesses contre son entrejambe pour me délecter de son érection. En réponse à mon contact, la pression de Sayann s'accentue sur ma poitrine.

Il finit par la relâcher pour me retirer mon haut. J'en profite pour faire volte-face et l'embrasser d'un baiser fougueux. Quand ses doigts s'emmêlent dans mes cheveux et les tirent, Sayann m'arrache un petit cri. Sa langue toujours enroulée à la mienne, il déboutonne mon pantalon et j'en fais de même avec le sien. Disparu le Sayann dominant qui refuse de se laisser toucher, son excitation a pris le dessus. Avec impatience, ses boots s'envolent, nos vêtements et nos corps nus tombent sur le canapé. Par inadvertance, le pied de Sayann se cogne contre la table basse, renversant nos tasses vides. Je suis sur le point de me redresser, mais il m'arrête.

— On s'en fout, déclare-t-il, le nez enfoui dans mon cou.

J'obéis et mon corps brûle sous la pointe de sa langue qui remonte sur ma peau. Son corps entre mes cuisses, couvert de mes caresses,

Sayann me dévore avec gourmandise. Aucune parcelle de mon être n'est maintenant épargnée. Je me cambre de bonheur et lorsqu'il insère avec délicatesse un doigt en moi, puis un second, pour une série de divins va-et-vient, je lâche un râle de plaisir. Attentif et prenant un malin plaisir à observer ma réaction, il mord sa lèvre. Je savoure de le sentir jouer avec mon intimité. À mesure qu'il m'étreint de la plus belle des façons, mon besoin de ne faire qu'un avec lui s'amplifie. Mais je veux qu'il ait la protection nécessaire avant d'aller plus loin. La respiration saccadée, je m'en assure :

— Je prends la pilule, mais tu as des préservatifs ?

— Toujours, me promet-il en essayant de choper son jean.

Déjà bien humide, excitée, et plus à proximité de son pantalon qui se trouve derrière ma tête, je le lui tends pour l'encourager à passer à l'étape supérieure. Après avoir plongé sa main dans l'une des poches, il en sort un de son portefeuille et le déroule sur son sexe… tatoué, avant de s'introduire en moi. La continuité de ce dessin représentant un serpent sous son nombril. Ma conscience n'est pas du tout en état de réfléchir sur ce sujet. Elle est sur une autre planète, submergée par le bien-être que me procure Sayann. Je me délecte de ce moment mêlé de douceur et d'impatience, tout en remuant mon bassin en rythme avec lui. Je ne me lasse pas de le caresser… D'un geste vif, il me redresse et me mange littéralement la bouche, tout en poursuivant ses délicieux coups de reins.

— Je te veux à quatre pattes, *honey*.

Je m'exécute avec plaisir en me cambrant davantage puis, lorsque je sens Sayann en moi, j'agrippe un coussin. Me pénétrant d'abord avec lenteur, une main imprimée dans la chair de mes fesses et l'autre titillant mon clitoris, il accélère ensuite la cadence. Je ne sais plus où j'habite ni comment je m'appelle. Pas même quand il grogne mon prénom de manière hachée, bien trop pris par l'excitation.

Luisante de transpiration, je geins par-dessus le son des guitares électriques de *Killing In the Name* de Rage Against The Machine, et en redemande. Sayann s'exécute avec ferveur jusqu'à ce que, au même instant, nous nous abandonnions à l'orgasme sur les dernières notes de la chanson. Essoufflée, je m'effondre sur le sofa. Il retire la capote, la noue, et après l'avoir mise à la poubelle, il revient dans ma direction. Je lui fais une place qu'il comble en m'embrassant et en caressant ma joue de son pouce. Lovée contre lui, je savoure chaque seconde qui s'écoule en promenant mes doigts sur ses biceps doux et chauds. Un moment de bonheur de très courte durée, puisqu'il se relève d'un bond en me laissant perplexe.

— Il y a un problème ? m'inquiété-je en l'imitant.

— Habille-toi, je crois que mon père arrive.

En tendant l'oreille, je distingue le bruit de l'ascenseur. Tout comme Sayann, j'attrape mes fringues et me dépêche. Nos cheveux sont en bataille, nous nous recoiffons approximativement et lorsqu'un « cling » retentit, nous sommes assis comme deux innocents devant la télévision éteinte. Un homme âgé d'environ une cinquantaine d'années entre dans la pièce. Il affiche une coupe courte grisonnante et porte un pantalon de costume noir, assorti d'une chemise d'un blanc éclatant. Sa démarche est assurée. Au niveau de son visage, la ressemblance avec Sayann est frappante ! Ils ont le même nez et ce monsieur nous toise avec un regard flippant comme Torres en est capable… Je me lève, mais Sayann reste vautré.

Sans attendre, alors que je m'apprête à le saluer, il éteint la chaîne HI-FI.

— Assez de cette musique de sauvage qui résonne dans tout le building ! tonne-t-il.

Il abuse un peu, ce n'est pas si fort que ça. Cependant, je suis loin d'être sereine, son charisme en impose et il me fout la frousse. Pire quand il s'avance et serre enfin ma main d'une poigne de fer.

— Mademoiselle, fait-il en plissant les paupières.

Son regard passe de moi à son fils.

— Alexa Bell, me présenté-je.

— Richard Torres.

— C'est la fille du flic qui me matait avec insistance le jour de la rentrée, déclare froidement Sayann.

Bien que ce soit la vérité, son ton, comme plein de rancœur, me vexe et tranche avec le mec qu'il était il y a deux minutes : doux et attentionné. Pour lui montrer mon désaccord, je l'accable d'un regard noir. Avec dédain, il hausse les épaules. Je rêve ! L'attention du sénateur est happée par la table. Pendant que je me mords les joues de honte, il se baisse et redresse les deux tasses à café. Mais un bruit provenant de l'étage nous fait tous lever les yeux en direction de l'escalier. Dans la foulée, des pas dévalent les marches. Je suis stupéfaite d'y découvrir Swan. Il est en compagnie d'une fille charmante qui perd son sourire en nous voyant et laisse échapper un hoquet de surprise. Contrairement à moi, elle n'a pas pris la peine de se recoiffer. Swan, quant à lui, a un mouvement de recul quand il m'aperçoit. Sayann prend la parole.

— Putain, tu étais là-haut ? s'insurge-t-il.

— T'inquiète, on n'a presque rien entendu. Papa, je te présente Cameron.

La honte ! Poli, il serre la main de la jeune femme, mais revient vite à ses garçons en leur lançant un regard noir.

— Maintenant que vous vous êtes bien amusés, on pourrait peut-être avoir une conversation tous les trois, sur le fait de ramener vos copines ici.

Cameron plaque un baiser sur la joue de Swan et prend la poudre d'escampette, la tête basse. Désireuse aussi de les laisser en famille, je lève le doigt pour interrompre monsieur Torres et le saluer, mais Sayann me l'abaisse et me rapproche tout contre lui pour m'empêcher de fuir.

— Je pensais que tu rentrais que demain, se défend Swan, dégoûté.

— Pareil, ajoute Sayann en soutenant son regard.

— Peu importe ! J'aurais pu être accompagné d'un ou de plusieurs collaborateurs.

— Ou d'une pétasse de plus à mettre dans ton lit, marmonne-t-on à mes côtés.

Si j'ai entendu les mots de mon petit ami et que je me liquéfie d'assister à cette scène, ce n'est pas le cas de Richard. Il est maintenant focalisé sur Swan.

— Parlons-en de demain ! Tu as un match, il me semble. Alors explique-moi pourquoi tu es chez moi à batifoler, au lieu d'être sur le terrain à t'entraîner avec le reste de l'équipe ?

— Je suis passé pour faire une pause. C'est intensif, ces derniers temps.

— Tu as choisi tout seul d'entrer chez les *Bulldogs*, personne ne t'a forcé. En attendant, c'est moi qui paye tes études et on compte tous sur toi pour continuer de nous éblouir. Donc ne mets pas tout en l'air avec la première fille venue. Tu as un avenir très prometteur, je te rappelle, et tu te dois de ne penser qu'au football. Et si, comme toujours, tu préfères n'écouter que ton frère, je compte sur lui pour te faire ouvrir les yeux.

Afin d'obtenir le soutien de l'aîné de la fratrie, Richard se tourne vers Sayann.

— Papa a raison, confirme-t-il.

Dépité, Swan souffle.

— Tu sais comme je bosse dur et que c'est rare que je prenne du bon temps avec les nanas.

Sayann acquiesce.

— D'ailleurs, poursuit-il, je croyais que vous vous détestiez, Alexa et toi ?

De plus en plus gênée, je me masse la nuque.

— Ouais, bah, ça a changé.

Ça me fait du bien au moral d'entendre ces mots, d'apercevoir un morceau de ciel bleu parmi ces nuages. Cependant, je préfère vraiment les laisser entre eux, et cette fois, j'interviens.

— Je vais y aller. J'appellerai un taxi.

— Nan, je me casse avec toi.

Contente, je lui souris, puis salue Richard et Swan. Sayann, à ma suite, en fait autant.

— À demain, entends-je dans mon dos de la part du quarterback à Sayann.

— Tu vas tout cartonner comme d'habitude. Je crois en toi. Régale-nous !

Sur les encouragements de mon mec à son frère, je suis prise de frissons. C'est attendrissant, son attitude envers lui me touche. Cette autre facette de Sayann me plaît beaucoup. Cette fois, il vient mêler ses doigts aux miens et il m'entraîne vers l'ascenseur.

— Alexa, tu seras là aussi pour me soutenir, j'espère ? C'est une tradition chez les Torres.

— Bah...

Surprise d'une telle demande, je regarde Sayann en ne sachant pas trop quoi répondre. Il hausse les épaules, me laissant décider.

— Avec plaisir.

CHAPITRE 25

Alexa

— Et donc, tu es amoureuse de Remington ? s'écrie la plus excentrique des Yun par-dessus la musique des Blackpink pour se faire entendre.

Alors que Trixie retire les étiquettes de ses vêtements achetés récemment, Nixie plaque au mur de nouveaux posters de leurs artistes coréens favoris. Plus une seule parcelle de peinture n'est visible, à tel point qu'elle empiète sur les affiches en cachant les jambes des chanteurs. Tant que les torses restent apparents, ça leur convient.

Ça me dépasse. Il y a trop de muscles et de plastiques parfaites dans cette pièce. Assise à mon bureau à réviser, je prends sur moi malgré le volume sonore du titre *Kill This Love* des quatre reines de la K-pop. En temps normal, je préfère que les sœurs fassent comme si j'étais inexistante. Mais là, j'aimerais bien qu'elles remarquent ma présence et notent les deux fois où je leur ai demandé de diminuer le son. Je travaille, bon sang !

— Je pense, oui. Il est super avec moi. Et avec le beau Tim Stone, ça se passe bien ?

Si, jusqu'à maintenant, j'occultais leur conversation, j'écarquille les yeux et me retourne vers Trixie, mon crayon à la bouche.

— Tu es en couple avec lui ? m'étonné-je.

En remettant ses longs cheveux lisses et blonds derrière son épaule, elle me répond :

— On se fréquente depuis quelques jours, oui. Un peu comme toi avec Sayann.

Cette réflexion, prononcée sur un ton hautain, me laisse un goût amer. Je lève un sourcil, car j'ignorais qu'elle l'avait remarqué.

— Vous n'êtes pas discrets dans les couloirs ! Et les nouvelles vont vite. Mais bon, tu fais ce que tu veux…

— Encore heureux ! rétorqué-je, piquante, en revenant à mes fiches.

— Je trouve ça juste dingue que…

Je lève la main pour la faire taire.

— Ça me regarde, Trixie.

— Fais attention à toi, et à ta réputation, quand même.

Cette fois, je souffle et face à l'œil noir que je lui jette, elle retourne à ses fringues.

— *Rum, pum, pum, pum, pum, pum, pum*, chante-t-elle par-dessus la musique.

Tout en pinçant mes lèvres pour me retenir d'envoyer sa chaîne HI-FI par la fenêtre, je regarde l'heure sur mon téléphone. Enfin, je vérifie surtout si j'ai un message de Sayann. Rien à l'horizon. Un peu déçue, je me lève et me permets de baisser le son. Dans moins de deux heures, il sera là pour m'emmener avec lui au match de son frère, et ça, j'ai hâte !

Tout excitée à mesure que les minutes me rapprochent de notre rendez-vous, j'ai délaissé mes devoirs pour m'observer une énième fois dans le miroir. J'ai opté pour un tee-shirt XXL blanc que j'ai noué à mon ventre, un short en jean et des baskets. Pour agrémenter le tout, je rajoute à mes cheveux remontés en un chignon décoiffé mon traditionnel serre-tête bandana rouge avec nœud. Les visages de porcelaine de mes colocataires apparaissent de chaque côté du mien.

Leur présence est étouffante !

— J'ai sorti une vidéo avec de très bons conseils en amour, si jamais tu veux y jeter un coup d'œil, m'indique Trixie.

— Pas besoin.

— Comme tu voudras... Tu devrais enfiler des collants en résille, ça t'irait bien...

— Non merci, je m'aime comme ça, répliqué-je en serrant les dents.

— Et les bottes que je portais hier, tu n'as pas envie de les essayer ?

— Tu me gonfles, fais-je en récupérant mes clefs.

Alors que j'ouvre la porte, décidée à échapper à la conseillère d'un instant, experte en mode et en relations amoureuses, je tombe sur Sayann. Ma bouffée d'air frais. Si je pensais dire ça un jour...

— Oh, tu es déjà là ?

J'avais dans l'idée d'aller errer sur le campus en attendant, mais c'est tant mieux s'il est en avance. Il porte un jean noir très déchiré ainsi qu'un hoodie large à capuche de la même teinte.

— Ouais, Remington est trop envahissant. T'es prête ?

Dans mon dos, le battant est entrouvert et une respiration me parvient. Je suis persuadée qu'il s'agit de Trixie. Le bras en arrière, je le tire d'un coup sec pour le refermer.

— Oui ! Avec plaisir. Je sature aussi.

Je laisse Sayann enrouler ma taille et m'embrasser tout en avançant.

— On est entouré de bras cassés, grogne-t-il contre mes lèvres. J'en peux plus de tous ces tocards.

— Pas mieux. Je rêverais de vivre sur une île déserte.

— Tu te sentirais capable de dire adieux aux muffins à la myrtille ? me taquine-t-il.

Qu'il ait remarqué que j'y suis accro me fait plaisir.

— Non. Et toi, c'est quoi ton péché mignon ?

J'ai hâte de savoir, mais il hausse les épaules.

— Rhoo, allez, il y a bien un plat que tu aimes par-dessus tout ? Ou un hobby ?

Il secoue la tête.

— Rien en particulier.

Je n'ai pas encore en main tous les outils nécessaires pour qu'il se livre.

— T'es trop secret, Torres, grimacé-je.

Se refermant comme une huître, Sayann tend le bras pour déverrouiller sa voiture.

Et nous effectuons à nouveau un trajet dans un silence juste brisé de temps en temps par mes questions sur le match et ses réponses évasives. Je le sens perdu dans ses pensées. Pourtant, les *Bulldogs* jouent à l'extérieur de Yale. Peut-être redoute-t-il de revoir ses anciens camarades.

— Depuis ton renvoi, tu as assisté aux matchs de Swan ? me renseigné-je.

— Bien sûr, j'en loupe aucun.

Cent trente kilomètres plus tard, il gare la voiture sur le parking de l'université de Harvard. En claquant la portière, je m'extasie.

— Waouh. Je n'en reviens pas d'être sur le point de franchir le seuil de la plus belle fac du monde. C'est trop dingue ! m'écrié-je en sautillant sur place, une main plaquée sur ma bouche.

Autour de nous, c'est l'effervescence. Des véhicules, pour la plupart de luxe, sont stationnés dans tous les sens et des supporters des deux équipes se pressent vers l'entrée. Sayann relève sa large capuche qui lui recouvre la moitié des yeux, puis nous suivons le mouvement. Les yeux rivés au sol, il me met en garde.

— Évite de trop crier ta joie. Surtout que les *Bulldogs* et les *Crimson* se vouent une haine réciproque.

Oups. C'est un coup à être très mal perçue par l'équipe de Yale vers laquelle Sayann m'entraîne. Je tourne les yeux vers leur bus blanc et bleu et la mascotte Handsome Dan qui en descend, la tête du costume à la main et le front déjà dégoulinant de sueur. Les joueurs sortent un par un du véhicule. Une belle brochette de mâles sûrs d'eux et déterminés à en découdre avec leurs adversaires. C'est à ce moment-là que je sens Sayann me plaquer contre son corps, comme pour marquer son territoire. Je pouffe et me hisse sur la pointe des pieds pour le taquiner :

— Tu ne serais pas un peu jaloux ?

Pas de réponse. Il est trop occupé à lever le bras pour signaler notre présence à Swan. Un type chauve à lunettes vêtu d'une chemise et d'un badge autour de son cou ouvre les soutes pour en sortir les nombreux sacs de sports. Nous passons derrière lui pour rejoindre Swan. Pendant que les frères s'étreignent, et que le benjamin des Torres lui remet nos deux billets, je vois un second bus, identique, qui se gare près du premier.

Cette fois, une marée de filles en descend, toutes vêtues d'une mini-jupe et d'une veste de jogging à l'effigie de Yale. Visiblement, elles retiennent aussi l'attention des frangins.

— Ça va, oui ? Tu veux une loupe ? râlé-je immédiatement à l'attention de Sayann.

Dans ce lot de très jolies pétasses, je reconnais Cameron, la plus naturelle. Elle pose à peine un pied à terre qu'elle motive déjà la troupe. Nous avons là affaire à la *leader* des pom-pom girls. Cameron a toute leur attention. Hormis celle d'une étudiante du groupe, qui préfère s'attarder sur nous. Et en particulier, sur Sayann. À mon tour de le serrer contre moi. Tandis qu'il se laisse faire, amusé par la situation, il est pris d'un léger rire.

— C'est une ex, m'explique-t-il, à moitié caché par sa capuche. Y'a pas à paniquer, elle veut plus de moi depuis un bail. Et c'est réciproque.

Vu comment elle l'observe avec rancœur, je peux être tranquille, oui. Le coach commence à briefer ses joueurs, Swan en profite pour se faufiler derrière le véhicule et voler un baiser rapide à Cameron. À son retour parmi l'équipe, Sayann ne manque pas de lui frapper le crâne en signe de désaccord.

— Méchant, va, m'en mêlé-je. C'était plutôt mignon de sa part.

— Il ne peut pas se permettre. Une chance que Joey ne l'a pas vu faire. C'est un coup à prendre un blâme.

Je savais les entraîneurs très stricts. En revanche, venant de la bouche de Sayann, ça me fait bien rire.

— C'est toi qui dis ça ? Celui qui adore défier l'autorité alors qu'il est censé faire profil bas ?

Piqué sur le vif par ma remarque, il marmonne des choses incompréhensibles. Puis, d'un seul coup, il entremêle ses doigts aux miens et je me retrouve tirée vers l'entrée du stade.

— On y va !

En regardant les gens derrière moi, j'aperçois la présence de sa mère et comprends ce geste si soudain. Il veut s'éloigner d'elle. À moins que ce soit à cause de ce groupe de garçons, dans nos âges, qui fusillent Sayann du regard. Un frisson me parcourt l'échine.

— Tu les connais ? me renseigné-je.

— Ouais, c'est mes anciens potes, réplique-t-il d'un ton amer.

Ceci explique la capuche sur sa tête. Il veut passer incognito. Sans poser davantage de questions, je me laisse guider vers un stand où Sayann commande des nachos au fromage.

— C'est ça, ton péché mignon ? demandé-je quand il les récupère.

— Possible. Désolé pour toi, y a pas de muffin ici.

Tandis qu'il me tend le gros bol en carton, me proposant une chips de maïs, je suis prise d'une envie pressante. Ça attendra la mi-temps. Le match va commencer, c'est l'heure d'aller s'installer.

En marchant vers la tribune réservée aux proches des joueurs, nous assistons à des railleries entre supporters d'équipes adverses. Plongés dans l'ambiance, nous patientons jusqu'à l'arrivée des *Bulldogs* sur le terrain, et surtout, de son quarterback tant attendu. Des « Swaaaaan » sont criés à tout va autour de nous, ainsi que des « *go, Bulldogs, go !* » Papa, un grand fan de foot, serait dingue d'être à ma place ! Nous sommes tout près de la pelouse.

Assise à côté de Sayann, je vois madame Perry s'installer deux rangées devant nous. Elle quitte son châle tout en balayant du regard les environs. La maman du jeune prodige, qui est saluée par quelques mères de famille, leur répond par un sourire joyeux, mais lorsque son attention s'arrête sur son ainé, son visage se fige et elle fait comme si elle ne l'avait pas vu. En guise de soutien, je pose ma main sur la peau nue du genou de Sayann, puis caresse sa cuisse. Il ne pipe mot.

À l'opposé d'Ellen, son ex-mari est entouré de deux hommes que je suppose être son chauffeur et son garde du corps. Mais il est aussi accompagné d'une femme aux cheveux violine très courts et vêtue d'une tenue chic d'un blanc éclatant. Les lèvres pulpeuses et la poitrine remontée jusqu'à la gorge, elle ne passe pas inaperçue. Sur ses épaules, une veste est assortie à ses vêtements. Les gens quittent leur place pour les saluer et leur font de grandes courbettes.

— Une nouvelle de plus ? demandé-je à Sayann en grimaçant.

— Nan. Celle-là, c'est l'officielle. Ma belle-mère depuis sept ans.

J'ai failli m'étouffer avec une chips. Et à force de tousser, mettant sous pression ma vessie, je suis à deux doigts de me faire pipi dessus.

— Courtney est au courant de ces aventures à droite à gauche, et apparemment, elle l'accepte, ajoute-t-il, blasé de la situation.

Le speaker au micro couvre sa voix et les pom-pom girls foulent le gazon. Nous assistons au défilé des mascottes des deux équipes et à des chants. Alors, la musique s'élève des grosses enceintes et c'est l'effervescence dans le stade. La foule fait trembler la tribune en attendant les joueurs. En plus d'être impressionnée, je me sens minuscule, à tel point que je me tasse contre Sayann. Il me sourit et passe son bras autour de mes épaules. Les gradins pourraient s'écrouler, à cet instant, je m'en fiche, je me suis déjà effondrée dans ses bras. Et je m'y sens très bien.

— C'est la première fois que tu assistes à un match ? s'étonne-t-il.

Je hoche la tête en me laissant bercer par le titre *Pretty Fly* de The Offspring, mon regard braqué sur les acrobaties de Cameron. Elle est d'une justesse incroyable, pendant que les danseuses, derrière elle, agitent leurs pompons avec enthousiasme.

— Et ça te plaît, *honey* ? demande-t-il à mon oreille.

— Beaucoup, réponds-je en l'embrassant.

Ce court moment délicieux est interrompu par l'entrée en grande pompe des *Bulldogs*.

Pour imiter les autres spectateurs, nous nous levons et les applaudissons. Tandis que les cris retentissent de tous côtés, Sayann siffle de deux doigts dans sa bouche, à m'en percer les tympans. Le numéro 7 au nom de « Torres » très visible sur son maillot, et dont la tête est cachée par le casque, fait le tour du terrain en courant et en saluant la foule. Swan se fait huer tout comme le reste de l'équipe par les aficionados d'Harvard. Et vice versa, lorsque les *Crimson* défilent devant nous.

Quand les *Bulldogs* nous font face, un tonnerre d'applaudissements retentit à nouveau de notre côté, ce qui masque les provocations du camp adverse. Mais un geste de la part de Swan me couvre de frissons et me remplit d'émotion. Il vient de pointer son index en direction des gradins avant de frapper son cœur. C'est destiné à Sayann. Les yeux embués, je regarde l'intéressé. Sa jambe tremble. Je tire sur sa capuche pour lui parler à l'oreille.

— C'est beau, cet amour fraternel.

Faisant comme s'il n'avait pas entendu, il m'ignore. Sauf que cette fois, ses traits sont détendus et son visage est assez expressif pour montrer qu'il est touché par l'acte de son frère.

Un type d'une quarantaine d'années, à sa gauche, lui fait la conversation. À ma grande surprise, Sayann répond à ses questions, bien que ce soit un inconnu, allant jusqu'à se tourner vers lui. Pour ma part, je crois que je vais descendre avant le coup d'envoi pour aller aux toilettes. Je vais louper le début, mais tant pis !

Je m'apprête à le prévenir en voulant lui taper sur l'épaule, mais il est si absorbé par sa discussion avec ce gars que je décide de quitter ma place sans le déranger. Ça fait plaisir de le voir sociable.

Tout étant très bien indiqué et étudié, je ne mets pas beaucoup de temps à arriver aux WC. Le plus long, c'est de faire la queue. Mais quand vient mon tour, c'est le soulagement ! En ressortant, je joue des coudes pour me frayer un chemin, mais avant d'atteindre la marche de la tribune, je remarque un groupe de quatre mecs assis dans un coin. Ils me fixent avec insistance. Il s'agit des anciens amis de Sayann. Sans m'attarder sur eux plus longtemps, je poursuis ma route. Soudain, j'entends l'un d'eux dire à un autre :

— C'est la meuf de Sayann. Tu crois qu'il l'a rencontrée pendant ses travaux d'intérêt général ?

Je m'immobilise et leur fais face.

— Qu'est-ce que ça peut te foutre ? craché-je, méchante.

— Elle a tout de la fille d'un juge ou peut-être du proc' qui a ordonné sa sentence, rétorque un blond hautain avec sa mèche qui lui barre un œil. C'est parce que Torres te saute, ma grande, qu'il a réussi à réduire sa peine ?

Ma colère monte et je vois rouge. Mais que faire ? Si mon envie de lui rentrer dans le lard pour lui faire une prise de self-défense est palpable, ils sont bien trop nombreux et plus costauds que moi. Et puis Sayann est sans doute déjà en train de me chercher partout, et si j'attire l'attention, Dieu seul sait comment va se terminer cette rencontre. Mal. Très mal. Celui qui a osé déverser ces derniers mots abjects se lève et s'avance vers moi. Je devrais fuir. Cependant, comme me taire n'est pas dans ma nature, je m'apprête à lui répondre. Sauf que je suis devancée par une voix dans mon dos.

— Tout doux, Leeroy, ta copine n'apprécierait pas de te voir si près d'une fille.

Le mec s'arrête et je me tourne vers Tim, sans sa Trixie. En guise de salutation, il me fait un signe de tête, gêné.

— Tu la connais ? lance un autre.

— Ouais, je vous présente Alexa, elle est à New Haven.

— C'était pas nécessaire, fais-je remarquer, acide, au grand brun.

Il m'ignore et part saluer ses potes en leur frappant la main.

— Tu nous as manqué, enfoiré, déclare Leeroy.

La suite, je ne l'entends pas, je me suis remise en marche.

Bande d'idiots !

Quelques mètres plus loin, je suis de nouveau cassée dans mon élan par une tape, sur mon épaule, cette fois.

Je me retourne. Une jeune femme métisse, un peu timide sur les bords, se dandine, mal à l'aise. On est deux.

— Désolée pour l'approche, je t'ai vue à l'extérieur tout à l'heure, sur le parking. Et j'ai cru reconnaître que tu étais accompagné d'un ancien de ma classe, avant qu'il ne mette sa capuche. Sayann. C'était lui, n'est-ce pas ? C'est ton copain ?

J'acquiesce.

— On peut s'éloigner juste deux minutes ?

Je fronce malgré moi les sourcils.

— Tu as une trottinette, non ? Et tu as eu un accident dans une rue à côté de Yale, il y a peu ?

Oh !

— Co… ment… comment, tu sais ? bredouillé-je, déstabilisée.

— Parce que j'étais à pied sur l'avenue ce jour-là. J'ai pensé courir vers toi pour te porter secours, mais comme j'étais en retard, j'ai poursuivi mon chemin. Je voulais juste m'excuser pour ma réaction minable alors que j'ai assisté, impuissante, à la scène, se confond-elle avec les mains jointes en une prière suppliante. Parce que je t'ai vue avec Sayann tout à l'heure, et avec ce qui s'est passé l'an dernier dans notre université, je le redoute un peu, donc désolée, vraiment. Je ne veux pas de problème avec lui.

— Tout va bien pour moi, merci, il n'y a pas à s'inquiéter.

Tandis que je suis sur le point de poursuivre afin d'essayer d'en savoir plus sur la voiture, elle le fait à ma place.

— C'est gentil, même si je ne sais pas comment tu fais pour ne pas lui en vouloir. Vu la vitesse à laquelle il roulait, Sayann aurait pu te tuer.

CHAPITRE 26

Sayann

Encore une bouteille de Jack Da. en moins. J'avale la dernière gorgée et la balance dans la corbeille du bureau de Remington qui n'est pas là. Depuis trois jours, je ne fais que picoler. C'est du délire. Assis sur le rebord de la fenêtre ouverte, j'allume une énième cigarette. J'en veux à cette connasse d'avoir lâché une énorme bombe, et à la terre entière. Sauf à Alexa. Elle n'a rien fait. Je tape ma cendre sèchement et triture mon anneau à la narine.

On frappe à la porte. Ayant la flemme de me lever, je braille :

— Entrez !

La tronche de Stone apparaît. Je reviens sur ma décision.

— Dégagez !

Furieux de le voir chez moi, je tire une grosse latte sur ma clope. Il s'avance dans ma piaule. Cette fois, je me remets sur mes jambes.

— Je viens pour t'ordonner de laisser Alexa tranquille, ose-t-il d'un ton ferme.

Je laisse échapper un rire narquois. Elle est bien bonne, celle-là.

— En ce moment, j'ai envie de passer des gens par la fenêtre, alors si tu veux pas en faire les frais, je te conseille de te barrer, et *fissa* ! tonné-je sur le même ton, en lui envoyant un regard noir.

Tim ignore tout ce qui a pu se produire entre nous. À quelle heure il vient jouer les chaperons ?

— Je suis juste venu pour te prévenir.

Il tourne les talons. Mais il se prend pour qui, cet enfoiré ? Malgré tout, je ferme ma gueule. Et bien sûr, étant donné que je n'ai rien rétorqué, il me pousse à bout.

— Je sais que tu lui veux du mal et je ne te laisserai pas lui en faire, comme tu as fait souffrir Spencer.

Sa mise en garde suffit à me vriller le cerveau. Cette fois, je le sors moi-même en le chopant par le col et en l'envoyant dans le couloir avec assez de force pour le déséquilibrer. C'était sans compter sur Alexa qui est devant sa porte à chercher ses clefs. Dépassée par mon geste, elle secoue la tête. Content que ça joue en ma défaveur, Tim m'adresse un rictus de satisfaction. Je me pince l'arête du nez.

— Ma douce Alexa, me nargue-t-il d'une voix mielleuse, tout en me regardant, et si on allait se manger un bagel, ce soir ?

Enculé ! Je bouillonne tant de l'intérieur que ma mâchoire se contracte et mes poings se serrent. Je dois puiser en moi la force mentale nécessaire pour me retenir de lui éclater la gueule contre le radiateur en fonte. Mais elle répond sur la défensive :

— Non ! Et garde ce surnom pour toi.

Puis elle insère sa clef dans la serrure. Je suis pris alors d'un soulagement immédiat. Avec un sourire en coin, je ne manque pas de tendre mes deux majeurs à Stone avant de rentrer dans ma piaule et de claquer la porte derrière moi d'un coup de pied.

Alexa me fait la gueule depuis que nous sommes allés à Harvard pour le match des *Crimson* contre les *Bulldogs*. Elle refuse de me parler et que je l'approche. Dire que ça me fait rien serait mentir. Ses réactions me démontent. Beaucoup de choses ont changé ces derniers temps contre mon gré. Non seulement je la trouve attirante, simple, rafraîchissante et j'aime son caractère, mais en plus, elle me fait me sentir important. Jamais quelqu'un ne s'est autant soucié de mon bien-être. Et jamais je n'ai ramené une gonzesse voir un match avec moi !

Trois jours que je m'en veux pour pas mal de trucs. Si ce connard de supporter m'avait pas parlé, j'aurais pas été flippé de découvrir qu'Alexa avait quitté sa place. Un cauchemar. J'ai rien compris. Je me suis levé et je l'ai cherchée partout. Introuvable. Jusqu'à ce que je tombe sur elle, assise en plein milieu des marches de la tribune, blanche comme un cacheton d'aspirine. Dans la foulée, j'ai récolté une baffe, elle m'a accusée de l'avoir renversée. Après, elle s'est tirée.

Un enfer.

Faible plus d'une fois devant elle, j'ai baissé ma garde et Alexa a réussi à se faufiler dans la brèche. Toujours furax, je frotte ma tronche et shoote dans la corbeille. Cette histoire me fait chier ! Tout m'emmerde, putain ! Voilà pourquoi aucune gonzesse devait entrer dans ma vie et surtout pas cette fille de flic ! Je me déteste de l'avoir embrassée, de l'avoir touchée, de l'avoir baisée. Je me hais d'avoir aimé passer du temps avec elle.

Comme un lion en cage, je tourne en rond dans ma chambre sans savoir ce que je veux. L'oublier ? Oui, j'aimerais. Tout comme je voudrais ne l'avoir jamais rencontrée. Je ne demande qu'à zapper tous mes problèmes. Que mon agent de probation me foute la paix, et que mes parents arrêtent de penser que je suis juste un con sans cervelle. Chaque seconde qui passe, j'attends. J'attends le moment où on va frapper à ma porte pour m'embarquer au poste, parce qu'Alexa aura déposé plainte contre moi. Et j'ai plus envie de me battre. Alors, oui, je patiente dans le couloir de la mort.

Trois jours de stress intense pour tout ça. Essayer de zapper cette gonzesse, c'est impossible, je n'y arrive pas. Et là, c'est pire, j'ai plus rien à boire pour m'y aider. Plus une goutte d'alcool pour apaiser ma putain de douleur et ce manque ! Ce manque d'elle. D'être ne serait-ce qu'à ses côtés pour les observer, elle, son sourire et sa façon si drôle de m'en vouloir. Du moins, au début, c'était jouissif de la voir rager contre moi. Aujourd'hui, c'est devenu un merdier sans nom.

J'ai compris que je basculais du mauvais côté à force de la côtoyer. Quand je la voyais avec Tim, ouais, ça me rendait fou. Et c'est toujours le cas. Dans l'amphi, quand ce type s'en est pris à elle, ça m'a atteint, aussi. J'ai encore dans le crâne les images d'Alexa dans sa robe rock, avec son bandana lui donnant un look rebelle et sexy, putain de merde !

Quand j'ai fait ce devoir tout seul, en une nuit, j'étais pas parti pour ça à la base, loin de là. Juste pour me déchirer la tête et oublier que je venais de faire une grosse connerie, celle de m'être laissé aller avec elle. Même si j'avais déjà des doutes, je pensais pas qu'Alexa irait jusqu'à m'avouer que je lui plaisais et réussirait à briser ma carapace. On est si différents… Enfin, pas vraiment. Je sens qu'on est comme les deux tares d'UNH, chacune dans son coin, hormis quand on est fourrés ensemble.

Bref, si j'ai autant taffé ce soir-là, c'était pour faire passer toutes ces conneries. Pour penser à autre chose qu'à elle, à son baiser et au contact de son corps contre le mien… Je me tabasse le front.

C'en est trop, je vais finir par exploser, donc cette fois, elle va devoir m'écouter. Déterminé, je quitte ma piaule et frappe à la porte voisine. Elle s'ouvre en grand d'un coup sec. Derrière le battant, Trixie m'accueille, l'air grognon.

— J'étais en train de faire la voix *off* pour une vidéo ! s'agace-t-elle. Tu vas venir nous embêter tous les soirs ? Alexa ne veut pas te parler, donc rentre chez toi, Sayann.

Hors de question. Jusqu'à présent, j'ai respecté son choix. Mais j'en ai tellement ras le cul qu'elle me fasse la gueule que cette fois, c'est mort, je lâcherai pas l'affaire. En plus, Trixie que je faisais flipper s'est mise à prendre un peu trop confiance en elle. Elle me voit mal depuis plusieurs jours, alors elle pense m'avoir fait plier. Il est temps de remettre les pendules à l'heure. Je lui réponds :

— Dehors !

Ses yeux s'écarquillent. Néanmoins, peu impressionnée, elle campe sur ses positions, croise les bras et reste là.

— Casse-toi, j'ai dit ! lâché-je en haussant le ton.

De colère, elle s'apprête à me claquer la porte au nez. Une main sur le battant, et je la retiens sans me fatiguer.

— Alexa ! crié-je pour la faire sortir.

Pas de réponse. Trixie lutte en mettant toute sa force de mouche et en faisant bloc avec son corps frêle pour refermer la porte.

— À l'aide ! s'égosille-t-elle. Au secours !

Quelle conne ! Comme j'ai pas le droit de m'attirer encore des ennuis, je lâche la pression et j'insiste pas. À la place, je laisse tomber mon dos contre le mur et m'écroule au sol en prenant ma tête entre les mains.

— Vous me faites tous chier, putain ! m'écrié-je en frappant mon poing à terre.

— Ta gueule ! s'élève une voix masculine étouffée depuis l'une des nombreuses chambres.

Impossible de savoir laquelle, et de toute façon, j'ai pas la force de me battre ce soir tant je suis vidé. Des bruits de pas qui me parviennent me font lever les yeux sur ma gauche. Remington.

— Bah, qu'est-ce que tu fais par terre ? s'étonne-t-il.

Pfff.

— Je jardine, connard.

Il soupire et grommelle une insulte. Après tout, c'est de bonne guerre.

— Déjà que tu étais chiant, indique-t-il, mais en ce moment… C'est bizarre, il y a quelques jours, je te sentais un peu plus joyeux, pourtant.

Paumé, je me radoucis.

— Excuse. Pardon.

J'ai mis de l'eau dans mon vin, il en profite.

— Mec, si tu as besoin d'aide, je suis là.

Pourquoi lui, il veut me porter secours ? J'en sais rien. Je déconne tellement que j'ai jamais fait gaffe, mais c'est vrai qu'il a jamais été malintentionné envers moi.

— C'est pas super faux quand je dis que je jardine. Je m'enterre dans une situation de merde.

M'entendre déplorer ma détresse lui fait lâcher son sac et s'asseoir à côté de moi. Remington, patient, attend que je parle. Tout ce que je déteste faire. Cependant, au fond du gouffre, je me force.

— Alexa refuse de m'adresser la parole et ça me flingue, plus que ça devrait.

Honteux, je fixe le radiateur en face de moi.

— Tu es amoureux ?

Frissons d'horreur.

— C'est quoi ton problème pour être aussi con ? lâché-je, sur la défensive. J'aime bien passer du temps avec elle, c'est tout. Ça s'arrête là.

Il se relève et frappe à la porte en s'annonçant.

Il me fait quoi encore ce crétin ?

Je vais passer pour un abruti, pour un gamin qui sait pas se débrouiller seul et qui vient chialer auprès de son coloc. Je hais cette idée !

— J'ai pas besoin de ton aide ! craché-je, piqué dans mon ego.

— Moi, je crois que si.

J'abandonne. Démerdez-vous. Mais lorsque j'entends la serrure se déverrouiller puis le battant grincer, je reste aux aguets, l'oreille tendue.

— Nixie révise chez une copine.

La douce voix d'Alexa me fait fermer les yeux et pincer les lèvres. Étant donné que je suis contre le mur qui longe sa chambre, elle m'a pas vu.

— OK, mais tu peux venir, s'il te plaît ? lui demande-t-il.

Comme si elle allait t'obéir sur simple demande.

Remington la connaît pas ! Pourtant, je suis surpris de la voir arriver. De son côté, elle est stupéfaite de me trouver à même le sol, comme une merde. Elle a un mouvement de recul et relâche ses épaules.

— Je vous laisse, annonce Remington avec un grand sourire.

C'est ça, tire-toi, et vite !

— J'y suis pour rien, lâché-je à Alexa, dépité, une fois qu'il s'est évaporé. Je me suis posé là, il s'est pointé, bref.

— Hum. Si je m'en vais, je suppose que demain, tu vas encore me courir après ?

J'en grimace, elle a raison.

— Faut que tu saisisses que je t'ai dit la vérité l'autre jour. J'ai pas bougé du campus. J'étais bien avec Kaylee.

— Pourtant, même si j'étais à deux doigts du malaise lorsque la fille de Yale m'a filé des infos sur l'accident, j'ai très bien compris ce qu'elle a dit. Pareil quand elle m'a fait un portrait détaillé du véhicule. Il s'agissait de *ta* voiture, affirme-t-elle sur un ton plein de rancœur.

Putain, non ! Mes nerfs se crispent et je me mure dans le silence. Faute d'avoir le *pass* pour délier ma langue, Alexa tape du pied, complètement démunie.

— Tu vois, Sayann, c'est ce qui est chiant avec toi ! s'agace-t-elle en perdant patience. En plus de me prendre pour une conne, et de me faire les pires crasses comme me renverser et te barrer comme un lâche, de me trahir par la suite en m'assurant que tu es innocent, tu es incapable de m'avouer la vérité quand tu es au pied du mur ! Et tu me fais même pas confiance, au point que tu gardes tous tes petits secrets pour toi. Tu es un sale égoïste, en fait ! Eh bien ! tu sais quoi ? Ouais, démerde-toi avec tes problèmes !

Enragé à cause de ces mots que je viens de me bouffer, je me relève et la pointe du doigt. Les veines de mon cou sont sans doute si apparentes qu'elles sont sur le point d'exploser.

— Ravale les conneries que tu viens de sortir ! feulé-je. Tu me fais péter les plombs depuis que je te connais ! Estime-toi heureuse que je prenne beaucoup sur moi…

— Sinon quoi ? Vas-y, me pousse Alexa comme elle sait si bien le faire. M'avoir foncé dessus, c'était pas suffisant ?

Coincé, je lui tourne le dos et mords mon poing tout en passant une main rageuse dans ma tignasse.

— Bah ouais, ça fait mal quand la vérité éclate au grand jour !

Désespéré et épuisé, je secoue la tête. J'en ai marre.

— Je remercie quand même cette étudiante, elle, au moins, a été plus causante que toi. Sans son témoignage, j'ignorerais toujours que tu as voulu me tuer. Les gens ont raison, tu es un putain de psychopathe ! Je m'en veux d'avoir été attirée par toi et qu'on ait couché ensemble. Ça me dégoûte !

Si je pensais être réduit à néant, ses dernières paroles viennent me donner le coup de grâce. Je suis à bout. Une larme s'échappe et coule sur ma joue. Toujours dos à elle, je reste dans cette position, bien trop fier pour lui exposer cette émotion que j'ai pas réussi à contrôler.

— Tu as fini ? fais-je en essayant de prendre un ton assuré.

Même si au fond, c'est le chaos.

— Non. Je veux entendre la réponse de ta bouche maintenant pour en avoir le cœur net. Histoire de te laisser le bénéfice du doute, ironise-t-elle.

Mes yeux se ferment tout seuls et je tente de retenir la haine qui me transperce de part en part, à l'intérieur de mon corps. Mais ma connerie me dépasse tant que je laisse échapper une seconde larme.

— Tu es à l'origine de mon accident, oui ou non, Sayann ?

Je suis foutu. Bloqué. Il me reste plus qu'à profiter de mes derniers instants de liberté. Dans quelques heures, Jackson ou un autre me tomberont dessus et je serais sans doute incarcéré.

— Oui.

CHAPITRE 27

Alexa

Le vent fait virevolter mes cheveux pendant que je me déplace sur ma trottinette. Sur la chaussée, je fonce à vive allure, bien que ma vision soit floue à cause de mes yeux embués. Depuis mon altercation avec Sayann, la veille, je n'ai fait que pleurer tellement il m'a déçue. À quoi je pouvais m'attendre en tombant dans ses bras ? C'était certain que ça finirait mal. Mais je n'imaginais pas que ça arriverait si tôt dans notre relation. J'ai même été assez idiote pour, au fond, espérer me tromper sur lui. Torres est juste un malade, un con, et il est brisé, mais parce qu'il l'a cherché. Et on ne guérit pas un connard ! Je n'ai pas à m'infliger ça.

Je suis au plus mal depuis ce fameux match où j'ai dû finir par me débrouiller pour trouver un train, afin de pouvoir rentrer au campus.

En colère et effondrée à cause de la situation, j'essuie mes joues.

— À l'embranchement, tournez à droite.

Je suis les indications du GPS et continue de rouler.

— Vous êtes arrivé à destination.

Je ralentis et m'engouffre dans la cour du bâtiment. Il y a du monde, car les places du parking sont toutes occupées. Je freine et me gare devant l'entrée.

En montant les quelques marches, je souffle un bon coup. Puis je me dirige vers le comptoir d'accueil.

L'employée, une quadragénaire à la peau ébène, croque dans son sandwich en tournant sur son fauteuil de bureau. Derrière elle, l'un de ses collègues portant le même uniforme est appuyé contre un placard ouvert et rempli de dossiers. Je tombe en pleine pause déjeuner.

— Bonjour, m'annoncé-je. Je viens pour déposer plainte.

J'ai mis du temps à me décider, mais je suis là. Gênée, elle pose vite son repas dans son emballage et essuie sa bouche avant de me saluer. La main sur sa souris d'ordinateur, elle effectue quelques clics et se tourne vers l'homme.

— Personne n'est disponible, tu peux prendre la déposition de la demoiselle ?

Il consulte sa montre et grimace.

— Non, j'ai fini mon service. Il faut attendre qu'un agent se libère, mais aujourd'hui, il y a du monde.

Je soupire en silence et jette un coup d'œil aux gens qui patientent sur les sièges autour de moi, avant de m'adresser au type.

— C'est pas grave, j'ai le temps.

— On va préparer votre déposition, m'informe-t-elle. Donnez-moi votre identité.

Je m'exécute en lui fournissant ma carte d'étudiant. Elle l'inspecte et me la rend sans rien noter.

— Agression sexuelle ? s'enquiert-elle.

Je secoue la tête en signe de dénégation.

— C'est malheureusement très fréquent à l'université, d'où ma question, précise-t-elle.

Soudain, une porte s'ouvre dans mon dos et deux voix masculines me parviennent. Dont une que je reconnais. Rauque et mature. Le sénateur. Je baisse la tête pour me cacher comme je peux, le temps qu'il s'éclipse par la sortie. Un gradé rejoint alors l'arrière du comptoir et remet un dossier assez épais à l'agent, qui n'était soi-disant plus en service.

— Tiens, tu peux le ranger. J'ai besoin d'une pause, j'en peux plus de cette famille.

— Les Torres auront votre peau, shérif.

J'ai visé juste, il s'agissait bien de Richard, le père de Sayann. Un frisson d'horreur remonte le long de mon épine dorsale.

— Jamais. On n'avait pas le matériel pour flasher l'excès de vitesse de son rejeton hier soir, alors l'infraction est classée sans suite. Le sénateur a su jouer là-dessus, et il a gagné, mais son gamin va refaire une connerie, c'est juste une question de temps. Et cette fois, crois-moi, avec le procureur qui vient d'arriver en ville, il n'aura plus de passe-droit comme le jour de son jugement. Il ira croupir dans une cellule pour de nombreuses années. Son père est au courant.

Mon cœur s'accélère, et davantage encore lorsqu'il lance un regard dans ma direction, en mettant ses poings sur ses hanches.

— Vous êtes là pour quoi, vous ?

Tout repose sur mes épaules. Ce que je m'apprête à faire va envoyer Sayann en prison. Blême, je me sens transpirer et je suis dans l'incapacité de prononcer un mot. Ceux de « Torres » et « croupir en cellule pour de nombreuses années » me hantent trop. Il a encore merdé et je prends conscience de l'enjeu. Si je le dénonce, sa vie sera foutue. Et Sayann est déjà au plus mal. Tout est sa faute, certes, mais je ne peux pas ignorer le petit sentiment que j'ai pour lui au fond de mon cœur. Nan, c'est un fou ! Mais quelque part, c'était un accident, et depuis, de l'eau a coulé sous les ponts. Il s'est soucié de ma sécurité les jours suivants et je tiens à lui…

Peut-être, mais qu'a-t-il fait à Yale ?

— Bon, quand vous serez décidée à me répondre, vous viendrez. En attendant, tant pis pour vous, patientez.

Perdue à force de cogiter à toute vitesse, je me prends la tête entre les mains, elle va exploser tant mon esprit est saturé. Je sors en courant. J'ai soudain le ventre noué par l'angoisse, un spasme me foudroie. Lorsque j'atteins l'extérieur, je m'accroche toute tremblante à la rambarde et tire au cœur. J'aimerais vomir, faire jaillir ce que je ressens pour lui avec et laisser tout ça sur le bitume, loin de ma tête et de mon cœur, mais je n'y arrive pas. Et je n'ai rien dans l'estomac depuis hier.

Après avoir tenté de me calmer en prenant plusieurs inspirations profondes et en faisant les cent pas dans la cour de l'hôtel de police, je récupère ma trottinette et rentre sur le campus. Je ne sais pas comment je fais pour voir la route, mes pleurs et mon chagrin sont tels que toutes les dix secondes, je suis obligé d'essuyer mes yeux.

Arrivée à l'université, je m'arrête dans une pâtisserie pour acheter quelque chose à manger même si je n'en ai pas super envie. Hors de question que je me laisse abattre. Je lâche mon engin contre la vitrine, jette mon dévolu sur ma gourmandise fétiche, puis m'en vais la déguster sur le banc d'en face. Au moment de me forcer à la porter à ma bouche, Tim me fait face. Il est accompagné de Trixie. Je repose le muffin dans son emballage.

— Salut, me fait-il. Et de rien.

Je fronce les sourcils.

— Pour ?

— Hier, je suis allé voir Sayann pour lui ordonner de te laisser tranquille, m'apprend-il. T'as vu comment il était vert, ensuite, quand je t'ai proposé d'aller manger un bagel ?

Trixie, qui est assez mécontente, le frappe au torse.

— T'inquiète, ma loutre, c'était juste pour le faire chier et ça a marché.

Je secoue la tête et m'adresse à Trixie pour éviter tout malaise.

— Sache que j'ai refusé l'invitation de ton mec.

Elle ne cache pas son soulagement.

— Autre chose ? Parce que j'aimerais bien être seule, les congédié-je.

— S'il continue, n'hésite pas, ajoute Tim, je me ferai un malin plaisir de...

— C'est quoi ton problème, au juste ? m'énervé-je, blasée de leur guerre d'ex-potes. Je te sens en boucle sur lui.

Loin de moi l'idée de prendre la défense de Sayann, mais ça m'agace, car je trouve qu'avec Tim, il a le dos large. Et bien sûr, je ne peux pas aller à l'encontre de mes sentiments. Ça me tue, mais c'est comme ça. Je lui en veux, sauf qu'en ce moment, dès que quelqu'un le débine en son absence, j'ai besoin de contre-attaquer. C'est plus fort que moi. En plus, Tim a un penchant pour chercher la merde. Il se rapproche de moi et les yeux dans les yeux, sans faillir, il me lâche :

— Mon souci, c'est qu'il a détruit l'un de nos potes l'an passé.

C'est de pire en pire ! J'ignorais qu'ils étaient amis avec la victime. Petit à petit, j'assemble les pièces du puzzle. De plus, je n'oublie pas que ce soir, j'ai rendez-vous avec lui, ce qui devrait me permettre de lever enfin le voile sur cette histoire.

Je me focalise sur Trixie.

— Il t'a dit ce qu'il s'est passé à Yale ? Tim t'a raconté ?

— Non, je te le jure, me promet-elle. Pourtant, je l'ai cuisiné.

Son regard lourd de sous-entendus, je m'en serais bien passée.

— Merci, je ne veux pas savoir comment, râlé-je.

— En même temps, c'est parlant sur sa gueule et sa dégaine. Enfin... Torres n'a pas toujours été comme ça.

À cet instant, ses traits changent. Je le sens comme nostalgique, ce qui pique ma curiosité.

— Il était comment avant ? Raconte ?

— Désolé, mais on va être en retard au ciné. À plus tard, conclut-il d'un air entendu pour faire référence à notre rendez-vous secret.

— Attends, non, dis-moi, imploré-je.

Il serre les dents.

— S'il te plaît !

Face à mon regard suppliant, Tim dégaine son portable. Après avoir fait longuement défiler son doigt sur l'écran, il me montre une photo. Waouh. Je refuse de croire que c'est Sayann, pourtant c'est bien son visage. Sur le cliché, il porte une chemise blanche, sortie de son pantalon, avec le logo de Yale. Sa cravate est défaite. Les manches de sa veste de costume bleu marine sont relevées dans un style décontracté à la Valerio dans la série Élite. Ses cheveux bruns, dépourvus de toute mèche colorée et plus courts sur le dessus, me surprennent, ainsi que l'absence de son anneau à la narine et de tout tatouage. Il sourit et a l'air heureux, comme insouciant. Ça me fait drôle de découvrir ce mec-là. Lumineux et pétillant, il est tout l'inverse de l'homme que je connais. Il donne l'impression d'avoir une vie paisible.

— Quel genre de personne était-il ? me renseigné-je, émue.

Car quoi qu'il en soit entre nous, je ne peux pas nier avoir mal de voir cette différence très marquée. Tim range son téléphone dans sa poche et entremêle ses doigts à ceux de Trixie.

— Ça a toujours été un connard, déclare-t-il, amer, en évitant cette fois mon regard.

Je lève un sourcil. Ils tournent tous les deux les talons.

— Pas la peine d'avoir honte, tu peux m'avouer que c'était un mec cool et sans histoires.

Tim s'immobilise. Je poursuis :

— Bah ouais, sinon pourquoi être ami avec un con ?

Il hausse les épaules.

— Peu importe. Sayann a bien changé.

Et ils s'en vont pour de bon.

***

Comme j'ai oublié de recharger ma trottinette, j'arpente à pied les allées de Yale si bien entretenues. Même de nuit, c'est somptueux. D'ordinaire, j'aurais des étoiles plein les yeux de me trouver enfin dans l'enceinte de cette université prestigieuse où les plus grands ont étudié. Mais la raison de ma présence ici est bien trop sinistre pour que je m'en réjouisse. Dans quelques minutes, il sera minuit, et je devrais être pile à l'heure sur le lieu du rendez-vous. Le cœur martelant ma poitrine et les paumes moites, je ne fais pas la fière.

— Tournez à gauche.

La voix du GPS de mon portable que je tiens à la main me fait sursauter pour la troisième fois. Allez, courage… Après tout, j'ai cherché à en savoir plus, Tim ne m'a pas forcée. C'est plutôt le contraire. Les bâtiments en briques rouges qui étaient dressés autour de moi disparaissent à mesure que j'avance dans le parc. Plus je marche, plus je me rapproche des fraternités et sororités. Toutes aussi somptueuses et sélect les unes que les autres, elles sont éclairées à l'intérieur. De l'allée où je me trouve, à les longer, je peux voir certains de leurs occupants assis à une table, à étudier. Sans jouer les voyeuses plus longtemps, je continue à la recherche de celle qui m'intéresse : Delta Kappa Epsilon. Quelques étudiantes me sourient, d'autres ne prêtent pas attention à moi.

— Vous êtes arrivé…

Dans un ultime sursaut, je coupe le son de mon téléphone. J'admire l'immense maison, les initiales grecques gravées dans la pierre au-dessus de l'entrée, bordée de deux colonnes. Tout est éteint ici. La façade colonisée par le lichen et la mousse, ainsi que le jardin nettement moins bien entretenu que celui des autres demeures, me portent à croire qu'elle est abandonnée. Sur le côté, un échafaudage. OK, elle est en travaux. Le GPS m'indique que le bassin se trouve juste derrière, alors je m'y rends.

Plus j'avance, moins il y a de vie. L'éclairage dans ce coin est inexistant, tout comme les bancs et les poubelles. J'actionne la lampe au dos de mon téléphone et je ratisse les environs. L'herbe un peu plus haute me souffle que les paysagistes boudent cet endroit. Je m'enfonce tout droit dans un coupe-gorge. Un lieu idéal pour le crime parfait. Un frisson d'horreur me saisit et les larmes me montent aux yeux. Le curseur signalant ma position sur l'écran se rapproche du point d'eau, et le coassement des grenouilles, en nombre, me confirme que je suis arrivée.

En tendant mon portable devant moi pour éclairer le bassin, je constate avec dépit que je suis la première. C'est donc là qu'un drame a eu lieu. Une sensation désagréable m'envahit. Anxieuse, je regarde partout autour de moi et je crie le prénom de Tim à plusieurs reprises. Pas de réponse, hormis le hululement d'une chouette. Les minutes défilent, je me fais violence pour patienter sur place dans la pénombre. Mais plus j'attends, moins je suis rassurée.

— Tim ? répété-je un peu plus fort.

Toujours le néant. Est-ce qu'il m'aurait joué un tour ? Est-ce qu'il aurait réfléchi, et se serait rétracté de peur de compromettre ses études ? Ou peut-être qu'il a eu un empêchement. Je regarde l'heure, il est minuit vingt-cinq. Je dois me rendre à l'évidence, il ne viendra pas. Et surtout, je n'ai pas envie de camper davantage, l'ambiance est trop bizarre. C'était une bonne occasion de savoir, mais hors de question de passer la nuit là, c'est beaucoup trop risqué. D'ailleurs, en y réfléchissant bien, je suis complètement inconsciente. À part lui, personne ne sait que je suis ici, si jamais… Je secoue la tête et rebrousse vite chemin.

À une cadence soutenue, je regagne le parc et je redeviens sereine uniquement lorsque je croise des petits groupes d'étudiants qui marchent et rient aux éclats, l'air heureux. Ils se rendent sans doute à une fête. Une soirée à Yale, ça doit être incroyable ! Je ne les envie pas plus longtemps, je poursuis ma route jusqu'à ce qu'on m'arrête à la sortie.

— Alexa ?

Merde ! Au son de la voix de Swan dans mon dos, j'accélère le pas en baissant la tête.

— Attends !

Il me court après. À contrecœur, je m'arrête dans la rue. Après tout, lui, il ne m'a rien fait. C'est à son frère que j'en veux. Pour autant, mon air est loin d'être aimable lorsque je me retourne vers lui, en croisant mes bras sur la poitrine. Après cette journée, je suis épuisée, et les Torres, j'en ai ras le bol !

— Tu connais du monde à Yale ? s'étonne-t-il en me regardant de côté.

— Non, je me baladais juste, réponds-je, d'un air nonchalant. Pourquoi tu m'as appelée ?

Face à mon ton désagréable, il se masse la nuque, comme nerveux.

— Je voulais savoir si tu avais eu du nouveau par rapport à ton accident.

— Ouais, et je suis allée au commissariat aujourd'hui.

Les larmes me montent aux yeux. Je préfère lui tourner le dos sans développer, afin de partir pour de bon.

Mais si je pensais être au bout de mes surprises, je m'étais bien trompée.

— Putain… Alexa, je suis désolé. J'avais la tête ailleurs, j'étais trop pris par ce match à venir avec les *Crimson*. C'était pas mon but de te renverser.

Ses paroles sont un tel choc que ma colonne vertébrale heurte le mur de l'université, m'empêchant de m'étaler à même le sol.

— Que, quoi ? C'était toi ? Non, impossible, réponds-je en m'épongeant le front, les doigts tremblants.

Soudain, il se raidit et jure tout ce qu'il peut.

— Je..., euh... Laisse tomber, se dégonfle-t-il, anxieux.

Je reprends vie en un instant.

— Trop tard ! Continue, t'en as trop dit !

Il hésite et, nerveux, il fourrage une main dans ses cheveux comme son frère le fait souvent.

— Je pensais que tu le savais ! Tu as dit que tu avais du nouveau et que tu étais allée voir la police. Alexa, il faut que tu retires ta plainte, je ne peux pas me permettre d'être mêlé à la justice. S'il te plaît, mon coach mise beaucoup sur moi, je suis le quarterback le plus...

C'était bien lui au volant.

— Putain, mais y'en a pas un pour rattraper l'autre, en fait ! m'énervé-je. Je me fiche de briser tes rêves, tu as failli ruiner ma vie !

Affolé et blême, il prend son visage à deux mains et secoue la tête avant de craquer. Il ajoute, la voix bourrée de regrets :

— Je suis un jeune espoir de Yale. Mes amis et ma famille sont à fond derrière moi pour que je fasse carrière dans le foot, je ne veux pas les décevoir.

Swan est *matrixé* par son sport à tel point qu'il n'y a plus que ça qui compte. C'est écœurant !

— Tu t'enfonces, là !

— Pardon. J'ai toujours travaillé dur pour en arriver là, et je t'assure que c'était une erreur d'inattention. Jamais je ferais de mal à une mouche. Alexa, s'il te plaît...

— Comment tu expliques que tu as pris la voiture de Sayann ? Tu n'as pas le permis ?

C'est la question qui vient de me traverser brutalement l'esprit.

— On a la même. Papa nous en a offert chacun une pour un Noël.

Je rêve !

— Sayann est donc au courant que c'est toi le coupable, déploré-je.

— Aucune idée.

Son frère aîné est loin d'être stupide, il a, à coup sûr, fait le rapprochement.

— Tu es certain qu'il ne t'a pas dévissé le cou à cause de ça ?

— Non. On est tout l'un pour l'autre. Et je l'ai pas revu depuis l'avant-match. Vous étiez où, à la fin ? On a gagné, tu sais ?

Je secoue la tête, dépitée de ses réactions. Quant à Sayann, il est tellement sanguin, c'est tout de même curieux qu'il ne soit pas tombé sur Swan. À croire que je ne compte même pas un minimum pour lui. Quelle tristesse.

— Tu crains. Y'a pas que le foot dans la vie !

— Pour moi, si. Alexa, s'il te plaît, retire ta plainte.

— Je me suis dégonflée parce que je pensais que c'était ton frère ! Je n'ai sorti aucun nom.

— Mais là, tu vas y retourner, n'est-ce pas ?

Je hausse les épaules.

— Quoi que je fasse, ça va changer quoi pour toi ? Tu es l'enfant prodige de la famille, et sans histoires. Papa arrivera à te sauver les fesses, lui lancé-je en partant, amère.

C'est la vérité. Sayann est une tête brûlée, à tout moment il peut plonger. Mais lui ? Il est bien trop sage et rigoureux dans la vie, il s'en sortira indemne. Je suis fatiguée, épuisée de courir partout et je n'ai aucune envie de remettre les pieds dans ce commissariat. Surtout pour rien. Je ne peux pas me battre contre la puissance de leur père. Ma réaction est nulle, mais je veux juste la paix. Porter plainte contre les Torres ne ferait que jeter de l'huile sur le feu et ça me desservirait.

C'était un accident, il s'est excusé, je n'ai aucune séquelle, alors je dois continuer ma vie et me focaliser sur mes études.

Mais à mesure que j'avance, je prends conscience de l'innocence de Sayann dans cette histoire. Même s'il m'a menti pour couvrir Swan, les paroles tranchantes que j'ai eues envers lui hier soir commencent à me ronger de l'intérieur.

CHAPITRE 28

Alexa

Bizarrement, malgré les révélations de la veille, j'ai plutôt bien dormi. C'est ce dont j'avais besoin depuis de nombreuses nuits. Un sommeil réparateur. En cette nouvelle journée qui commence, je me rends d'abord chez mon voisin avant d'aller en cours. Hier soir, en rentrant, j'ai hésité, puis j'ai pensé que ça ne servirait à rien. Pourtant, je dois des excuses à Sayann pour mon comportement si brutal. Je cale mon sac sur mon épaule et après une profonde inspiration, je me lance en frappant à sa porte. Une voix rauque et étouffée retentit.

— Laissez-moi dormir, barrez-vous !

J'ai de l'avance par rapport à ma première heure de psycho, mais il devrait déjà être debout.

— C'est Alexa, précisé-je en ne tenant pas compte de sa nervosité habituelle.

Silence. Une poignée de secondes plus tard, un bruit dans la serrure m'indique qu'il l'a déverrouillée. Pour autant, le battant ne s'ouvre pas. Je prends les devants et le pousse. Sayann est seul et il s'est recouché en me tournant le dos. J'entre et me dirige avec lenteur jusqu'à son lit où je m'assieds après avoir déposé mon sac.

— Si tu es là pour m'en mettre plein la gueule, je te demanderai juste de le faire en ASMR. J'ai trop mal au crâne.

Au sol, près de la table de chevet, je vois le cadavre d'une bouteille carrée de l'alcool qu'il affectionne tant, ainsi qu'un paquet de cigarettes ouvert et vide lui aussi. Vouloir se détruire à ce point est d'une énormité sans nom. Je secoue la tête.

— Tu mériterais que je hurle pour toutes tes conneries, dis-je tout bas. Mais j'ai plus la force de me battre. Si je suis là, c'est parce que je suis au courant et que je tenais à m'excuser.

Il vient de cesser de respirer, j'ai l'impression.

— Comment ça ? s'enquiert-il.

— Ton frère. Je l'ai croisé et il s'est vendu tout seul pour mon accident.

— Putain de merde..., soupire-t-il. Alexa...

— C'est bon, je ne porterai pas plainte. Swan semble avoir un avenir tout tracé, je ruinerai pas ça.

Sayann se redresse et m'observe, le visage grave. J'ai toujours du mal avec son regard émeraude si puissant, malgré ses yeux brillants et rougis après sa beuverie.

— Merci, déclare-t-il, penaud. Merci, merci.

Il attrape ma main et la serre. Ni une ni deux, je me libère de sa prise, ce qui lui arrache une moue.

— Je t'en veux de l'avoir protégé.

— Désolé. Mais j'ai fait la déduction par rapport à la voiture juste quand tu m'as demandé d'avouer. Je vais lui parler, fais-moi confiance.

Je hoche la tête.

— Par contre, je suis allée au commissariat avant de savoir la vérité.

Stressée à cause de sa réaction, je gratte mes cuticules. Mais je devais le mettre au courant. Ses épaules s'affaissent.

— Pour me balancer, mais tu l'as pas fait, sinon je serais déjà derrière les barreaux, constate-t-il.

J'ai beau fixer maintenant le plafond pour contenir mes émotions, c'est perdu d'avance. D'un coup, mes nerfs craquent et je fonds en larmes.

— J'ai pas réussi. Je m'en veux d'être si attirée par toi. Pourquoi ? Et pourquoi tu m'as menti, au risque de foutre notre relation en l'air ?

En silence, il m'attrape par la taille et me rapproche tout contre lui pour me serrer dans ses bras.

— J'ai eu la trouille pour Swan, rétorque-t-il enfin, sérieux. Je suis désolé, *honey*, vraiment. C'est pas ce que je voulais.

— On n'est pas fait pour être ensemble, lâché-je entre deux sanglots. Pourtant, contrairement à ce que je t'ai dit, être avec toi, c'est tout sauf repoussant. Tu me manques…

Il resserre son étreinte et renifle un coup sec avant d'enfouir son visage dans mes cheveux. Dans ses bras, je me sens bien, comme à ma place. C'est bête, mais j'avais besoin de ça. Que lui seul me réconforte par la chaleur de son corps.

— Je peux pas t'oublier non plus. Tu me manques aussi. Un truc de barge qui me fait partir en vrille de jour en jour, avoue-t-il.

Mes pleurs redoublent d'intensité.

— Pourquoi tu es un danger ? Qu'est-ce que tu as fait de si terrible ? dis-je d'une voix à peine audible.

Il s'étrangle presque. Sayann se recule et relève mon menton en le caressant du pouce afin que je le regarde. La détresse semble le ronger. Son autre main attrape l'une des miennes et nos doigts s'entremêlent. J'essuie mes joues, je fonds à son contact.

— Laisse-moi un peu de temps.

Ces mots sont une supplique presque insupportable pour lui.

— Tout ce que tu dois retenir pour le moment, c'est que j'ai payé pour mes actes. J'en fais même encore les frais, en étant obligé de voir régulièrement mon agent de probation. Et tout ça, j'en ai conscience et je le regrette. Je suis pas un détraqué, OK ?

Ses prunelles s'embuent, mais contrairement à moi, pleine de désarroi, il se contrôle, ne laissant pas ses émotions sortir davantage. J'acquiesce. Ses lèvres trouvent les miennes pour un baiser passionné. Si intense et puissant qu'en plus de me couper la respiration, il me fait ressentir ce que je représente à ses yeux.

À bout de souffle, je me décolle la première et lui offre un sourire timide. Il m'imite. J'aime le Sayann plus vulnérable. Nous restons un instant comme ça, à nous observer, à nous câliner, à profiter de la chaleur de l'un et de l'autre jusqu'à ce qu'un bon quart d'heure plus tard, il brise le silence.

— Tu es d'une bonté incroyable. Et aussi beaucoup trop belle pour moi, ajoute-t-il plus léger, en ricanant nerveusement et en caressant ma joue.

Son rire cassé et ses mots me font sourire encore plus. J'enfouis mon front contre son cou tatoué et embrasse sa peau, le souffle haletant.

— Hum, bien tenté, mais tu vas être en retard à ton cours, nan ?

Je hausse les épaules. Le bout de ses doigts se balade sur mon dos, par-dessus mon haut.

— Peu importe, je suis juste bien, là.

— Sauf que j'aimerais bien me rendormir.

Sur-le-champ, je lui flanque mon poing sur son torse nu.

— Je suis censé crier de douleur ? se moque-t-il, joueur, en contractant ses pectoraux.

Je plaque ma paume sur ses muscles et je me redresse en lui adressant une grimace. Plus sérieux, il reprend :

— Va à ton cours. Dans deux heures, on en a un ensemble.

Un clin d'œil pour conclure ses paroles, et ça suffit à me faire rougir.

— OK.

Je me lève et j'attrape mon sac d'un geste mou.

— Tu oublies rien ?

Je le vois à genoux sur son matelas, devant moi, une main tenant la couette au niveau de ses parties intimes pour les cacher. Avec sa bouche en cul de poule, Sayann est dans l'attente d'un bisou. Je souris en le découvrant comme ça, les cheveux en bataille et plus enjoué. Avec plaisir, je m'exécute et lorsque je me détache, il bondit si vite pour se recoucher en rabattant les draps sur lui que je n'ai pas le temps d'apercevoir son serpent ni même un bout de fesses.

— Bonne nuit, hein ! Veinard !

Il sort un bras du tissu et le tend en l'air pour me saluer. Plus joyeuse que quand je suis arrivée, je repars presque en sautillant comme une enfant. La tête dans les nuages, je me dirige jusqu'à ma salle. Je suis néanmoins prête à travailler, plus motivée que jamais. Bien sûr, j'aurais adoré rester avec lui, mais ça aurait été déraisonnable. Et je le suis bien assez ces derniers temps. Durant toute l'heure, je me concentre pour écouter le prof et prendre des notes. La suivante, pareil.

À l'intercours, je vais au distributeur le plus proche dans le couloir pour prendre un café et je pars le boire à l'extérieur, dans mon coin. Comme d'habitude, les autres sont tous par petits groupes. Pourtant, c'est la paix absolue de rester seule. Je ne suis pas plus triste qu'eux, au contraire, le silence à ma table de pique-nique est d'or. Je peux fermer les yeux et apprécier de me détendre plus en profondeur. C'est bien mieux que d'avoir quelqu'un qui vous piaille dans les oreilles en se plaignant d'un prof, par exemple. Les paupières closes, je suis interrompue dans mon petit moment *chill* par un bruit sourd. Depuis mon banc, j'ouvre les yeux et je découvre Sayann assis sur la table. Il porte une tenue sombre et ses cheveux sont encore humides de la douche. Et surtout, il a forcé sur le parfum. Comment j'ai fait pour ne pas le sentir arriver ?

— Tu rêvais de moi, ou bien ?

— Tss. J'appréciais ma solitude.

Son attention se braque sur les alentours, comme s'il cherchait quelque chose.

— Pourtant, je te verrais bien pote avec la gonzesse, là-bas, s'amuse-t-il en la pointant du doigt sans scrupule.

— Mary ? m'indigné-je. Elle est avec nous dans un de nos cours, je te signale, et la rumeur raconte qu'elle collectionne les insectes. Une psychopathe comme ami, non merci !

C'est Trixie qui m'en a parlé un soir. Elle m'a fait un compte rendu complet sur la moitié des étudiants de cette université, sans que je lui aie demandé quoi que ce soit.

— C'est vrai que niveau psychopathe, tu donnes déjà assez comme ça, poursuit Sayann, amer.

Mes lèvres se pincent.

— C'est pas ce que j'ai voulu dire, et tu le sais.

— Mouais…

— Arrête de te plaindre, c'est toi qui joues ce rôle depuis le début.

Je me lève et termine ma boisson.

— Pour avoir la paix, ouais.

— Ça n'a pas fonctionné avec tout le monde, dis-je en essayant de lui faire un clin d'œil.

Sayann se lève à son tour et laisse un baiser sur mon front.

— Toi et moi, on forme une belle équipe, c'est différent.

Je lui souris et l'embrasse tout en marchant en direction de notre bâtiment.

— On pourrait passer la soirée ensemble ? proposé-je.

— J'ai un truc à faire d'abord, mais après, je suis tout à toi.

Sans poser davantage de questions, je gagne à ses côtés le fond de la salle et m'installe.

CHAPITRE 29

Sayann

J'ai eu chaud au cul. Qu'Alexa n'ait pas porté plainte et qu'elle soit revenue vers moi... Un bol monstre, je peux lui dire merci. C'est mon rayon de soleil de la journée, après des jours à m'être terré dans l'alcool et avoir enchaîné les insomnies. Incroyable de m'être mis dans un état si minable pour une gonzesse, et pire, que je connais depuis si peu de temps. Ça m'est tombé sur le coin de la gueule. J'appellerai pas ça un coup de foudre, parce qu'au début, je la détestais. Mais elle a réussi à me toucher en plein cœur, au fur et à mesure qu'on se voyait. Je peux pas l'expliquer. En tout cas, c'est bon ! Pas pour mes affaires, mais ça me fait du bien quand même. Ce qui implique de régler un détail important qui me ronge en silence.

Conscient d'avoir failli la perdre, je peux plus me taire. Il faut que ça sorte. Je dois remettre les pendules à l'heure. Toute la journée, j'ai cogité pour me rendre à Yale à la nuit tombée.

Jean destroy sur le cul, et hoodie large à capuche couvrant au maximum ma ganache, je marche en direction du stade du campus dans l'anonymat total. C'est la première fois que j'y fous les pieds depuis le drame et à l'époque, j'étais pas fringué pareil. Je quittais très peu l'uniforme, pas même lors des soirées.

Dans le peu d'étudiants que je croise, aucun me calcule, et c'est tant mieux. C'est que je suis connu comme le loup blanc, ici – ou plutôt comme la bête noire des lieux – et j'ai l'interdiction formelle d'être là. Si quelqu'un me voyait, on pourrait me dénoncer et un flic débarquerait illico pour m'emmener devant le juge. Mais mon penchant à défier l'autorité est souvent plus fort que ma raison. Et puis de toute façon, mon frangin est jamais joignable sur son portable, il faut que j'y aille, j'ai pas le choix.

C'est l'heure du dîner, c'est celle que j'ai choisie pour avoir un max de chances de pas être repéré. Ils sont tous, ou presque, au réfectoire. Sauf les footeux que j'aperçois maintenant. Petit à petit, ils quittent le vestiaire. En restant à bonne distance, je les compte à mesure qu'ils sortent, leur sac sur l'épaule. Je connais Swan par cœur, je sais qu'il est toujours le dernier à partir. Et je préfère le choper là, plutôt que devoir aller à sa fraternité. On me remarquerait vite et j'ai pas assez de bras pour me battre avec ses trente colocs', tous aussi cons les uns que les autres.

Quand le compte est bon, je me remets en marche, les mains dans les poches. Arrivé dans les vestiaires, je tends l'oreille, j'entends l'eau des douches couler dans le fond. Je vérifie tous les casiers et les casques sur les étagères au-dessus. Les bancs au milieu de la pièce sont vides, pas d'affaires, juste une tenue complète et propre. Les fringues de Swan. Je m'assieds à côté sans ôter ma capuche et je patiente en faisant trembler ma jambe. À peine quelques secondes plus tard, il déboule, une serviette nouée à la taille. Mais en tombant sur moi, il a un mouvement de recul.

— Putain, tu m'as foutu la trouille !

Il est blême, on dirait qu'il a vu un fantôme. Je le fixe, l'œil noir.

— Tu pensais que c'était Spencer ?

Il secoue la tête.

— C'est pas drôle, s'énerve-t-il. On plaisante pas avec ça, Ducon !

Me provoquer en utilisant ce genre de surnom est une très mauvaise idée. Mon corps se tend.

— Je te conseille de redescendre d'un étage. Jusqu'à maintenant, j'ai toujours gardé mon calme avec toi, mais ça pourrait changer.

— Pourquoi ? Et pourquoi t'es là, d'ailleurs ? Si jamais tu te fais choper, tu es mort.

— Pourquoi je suis là ? Tu es sûr de pas avoir une petite idée ? m'agacé-je.

— Non.

Il fait semblant de m'ignorer et attrape ses affaires. Sans sommation, je me lève et le plaque contre un casier. Le bruit du métal résonne contre les murs en béton.

— Le seul con dans la pièce, c'est toi ! hurlé-je. Qu'est-ce qui t'a pris d'aller tout balancer à Alexa ? Tu pouvais pas fermer ta gueule ?

Vaincu, il plisse les yeux et secoue la tête.

— J'ai merdé et je m'en veux assez comme ça. S'il te plaît, t'énerve pas.

Rien à foutre. Je le décolle légèrement pour le coller à nouveau contre le mur, avec plus de force cette fois.

— Tu me laisses pas le choix ! rétorqué-je, la mâchoire contractée au maximum. Au début, je la pistais pour éviter qu'elle fourre son nez dans mes affaires, maintenant, c'est différent, et t'as failli tout faire foirer ! Putain, j'ai endossé la responsabilité de ta connerie ! Si tu savais tout ce qu'elle m'a mis dans la gueule…

— Tu y tiens, à cette fille.

C'est à moi de le dire, que je tiens à elle. Je supporte pas que ça sorte de la bouche d'un autre.

— C'est pas le sujet ! Le problème, c'est que tu étais à deux doigts de foutre ton avenir en l'air alors que je me suis sacrifié à ta place ! T'as quoi dans le crâne ?

— Je sais. Et elle a été cool de pas me balancer aux flics. Mais si tu m'avais dit...

— Inverse pas les rôles ! Tu as tort, point.

Je le lâche d'un coup et je prends mon visage entre les mains. Swan masse son cou.

— J'aurais pu aller en taule avec ta bourde. Je suis en sursis, *moi*, bordel ! J'ai pas le droit à l'erreur !

— Désolé...

— Je t'assure que si tu avais tué Alexa...

Pris d'un coup de sang à cette idée, je donne plusieurs coups de pied dans un casier. Le métal se déforme sous les impacts de ma boots. Swan m'attrape par les épaules et me tire avec violence pour m'arrêter.

— Tu vas rameuter tout le monde ! me prévient-il.

Je me débats pour me libérer et j'obéis à contrecœur. Il a raison. Je le pointe du doigt.

— À partir de maintenant, tu fermes ta gueule avec tout le monde. Cette affaire est classée.

Swan renverse sa tête en arrière.

— Sauf que c'est pas juste et qu'au bout du compte, je mérite de payer.

Je serre à nouveau les dents.

— Jure-moi que tu diras rien.

Pour conclure le marché, je lui tends ma main. Hésitant, il se frotte les cheveux.

— Swan. Pense à ta future carrière.

Ces quelques mots lui suffisent pour qu'il tope ma main.

— Merci, déclare-t-il avant de me foncer dessus pour me prendre dans ses bras. Merci, frangin.

Impassible, je finis malgré tout par l'étreindre moi aussi.

— Parfois, je me demande lequel de nous deux est le plus casse-couilles, ricané-je.

— C'est toi, me nargue-t-il.

Je recule d'un pas et lui flanque un coup à l'épaule.

— Interdiction de recommencer. Parce que oui, je tiens à elle.

Swan hoche la tête et m'intime de dégager le plancher.

— Bouge, maintenant. Je supporterais pas de te rendre visite au parloir.

Sans tarder, je remets ma capuche et tourne les talons.

CHAPITRE 30

Alexa

Trixie m'explique pourquoi son nouveau rouge à lèvres est si extraordinaire et ce, depuis environ une heure. N'en pouvant plus, je claque la pile de cours sur mon bureau.

— Pardon, mais je m'en fiche un peu, avoué-je.

Une main sur le cœur et la bouche grande ouverte, elle s'offusque.

— On dit que les contraires s'attirent, mais j'ai plutôt l'impression que c'est l'inverse. Tu es comme Sayann !

À l'évocation de son prénom, d'un coup de colère, je vire ma trousse par terre.

— Je n'y suis pour rien, moi, s'il t'a posé un lapin hier soir. Je préfère partir, parce que j'ai pas envie de me fâcher avec toi.

— Parfait ! m'agacé-je. À plus tard !

Sans répliquer, elle attrape son sac à main et quitte la chambre en claquant la porte derrière elle. Oui, j'ai les nerfs. On était censés se retrouver, Sayann et moi, après qu'il a réglé son « truc à faire », mais il est pas venu. Je l'ai attendu dans le parc, en vain, et quand je suis allée frapper à sa porte, il n'était pas là.

Il est treize heures et il a été absent à ses cours de la matinée. De quoi être irritée et surtout me poser des questions. Qu'est-ce qu'il a fait encore comme connerie ? Il est en prison ? J'ai un millier de scénarios en tête, tous aussi flippant les uns que les autres, mais celui qui ressort, c'est qu'il se fiche de moi. Quand j'ai essayé de l'appeler sur son portable, je suis tombée sur le répondeur.

On frappe à la porte. Je reste le nez plongé dans la lecture des notes que j'ai prises ce matin.

— Entrez ! m'écrié-je d'un ton acerbe.

— Quel accueil ! ironise une voix cassée.

Mes épaules s'affaissent et je soupire.

— Si tu me cherches, je ne suis pas là. Au revoir, Torres.

D'un côté, sa présence est une pointe de soulagement. Il n'est pas dans une cellule. Mais d'un autre, j'ai toujours les boules pour son faux plan. Sayann entre dans la pièce, il vient s'asseoir sur le coin de mon bureau.

— Tu m'en veux, c'est ton droit.

Je le regarde, stupéfaite.

— Encore heureux !

Sayann souffle bruyamment.

— Rha, ça va, fais pas la gueule. Je suis allé voir mon frère, râle-t-il en chopant un de mes surligneurs.

— Tu lui as collé ton poing dans la figure ?

— Tsss. Nan !

Il en retire le capuchon et ne se gêne pas pour décorer ma feuille en fluo. Je la lui arrache en grognant.

— Et donc, ça t'a pris toute la soirée, la nuit, la matinée et empêché de décrocher ton portable ? Je m'en fous, que tu fasses ta vie, juste, préviens, ça m'évitera d'attendre pour rien.

— Désolé. Cette histoire m'a fait cogiter, j'ai marché dans toute la ville, n'importe où, et j'avais plus de batteries.

Je l'ignore en faisant mine de travailler.

— Je me suis comporté comme un con, j'aurais dû revenir sur le campus pour notre rendez-vous.

Toujours aucun signe de ma part qui pourrait lui laisser penser que je l'écoute.

— J'ai voulu te ramener un muffin, mais la pâtisserie était fermée.

— Et tu penses m'avoir avec de la nourriture, en plus, râlé-je.

À court d'arguments pour me faire plier, il souffle.

— On pourra jamais passer une journée normale, j'ai l'impression, se plaint-il. C'est chiant !

— La faute à qui ?

Nous nous toisons.

— À moi, le gros connard que je suis, avoue-t-il. Mais tout de suite, là, maintenant, je suis avec toi, et j'essaye de me racheter, sauf que je suis nul pour ça. Y'a moyen de m'aider ? Genre, de me pardonner ?

— Et tes cours manqués ? Ton agent de probation...

— J'étais avec lui ce matin, justement. Un simple entretien, la routine. On peut passer à autre chose maintenant ?

Je hausse les épaules pour le faire mariner davantage. Sayann enfouit son nez dans mon cou et l'embrasse. Je pourrais me liquéfier, mais je résiste à ce divin contact en conservant une attitude neutre.

— Tout dépend, comment tu comptes te racheter ?

Sa langue vient lécher ma peau, sa main glisse le long de mon corps jusqu'à mon pubis. Je l'arrête d'une tape sur ses doigts. Il la relève aussitôt.

— Pas comme ça, précisé-je. J'aimerais prendre l'air et faire des activités cool, aujourd'hui. Loin de cette fac. Une vraie journée entière ensemble. Tu t'en sens capable ?

Voir si on peut s'entendre sur autre chose que le sexe et tester son comportement vis-à-vis de moi. Déçu d'avoir été repoussé, il grimace. Mais il est loin d'être dupe, il a saisi.

— Tu me mets aussi en sursis, si je comprends bien.

— Exactement.

— OK. Alors on va où ?

N'en ayant aucune idée, je hausse les épaules.

— N'importe, tant qu'on passe un moment à deux pour apprendre à mieux se connaître. J'en ai un peu marre de toutes ces histoires sur ton passé. Je veux me consacrer au présent, déclaré-je, avant de déposer un baiser à la commissure de ses lèvres. Surprends-moi.

Il garde le silence en se frottant le menton, les yeux dans le vague. Puis, après un instant de réflexion, il m'informe :

— D'accord, alors voilà le programme : je te fais découvrir des trucs que j'aimais faire avant que ma vie devienne merdique, disons pendant une heure ou deux. Ensuite, ce sera ton tour.

Il marque déjà des points. Je hoche la tête.

— Par contre, ça implique de passer chez ma mère avant.

***

Sur le siège passager de la voiture de Sayann, garée devant la maison d'Ellen, je patiente. Qu'est-ce qu'il est allé chercher ? Il a préféré garder la surprise. Joyeuse, mais un poil stressée tout de même, je m'en frotte les mains d'impatience. Maintenant, la question est de savoir ce que moi, je vais bien pouvoir lui faire partager. Je n'en ai aucune idée. Pas de goût spécifique pour un loisir en particulier. J'aime tout et je m'adapte, mais je vais devoir décider. L'enfer. De plus, je connais encore mal la ville. C'est difficile de savoir ce qu'on peut y faire.

Ma réflexion est interrompue, quand je le vois se ramener. Il a troqué ses boots pour des baskets et porte un accessoire sous le bras. Surprise dans le bon sens, je baisse la vitre.

— Mais non ! Excellent !

Devant mon air enjoué, Sayann sourit et brandit son skate. Ça lui va bien ! De retour au volant, il le jette sur la banquette arrière.

— J'ai hâte de te voir à l'œuvre, c'est trop cool ! m'exclamé-je en frappant dans mes mains.

Face à mon enthousiasme, il sourit de plus belle et démarre.

— On verra si je tiens encore en équilibre dessus.

— Tu parles, c'est comme le vélo, ça s'oublie pas.

Du moins je pense, je n'en sais rien, je n'en ai jamais fait. Nous roulons quelques kilomètres à peine avant qu'il se gare sur le parking d'un skatepark. Pressée, je détache vite ma ceinture. Après avoir récupéré son bien, Sayann passe son bras autour de ma taille pour me conduire au terrain de jeu. Un immense espace où quelques personnes s'adonnent à leur passion, avec leur planche à roulettes, leur BMX ou encore des rollers, sur les différentes bosses et rampes. Mes yeux tentent de suivre tout le monde, mais c'est une vraie fourmilière, je ne sais plus où donner de la tête.

— J'adore ! lâché-je. Le spectacle est trop beau à voir, je les envie.

Sayann fait tomber son skate à mes pieds.

— Vas-y, prends le mien.

Il fait craquer ses doigts, l'air nerveux.

— Je veux bien essayer, mais je préfère te regarder d'abord monter dessus. Allez, ne fais pas ton timide, jette-toi dans l'arène, me moqué-je gentiment. On est sur ton terrain de jeu !

Une impulsion sur le bout de sa planche avec son pied et elle se relève pour qu'il puisse l'attraper. Puis, mécontent de mon ironie, il me lance un regard de défi dont lui seul est capable. Je saisis son menton et l'embrasse pour adoucir mes paroles.

— Va t'éclater, dis-je plus sérieuse, tu m'as amenée ici pour ça aussi. Tu es resté trop longtemps enfermé dans ton passé. Je veux voir le Sayann heureux, et qui ne se soucie de rien. C'est le moment. Le nôtre.

Peu importe ce qu'il a pu faire d'horrible, il regrette et j'aimerais qu'il retrouve sa joie de vivre, celle que j'ai vue sur les photos que Tim m'a montrées. Ça fonctionne. Sayann dépose un baiser sur ma bouche et au lieu de faire le tour par le petit portail d'accès à l'aire de jeu, il bondit par-dessus la rambarde. Mon attention est désormais focalisée sur lui, plus personne n'existe autour de ce mec qui s'élance sur sa planche jusqu'à la grande rampe.

Une fois en haut, il la dévale sans hésiter et multiplie les allers-retours avec brio. Émerveillée de le voir à l'œuvre et de prendre du plaisir, je continue de m'extasier, le cœur battant. Après s'être contenté de se laisser porter par la gravité de ce gros « U » en béton, il prend de la vitesse et enchaîne les figures.

Je suis scotchée sur place de le voir décoller si haut quand il atteint l'extrémité du module en faisant un quart de tour pour redescendre, et ainsi de suite. Davantage encore, lorsqu'il prend appuie avec sa main en haut de la rampe en poussant sur ses jambes pour faire le poirier – la planche toujours plaquée sur ses baskets –, pour retomber ensuite dans cette spirale infernale. J'en ai le souffle coupé ! C'est génial, même s'il m'arrive de fermer un œil, de peur qu'il se loupe. Lorsqu'il revient vers moi, je le félicite :

— Tu es super doué, je suis impressionnée !

Content et fier, il me sourit de toutes ses dents en faisant ressortir ses fossettes.

Ça devrait être interdit d'être si beau !

— À toi, maintenant.

Il me tend la main pour m'aider à me hisser jusqu'à lui. Les fesses sur la rambarde, je saute dans ses bras. Puis je m'accroche à lui pour monter sur la planche. J'oscille de droite à gauche, le temps de trouver mon équilibre. Mais c'est super compliqué !

— C'est chiant ton truc, en fait ! râlé-je en l'agrippant plus fort.

— Tiens-toi droite, aussi ! Tu es toute tordue, là ! Si tu bouges pas, elle non plus, me fait-il remarquer.

Je m'exécute.

— Tu me lâches pas, hein ?

— Pour l'instant, je te tiens même pas ! s'esclaffe-t-il.

— Bah, retiens-moi ! tonné-je.

— Pas besoin. Je te rattraperai avant que tu tombes, mais tu dois te stabiliser. Concentre-toi, redresse-toi doucement et desserre tes doigts petit à petit de mon tee-shirt.

Mes jambes flageolent quand j'applique ses conseils. Et cette fois, la *board* bouge des deux côtés, m'envoyant en avant puis en arrière. Vif, Sayann passe ses bras dans mon dos pour me retenir.

— Tu vois, y a du mieux. Mais en statique, c'est pas la meilleure solution.

Déterminée à réussir et à lui faire confiance, je regagne la terre ferme, puis je remets un pied sur le skate avant de prendre un peu d'élan en frottant l'autre sur le sol. Au pire, je me rétame et tant pis.

Papa me tuerait de me savoir sur cet engin et pire, coachée par Sayann. Mais je m'en fiche, je me sens dans mon élément, bien que ce soit ma première fois.

— Tranquille, pas trop vite ! me conseille-t-il en me suivant. Maintenant, fous ton pied derrière l'autre, mais…

Trop tard.

— Mais pas au bout, terminé-je pour lui en riant nerveusement.

Les fesses sur le béton, je frotte mes mains pour me débarrasser des saletés. Sayann n'a pas été assez réactif, pour autant, je ne lui en veux pas. Ma chute était trop rapide, ridicule et vraiment pas impressionnante. Accroupi à ma hauteur, il me scanne l'air soucieux.

— Ça va ? s'enquiert-il en replaçant une mèche derrière mon oreille.

— Oui, je suis robuste, le rassuré-je. J'ai rien.

Il m'aide à me relever et je réessaye. Presque collé à moi, il veille au grain et continue à me fournir des indications. Parfois, je perds l'équilibre, provoquant nos fous rires, et il me rattrape. D'autres fois, je m'en sors beaucoup mieux. D'ailleurs, je me rends compte qu'il a lâché du lest et se trouve désormais plus loin.

— Hé, c'est pas mal, non ? jubilé-je.

Il acquiesce, un pouce en l'air. Comme une « pro », je reviens dans sa direction, mais pour m'arrêter, je me laisse tomber contre son corps comme un pantin. Mon homme pouffe pendant que le skate, qui est éjecté, s'échoue contre la barrière. Il plaque ses mains sur mes fesses et m'embrasse avec passion. Un délicieux baiser de récompense.

— J'ai passé un trop bon moment, lui avoué-je en caressant son torse, et toi ?

— Pareil, c'était cool.

Comblée, je colle de nouveau mes lèvres aux siennes. Toutefois, nous sommes interrompus par la voix d'un type se rapprochant de nous. Je me détache la première et fais face à ce mec au teint mat, les cheveux mi-longs en bataille.

— Sayann Torres, lâche-t-il tout sourire en lui frappant l'épaule. J'étais pas sûr de loin, t'as vachement changé ! Ça fait un bail, ça fait trop plaisir de te voir !

Le visage de Sayann se verrouille, il ne semble pas du même avis. Pourtant, le gars insiste.

— Toujours à Yale ?

Outch. Je sens les doigts de mon petit ami se mêler aux miens.

— Nan, et on allait partir, là, Mason.

Déçu, ledit Mason perd son sourire.

— Oh... OK. C'est dommage, on aurait pu se faire une session comme au bon vieux temps, on se marrait bien. Je suis venu seul aujourd'hui, ça m'aurait plus de skater avec toi.

Une occasion en or pour Sayann de retrouver son ami de l'époque. Contrairement à moi, il en avait, c'est bête de s'être coupé de tout le monde.

— Comme tu vois, moi, je suis pas solo.

Il resserre sa pression comme pour sentir un soutien, mais je dégage ma main de la sienne, ce qui me vaut un regard contrarié.

— Vas-y, le poussé-je de nouveau. Je veux bien rester la journée ici.

— On était censés faire un truc à toi, maintenant.

Je hausse les épaules.

— Une autre fois. Allez, au fond, je suis certaine que t'en as envie.

Pour preuve, il souffle, mais il ne lui faut pas longtemps pour récupérer sa planche.

— Après toi, lui fait-il signe.

Heureux, Mason remonte sur son skate. Quant à Sayann, il ne manque pas de me montrer un visage faussement mauvais.

— J'ai gagné, rien de dramatique, jubilé-je.

— Je préfère même pas te répondre, lâche-t-il en s'élançant à son tour sur sa *board*.

De le voir faire semblant d'être agacé m'amuse.

L'essentiel, c'est d'avoir passé un super moment de partage avec lui et qu'en plus il ait retrouvé un pote. Je me sens bien à l'observer, j'aime les petits regards tendres qu'il m'envoie ainsi que ses clins d'œil. Sayann est insouciant comme je ne l'ai jamais connu et je me réjouis de l'entendre rire.

CHAPITRE 31

Sayann

Quand j'ouvre les paupières, je découvre qu'Alexa est sur moi, elle dort encore. On est tous les deux à poil dans mon lit, pour le troisième matin consécutif. C'est plus agréable que de me réveiller et de voir la tronche de Remington. Il passe ses nuits chez Nixie et ça m'arrange. Toutefois, ces derniers temps, je suis souvent fourré avec la miss et même si c'est plaisant, c'est toujours aussi flippant.

Elle gesticule. Je remonte le drap plus haut sur ses épaules. Comme elle est la seule à me supporter et à faire en sorte que j'aille bien, je suis de plus en plus accro à elle. C'est un problème, car j'ai tendance à moins me contrôler, à lui faire confiance et à trop tomber le masque. Mais c'est si bon, putain ! J'aime la sentir sur mon corps, ne faire qu'un avec elle, m'endormir et me réveiller à ses côtés. Auparavant, j'avais jamais fait découvrir ma « passion » à une gonzesse. Et ce fameux après-midi passé ensemble, à lui apprendre le skate et à l'entendre rire…

Je frotte mon visage de mec paumé d'une main, pendant que l'autre est posée sur le creux de ses reins. Je devrais mettre fin à cette relation avant qu'il soit trop tard. Ma vie est un enfer et je suis en train d'y aspirer Alexa.

Elle gigote à nouveau et sa cuisse contre ma bite n'aide pas à calmer mon érection du matin. Je bascule Bell sur le côté pour me détacher d'elle. Ses yeux s'ouvrent. Foudroyé par son sourire, je le lui rends.

— Coucou, déclare-t-elle en remontant sur mon corps.

Bordel... Elle enfouit son nez dans mon cou, pose des baisers délicats sur ma peau... Ses caresses sur mon biceps, ses cheveux chatouillant mon torse et sa chaleur me serrent la gorge. Enivré par son contact, je ne peux pas résister à balader mes doigts dans son dos.

— Mmhh. J'aime quand tu es si doux, Sayann.

Alexa fond à ce simple geste. Je devrais me ressaisir, mais plus elle me touche et glisse progressivement vers ma queue, pire c'est. Ses doigts chauds se resserrent autour de mon membre. Tout en appréciant qu'elle joue avec, je me surprends à mordre ma joue. Il m'est impossible de lui mettre un stop. Qu'elle prenne les choses en main au sens propre comme au figuré, c'est bien trop excitant. Cette fille, je la désire plus que tout, peu importe ce qu'en pense mon crâne !

Quand sa bouche entre en action, je deviens dingue. Je vire le drap et dégage les mèches de son visage pour la voir m'engloutir. Cette vision est si jouissive que je peux pas m'en passer. Empoignant ses cheveux, je l'encourage davantage. Alexa ne se fait pas prier, ses délicieux coups de langue autour de mon gland me font gémir. Tout en contractant mes abdominaux, je ne cesse de la mater.

— Regarde-moi, ordonné-je.

Ses yeux pétillants se noient dans les miens. Je me délecte de la voir me sucer avec enthousiasme, douceur et... Putain ! Ce sourire en coin et ce regard diabolique vont m'achever ! Cette nana est trop bonne, dans tous les sens du terme. Ça me tue, mais c'est comme ça. Cependant, assez de me faire divinement torturer, j'ai moi aussi envie et besoin de m'amuser avec son corps. Excité, je me redresse, presse sa mâchoire et l'embrasse d'un baiser féroce avant de la faire basculer sur le matelas et de tomber mon visage entre ses cuisses. Maintenant, c'est elle qui s'abandonne, quand je déguste son intimité avec avidité et caresse sa poitrine aux tétons dressés.

Plus elle se cambre et s'humidifie, plus je prends un malin plaisir à la lécher en expert. Le souffle haletant, Alexa renverse sa nuque en arrière. Ma paume remonte sur son cou et je glisse mon index entre ses dents. Elle me mordille tandis que de mon autre main, j'introduis deux doigts en elle et continue de jouer avec son clitoris pour la faire mouiller davantage. Ses jambes tremblent sous les effets de l'excitation et se replient de chaque côté de ma tête. Je les écarte et m'allonge sur elle en pressant mon érection contre son pubis.

— Dis-moi ce que tu veux ! dis-je contre sa bouche.

Son bras s'abat sur la table de chevet pour attraper la dernière capote du paquet.

— Prends-moi en levrette, vite ! s'exclame-t-elle, impatiente.

Mmmhhh. Alexa me la fourre dans la main. J'enfile la protection pendant qu'elle se met en position. Enfoncé en elle, ses muqueuses resserrées autour de ma queue, j'ai la sensation d'être à ma place. Cette nana est faite pour moi et personne d'autre. Je suis le seul à la posséder et je veux pas que ça s'arrête, pour rien au monde. J'entame mes va-et-vient en intensifiant vite le rythme, tant ses gémissements suppliants m'appellent à lui fournir ce qu'elle désire. Concentré avant tout sur son plaisir, je prends mon pied comme jamais auparavant. Parce que c'est différent. Avec les autres, la priorité, c'était moi. Je découvre plein de choses grâce à elle et à cet instant, ça pourrait me terrifier, si j'étais pas autant absorbé par cette partie de jambe en l'air.

Je la relève d'un geste ferme en entourant sa poitrine pour plaquer son dos contre mon corps transpirant. Tout en continuant de m'encourager, elle fourrage dans mes cheveux.

— À califourchon sur moi, lui intimé-je en lui mettant un puissant coup de reins. Je veux te voir quand tu vas jouir.

Alexa tire ma tignasse et gémit plus fort avant de s'exécuter avec entrain. Souriante, elle mord sa lèvre et s'empale sur ma queue, en caressant mes abdos. Je lui laisse les rênes et elle remue son bassin avec ardeur. Obligé de l'accompagner tellement elle est bonne, j'agrippe ses hanches et on bouge à l'unisson. Je me délecte de ce moment. Sa tête est renversée en arrière. Je sens Alexa se contracter en même temps que je m'enfonce en elle jusqu'à la garde, pour un ultime va-et-vient qui nous balance dans une autre galaxie.

Bordel, elle est magnifique.

***

Allongé dans le parc du campus, Alexa perpendiculaire à moi, la tête sur mon ventre, je tapote sur mon portable.

— Tu écris à qui ? s'enquiert-elle en lisant ses notes de cours.

— Mason. Il demande quand on peut se retrouver au skatepark pour remettre ça.

— Chouette.

Je grimace, car je suis pas du même avis. C'était cool de le revoir, mais j'ai pas envie de le rejoindre maintenant. Peut-être un jour dans les semaines à venir, on verra. Pas parce que je passe encore mon temps avec Alexa, mais plutôt parce que j'ai un peu de mal à refréquenter les anciens potes. Je me suis longtemps terré dans la solitude. Quelques minutes à skater en sa compagnie, c'était sympa, mais pas tous les trois jours non plus.

— T'as compris quelque chose, toi, à la leçon qu'on vient d'avoir avec Garcia ? J'ai rien suivi.

Je n'ai pas écouté non plus. Après cette baise de ce matin, apparemment on était tous les deux sur une autre planète plutôt que dans l'amphi avec tous ces tocards. C'est bien plus agréable et ça évite d'essuyer tous les regards curieux sur nous, quand les étudiants nous voient côte à côte en classe, ou main dans la main dehors. Même si plus ça va, plus je m'en branle. J'apprends chaque jour à passer au-dessus.

— Nan, rétorqué-je en balançant mon téléphone à mes côtés. Faut pas compter sur moi pour un soutien à ce niveau-là.

— Pourtant, tu as géré le devoir de Potter, et tout seul ! Tu es doué sans travailler plus que ça. Bon, je vais reprendre du début, c'est pas grave.

Sans bouger de sa place, elle chope une de ses fiches étalées par terre. J'entortille ses cheveux autour de mes doigts et ferme les yeux pour une petite sieste pendant qu'elle se relit.

— La rumeur est donc fondée, intervient la voix de Stone. Vous êtes bel et bien ensemble, eh ben !

J'ouvre un œil tout en soupirant.

— Casse-toi avant que je t'en colle une ! l'avertis-je d'un ton sec.

Si désormais je me fous de l'avis des autres, avec le sien, c'est différent. Tim a ce don de me foutre hors de moi. Il m'ignore et, pire, je le vois s'approcher puis s'accroupir devant ma copine.

Je me redresse vite sur mes coudes.

— Alexa, ma belle, débute-t-il.

En un éclair, je bondis sur mes jambes, la contraignant à se relever aussi. Elle s'apprête à lui répondre, mais je la prends de cours.

— Bouge de là où je te fais bouffer mon poing ! craché-je à Stone en le lui montrant.

— Tout doux, Torres, rétorque-t-il avec son air de branleur en tendant les mains devant lui. Tu es accro au point qu'on ne peut même plus s'adresser à elle, ça craint, ça. Mais si par exemple j'ai envie de passer du temps avec ta petite protégée, avec ou sans ton accord, je le fais.

Son rire moqueur m'arrive à peine aux oreilles que je le chope à la gorge et lui frappe l'arrière du crâne contre le premier tronc d'arbre derrière lui.

— Sayann, arrête ! hurle Alexa dans mon dos.

— Ne l'écoute pas, cogne ! m'incite-t-il, sadique. Montre-lui une bonne fois pour toutes ton degré de violence. Qu'elle sache à quel point tu es un enculé.

Un cri de haine m'échappe. La mâchoire contractée, j'écrase la moitié de sa gueule avec force contre l'écorce. Les veines de mon cou sont prêtes à exploser tant je suis tendu. Je donne de l'élan à mon pied pour lui flanquer un gros coup de boots dans le tibia.

— Fils de pute ! rage-t-il, dépassé par la douleur.

Un second coup part tout seul. La voix paniquée d'Alexa me parvient à nouveau :

— Sayann !

En même temps, elle me tire par le tee-shirt. Rien à foutre !

— Dégage de là !

Bien décidé à en finir une bonne fois pour toutes avec lui, je le frappe au ventre. Je me déchaîne tandis qu'il continue de m'insulter. Mais je vois rouge, mes mouvements sont désordonnés, Tim en profite pour se défendre et m'en mettre plein la gueule. Les coups pleuvent des deux côtés, j'ai le goût du sang dans la bouche. Mes doigts sont couverts du sien, mais rien ne nous arrête.

Rien, hormis les deux paires de bras qui nous tire en arrière. Celles d'étudiants qui ont osé s'interposer.

— Laisse-moi le finir ! hurlé-je à je ne sais qui, les poignets condamnés dans mon dos.

Furieux, je me débats. Dans le vent. Je suis vidé. Faute de pouvoir essuyer mon nez qui saigne sur mes lèvres, je crache à plusieurs reprises. En direction de Tim. Pour calmer le jeu, on m'emmène à l'écart.

— Tu sais pas à qui t'as affaire, toi, confié-je, essoufflé et dans un rire moqueur.

On me pousse en direction des dortoirs.

— Oh si ! À mon coloc' sanguin et qui a perdu la tête.

Je fronce les sourcils et j'en grimace de la douleur.

— Remington ? m'indigné-je.

— En chair et en os. Je passais dans le coin avec un pote et Alexa est venue me chercher en courant pour t'empêcher de tuer Stone.

Je soupire.

— Elle est où ?

— Aucune idée. Elle est partie dans la direction opposée.

— Putain... lâche-moi, ordonné-je en tirant sur mes bras.

Au contraire, il resserre sa prise. Je grogne.

— T'as de la force, connard.

— Remercie-moi, plutôt. Si je n'étais pas intervenu, tu serais dans le bureau du doyen. Maintenant, je préfère m'assurer qu'on rentre bien sagement chez nous avant de te libérer.

Il a raison. À moitié à l'ouest, je me laisse trimbaler.

— Pourquoi tu fais tout ça pour moi ?

— L'univers semble t'avoir dans le collimateur, j'ignore pourquoi, mais je suis persuadé qu'au fond, tu es un bon gars.

— Tu déconnes, là ? Je t'ai jamais montré la meilleure version de moi-même.

— Tu vois, je le savais que c'était une façade. Et puis pour qu'une fille aussi cool qu'Alexa s'intéresse à toi, c'est bien que tu n'es pas aussi con que tu le laisses paraître.

Ça me crispe qu'il m'ait percé à jour.

— Rhaa, ferme ta gueule, bougonné-je.

En guise de vengeance, il en profite pour renforcer sa pression sur ma peau. Mécontent moi aussi, je serre les dents en lâchant un râle de haine. Mais arrivé en haut des escaliers, je le préviens.

— T'es au courant qu'une fois dans la piaule, je vais te faire passer par la fenêtre ?

— Y a personne de ce côté du parc, au moins on ne te verra pas faire et tu pourras essayer de t'en sortir.

Je secoue la tête.

— T'es aussi barge que moi ! déploré-je.

Il me relâche enfin. Au lieu de mettre ma menace à exécution et de le défenestrer, en entrant dans la pièce, je pose mon cul au bord de mon matelas. Remington me balance un miroir. J'examine ma tronche. J'ai la pommette gonflée, le contour de mon œil est rouge, mon nez ne saigne plus, mais je pisse le sang à la lèvre. Je relève mon tee-shirt et applique le tissu dessus en faisant pression.

— Tu devrais au moins te trouver de la glace.

— C'est un détail, ça. Pas besoin de cette connerie.

On frappe à la porte, avec insistance. Remington se raidit en plaquant un index sur sa bouche. Je lève les yeux au ciel. À qui il compte faire croire qu'il n'y a personne ?

— Si on doit me choper, on le fera ! Ouvre !

S'il le fallait, mon agent de probation serait même capable d'escalader la façade du bâtiment pour m'attraper, alors maintenant ou plus tard, ça change rien.

— Super, vous êtes là ! s'exclame Alexa en venant à ma rencontre, les bras chargés de glaçons.

Surpris et content de la voir ici, je lui souris, mais reprends vite un visage sérieux quand la douleur se réveille.

— Tiens, j'ai réussi à dégoter ça au self.

— Il n'en veut pas, intervient Remington.

— J'ai jamais dit ça, mens-je.

Pendant que j'apprécie qu'Alexa s'occupe de moi en me soignant, je coule un regard vers mon coloc'. Il secoue la tête, dépassé par ma connerie.

— Aïe, me plains-je en sentant le froid polaire sur ma plaie.

— Alexa, tu ne trouves pas qu'il est un peu chochotte, en profite-t-il.

Avec discrétion, je lui tends mon majeur.

— Sayann est surtout beaucoup trop bête ! peste-t-elle en me fixant d'un air de reproche. OK, Tim t'a cherché, mais c'était pas une raison pour te défouler sur lui à ce point. J'ai eu la trouille et je déteste te voir si colérique.

Pour me faire pardonner, je mêle mes doigts aux siens. Elle se dégage de ma prise et me flanque une tape.

— Oh ! Je suis souffrant, aie un peu de compassion.

— Foutaise.

— Qu'est-ce que tu fais là, alors ? grommelé-je.

— Je suis venu te faire bouffer des glaçons pour te remettre les idées au clair.

Mon coloc, ce crétin, se marre dans son coin. Alexa, elle, en prend un nouveau qu'elle approche de ma bouche. Je tourne la tête.

— L'autre fond à vue d'œil. Il y a de l'eau partout. Laisse-toi faire !

J'obéis.

— J'ai aperçu l'ami de Remington qui raccompagnait Tim jusqu'à son dortoir. Une chance qu'il soit encore en vie. T'étais bien lancé pour le…

— Tuer ? terminé-je à sa place, soudain énervé.

Elle hausse les épaules. Remington quitte la chambre, se sentant sans doute de trop. Il a flairé la tension monter dans la pièce. Alexa reprend :

— C'est le genre de truc qui n'a pas l'air de te déranger.

Ses mots et son ton hautain me font partir en vrille. Je ne supporte plus qu'elle fasse référence à mon vécu. Elle est l'une des rares personnes en qui j'ai confiance, elle a pas le droit de me balancer ça.

— Tu sais quoi, barre-toi, toi aussi, fais-je en me levant, vexé.

Choquée, elle vire la glace par terre.

— Carrément ?

— Ouais ! assuré-je.

— Hé, c'est pas ma faute si tu as fait de la merde ! Il fallait réfléchir et contrôler tes pulsions ! s'écrie-t-elle furieuse.

— Allez, allez, je suis un dingue et tout ce que tu veux. Putain, mais tu te permets de juger sans savoir comment ça s'est passé !

— Parce que tu me dis rien ! réplique-t-elle. J'étais tellement perdue, j'ai même donné rendez-vous à Tim pour en savoir plus ! Je me suis pointée au bord du bassin, sur les lieux de ton crime, mais il s'est pas pointé. Il a sans doute eu peur que les Torres et leur super pouvoir lui ruinent ses études, si jamais ça leur revenait aux oreilles !

Sur le cul d'apprendre qu'elle est allée à Yale pour tenter d'avoir des infos à mon sujet, et qu'en plus, elle ait été jusqu'à les demander à ce fils de pute, je m'adosse au mur.

— Quand tu m'as dit que tu ne poserais pas de questions sur mon passé, je t'ai fait confiance, lui rappelé-je tout bas, dégoûté et amer.

— Et j'étais sincère, mais le problème c'est que oui, parfois, j'aimerais en avoir le cœur net pour m'aider à être pleinement heureuse avec toi.

Coup de grâce. Mais il fallait se douter qu'à un moment ou un autre, ça me péterait à la gueule.

— Tu me considères comme un meurtrier, et tu penses que si tu connais tous les détails, tu pourras être à cent pour cent épanouie ? m'insurgé-je.

– J'en sais rien, Sayann. Mais comprends que c'est légitime de vouloir la vérité.

– Crois-moi, c'est mieux de rester dans l'ignorance. Et de toute façon, je peux rien te dire !

– Pourquoi, bon sang ?

– Parce que c'est comme ça !

– C'est trop dur pour toi de raconter comment tu t'y es pris pour assassiner Spencer, parce que tu n'as juste pas les couilles en fait, voilà ce que j'en pense ! hurle-t-elle.

Furax, je lâche une énorme bombe en m'écriant à mon tour :

– Il est pas mort, putain ! Spencer est en vie ! Là, tu es contente ? Maintenant, casse-toi de chez moi !

CHAPITRE 32

Alexa

— J'ai été surprise de ton appel, m'avoue ma mère en stationnant la voiture devant notre garage.

Et moi donc ! Je n'en reviens pas de l'avoir contactée hier après m'être enfuie, furieuse, de chez Sayann. C'était ma seule option pendant que je faisais ma valise. J'ai beaucoup pris sur moi pour garder mon calme au téléphone et ne rien laisser paraître de mon désarroi. J'ai besoin de souffler loin d'UNH. Et de toute façon, on n'a plus cours d'ici la fin de la semaine. Je décolle ma tempe de la vitre et détache ma ceinture de sécurité.

— Je n'allais pas rester cloîtrée dans ma chambre universitaire.

— Tu as bien fait, je suis ravie de t'avoir avec nous.

Bien que j'aie la tête ailleurs, je lui offre un sourire sincère. Quelque part, je suis contente aussi d'être là et de la retrouver. Je prends mon bagage dans le coffre et admire ce lotissement d'un des quartiers de Hartford. Sans aucun doute le plus beau de tous ceux qu'on ait pu vivre. Ces maisons blanches aux toits verts me plaisent beaucoup.

— À quelle heure papa rentre du boulot ?

— Pour le dîner, je suppose. En attendant, tu vas pouvoir me raconter ce qui te chagrine, fait-elle en remontant l'allée.

En silence, je soupire et traîne des pieds jusqu'à pénétrer dans l'entrée. Alors que je m'apprête à me rendre à l'étage pour défaire ma valise, elle se plante devant moi, les mains sur les hanches.

— Une heure de trajet, et tu n'as quasiment pas décroché un mot, Alexa. Je me pose des questions.

— Je suis fatiguée, éludé-je. Ça ira mieux demain.

Mais c'était sans compter sur sa détermination. Elle me regarde avec insistance. Impossible de l'éviter.

— En partant de New Haven, tu m'as dit que les cours se passaient bien. C'est super, mais ta vie sur le campus ?

Chaotique. Je fais tout pour éviter le plus possible mes colocataires. Et mon mec, celui que ton mari a eu dans le collimateur le jour de la rentrée, n'est pas clean et se comporte comme un con, même s'il n'est pas un assassin !

— Ça va, maman, la rassuré-je en prenant beaucoup sur moi. Je me suis très bien adaptée. À tout à l'heure, je vais me reposer un peu.

— Bon, dans ce cas, rétorque-t-elle peu convaincue, je vais préparer une tarte aux pommes pour après ta sieste.

J'acquiesce et dépose un baiser sur sa joue avant de grimper les marches jusqu'à ma chambre. Après avoir balancé ma valise sur le lit, j'en sors mes vêtements. Dans la précipitation, j'ai tout mis en vrac dedans. Même ce mot qui m'a été glissé sous la porte, sans doute pendant que j'étais au téléphone avec ma mère. Je ne sais pas à quel moment exactement on me l'a laissé, mais il n'y avait personne dans le couloir lorsque j'ai ouvert la porte, avant de le lire...

Je froisse le papier signé « S. » pour Stone et le jette dans la corbeille sous mon bureau. Tim avait qu'à se réveiller plus tôt. Bien que je ne comprenne pas pourquoi il m'a redonné rendez-vous hier soir à Yale, près du bassin comme la dernière fois. A-t-il eu des remords ? Si c'est le cas, je m'en fiche pas mal. De plus, j'aspire à laisser derrière moi toutes ces histoires qui, au bout du compte, ne me regardent pas.

J'ai la haine de m'être fait virer de chez mon mec. Je ne supporte pas qu'il s'enferme dans un silence oppressant, qu'il n'ait même pas pris la peine de me retenir ou de cracher le morceau une bonne fois pour toutes.

Non. Égoïste, il a préféré me laisser partir et garder pour lui ses sombres secrets. C'est dire à quel point je suis importante pour lui ! Mon cœur se serre et mes yeux s'embuent. Mes fringues sont en vrac sur le matelas et je n'ai pas du tout le courage de les ranger. À la place, je m'assieds sur le bord de la fenêtre et, les yeux dans le vague, triste, je regarde dehors.

Je pensais que le temps passé avec Sayann suffirait pour qu'il me fasse confiance et se libère du fardeau qu'il semble porter seul sur ses épaules. J'espérais qu'il avoue pour pouvoir l'aider. Surtout quand il m'a révélé que Spencer était en vie. Cette révélation m'a stupéfaite, mais je me suis surtout focalisée sur ses dernières paroles. Il a eu la phrase de trop. Celle qui m'a fait dégager. Celle qui m'a réduite à ce qu'on était avant, de simples étrangers qui se détestent. Et ça, c'est trop dur à avaler.

Une larme coule sur ma joue. Puis une deuxième. La vue brouillée, je continue d'observer le paysage. J'aimerais pouvoir poser mon cœur et mon cerveau sur la table de chevet, oublier cette dispute ou même faire en sorte qu'elle n'ait jamais eu lieu. Si seulement c'était possible… Je regrette tant tous ces moments délicieux en sa compagnie. Ceux qui me faisaient laisser de côté l'homme sanguin et difficile à cerner. Ces instants magiques où je me sentais heureuse et épanouie à ses côtés. Car oui, Sayann a beaucoup de points à son actif.

Le prochain qui me dit que les femmes sont plus compliquées que les hommes, je le bouffe !

Si je pouvais, je reviendrais en arrière. Mais pas trop loin non plus. Pas jusqu'à ma vie d'avant, sans lui.

Sans lui.

Le corps soudain frissonnant à cette pensée, je suis prise de sanglots. Aussi chiante que soit ma situation, je ne peux pas y mettre un terme. C'est comme ça. Sayann me hante trop. Il faudrait juste qu'il fasse un effort. Qu'il parle, qu'il s'excuse et me donne les réponses à ce mystère qui subsiste. J'en suis rendue à un point dans notre relation où il est légitime de savoir. Oui, je suis accro. On est vite devenus inséparables et un grand vide m'assaille.

Déprimée, je prends ma tête entre les mains et évacue ma peine en silence. Chaque seconde qui défile sans nouvelles de sa part est une torture. En plus, cette distance kilométrique entre nous, censée m'aider à prendre du recul et à souffler, est pour le moment pire que tout. Sayann me manque. Quelle galère !

Lorsqu'on frappe à ma porte une heure plus tard, je suis roulée en boule sur mon lit, la couette relevée jusqu'aux oreilles. Le battant qui s'ouvre dans la foulée laisse entrer une bonne odeur de pomme cuite en même temps que ma mère.

— Je t'ai monté une assiette.

Elle me la tend en s'asseyant sur le bord du matelas. À la vision de cette belle part, mon ventre gargouille.

— Merci, ça semble délicieux comme toujours.

Maman m'examine du regard avec attention, l'air perplexe.

— Tes yeux sont rouges et tu as une petite mine, tu m'as tout l'air d'avoir pleuré, déplore-t-elle en posant sa main sur mon visage.

Je la sens plus inquiète que tout à l'heure. Tout en croquant dans ma gourmandise, je hausse les épaules.

— Peut-être que je couve simplement un truc.

Cette fois, elle croise les bras sur sa poitrine et m'observe de biais.

— Ou alors c'est en rapport avec le garçon qui était sur notre perron il y a une trentaine de minutes et qui te cherchait ?

Mes sourcils se froncent d'incompréhension et je viens de cesser de mâcher. Il doit y avoir erreur. Étant nouvelle dans le quartier depuis cet été, je ne connais personne à Hartford, et elle le sait.

— Celui que ton père trouvait louche à l'arrêt de bus, développe-t-elle. Sayann.

Coup de théâtre ! Le visage soudain mécontent, elle me retire l'assiette des mains. De mon côté, le sang a quitté mon cerveau. Sous le choc, j'arrive néanmoins à me redresser.

— Sayann est venu ici ? demandé-je, abasourdie.

— Il s'est présenté comme étant l'un de tes amis. Mais quelque chose me dit qu'il y a plus que ça entre vous. Il était très déçu de savoir que tu te reposais et bien qu'il n'ait pas insisté, je l'ai senti dans le même état que toi : triste. Alexa…

— C'est bon, maman, garde ta morale, s'il te plaît, anticipé-je en me massant le front. Je suis majeure, je fais ce que je veux de ma vie.

Même si je suis perdue. Comment m'a-t-il trouvée ? Pourquoi ? Sa paume caresse mon bras avec bienveillance.

— J'ai l'impression qu'il s'est passé beaucoup de choses malgré le peu de temps que tu as passé jusqu'alors dans cette université. Est-il à New Haven aussi ? demande-t-elle, plus compatissante.

— Oui, avoué-je d'une petite voix. Sayann a dit autre chose ?

Ma mère secoue la tête en signe de dénégation.

— Alexa, je vais t'éviter un sermon sur l'accoutrement de ce garçon, sur ses tatouages et son anneau à la narine. Je ne suis pas comme ton père, à m'arrêter aux apparences, mais tu imagines, si c'était lui qui lui avait ouvert ?

J'apprécie qu'elle s'abstienne de le juger.

— Non, je n'ose même pas y penser.

Je pense qu'il aurait fait une syncope. Depuis ma naissance, il espère un homme présentable et sans histoire pour sa fille. Comme tout parent, mais la réalité est parfois différente. Malgré tout, le look de Sayann me plaît beaucoup et c'est le principal.

— Pourquoi êtes-vous malheureux tous les deux ?

Lasse, je souffle pour lui montrer que je ne veux plus discuter.

— Il t'a fait du mal et il regrette ? persiste-t-elle.

— On a chacun un fort caractère et quelquefois, on est en désaccord. Rien de grave, ça arrive à tout le monde, répliqué-je du tac au tac.

Elle grimace en attendant que je développe. Hors de question de lui raconter notre dispute. Elle voudrait en savoir davantage. Mais maman ne comprendrait pas pourquoi je me suis éprise d'un homme si rebelle.

— Bon, soupire-t-elle en se relevant. Si tu souhaites parler, tu me trouveras au salon.

— Je me repose encore un peu et je descendrai boire un café avec toi.

Un sourire se dessine sur ses lèvres. Je l'imite. Maman a à peine refermé derrière elle que je vérifie mon téléphone. Aucun appel ni message. Je fais défiler les contacts et m'arrête sur celui de Sayann, le doigt suspendu en l'air à quelques malheureux millimètres de son prénom. Ai-je envie de faire ça ? Je suis curieuse de savoir pourquoi il est venu à ma rencontre, mais j'ai aussi un peu de fierté. Je réfléchis quelques secondes, tiraillée entre la passion, le manque et l'amour-propre. Puis d'un coup, je tranche en balançant mon portable au bout du matelas.

C'est bien, Alexa, tu es une femme forte !

— Ferme-la, grogné-je à ma conscience.

Je suis juste une pauvre fille paumée et blasée. Une vie normale, c'est trop demander ? Sans blague, depuis mon entrée à UNH, c'est musclé !

Comme le corps du serpent.

Désireuse de faire taire cette voix intérieure, je plonge mon visage dans l'oreiller et crie un bon coup pour me libérer de toutes ces tensions. Le bruit étant étouffé par les plumes du coussin, j'en profite pour continuer d'évacuer ma peine. Ce n'est pas seulement physique avec Sayann, j'aime aussi le côté protecteur et attentionné dont il sait faire preuve.

Et la façon dont il s'y prend avec son sexe ! Sss, sss...

Un ultime cri sort de ma bouche. Épuisée, je finis par m'assoupir pour de bon. Lorsque je me réveille, il fait très sombre dans la pièce. La nuit est tombée et en récupérant mon portable, je découvre qu'il est vingt heures passées. J'ai dormi tout l'après-midi et une partie de la soirée, mais j'en avais besoin. Et je suis reconnaissante que ma mère ne soit pas venue perturber mon sommeil. Prise d'un bâillement à m'en décrocher la mâchoire, je regarde si... Non, il ne m'a ni appelée ni envoyé de message. Tant mieux. Cette fois je me lève, dépose mon téléphone sur le bureau et allume la lampe diffusant une ambiance cosy avant de me diriger vers la fenêtre pour en abaisser les stores.

Le 4x4 du shérif de la ville est garé derrière le véhicule de ma mère. Papa est rentré ! Je m'apprête à tirer sur la ficelle pour fermer les lames du rideau, quand je remarque que, sur le trottoir devant la maison, est stationnée unc voiture noire. Une silhouette est appuyée contre la portière et de la fumée s'échappe d'un côté de son visage. Mon cœur rate (je suis sûre !) un battement lorsque Sayann relève les yeux dans ma direction, sans doute interpellée par la faible luminosité émanant de la vitre du premier. Il est revenu. Sans détourner son attention, il jette sa cigarette et s'amène d'un pas rapide.

Merde ! Dans la précipitation, je ferme tout pour lui couper la vue net et lui faire comprendre qu'il peut faire demi-tour. Nerveuse, je descends tout en me rongeant les ongles. Je prie pour que Sayann ait rebroussé chemin, car je ne sais absolument pas comment je vais réussir à me sortir de ce pétrin auprès de mes parents.

— Alexa !

En entendant la voix joyeuse de mon père derrière moi, je sursaute. Du bruit nous parvient de l'extérieur. Alerte, il tourne la tête vers la porte d'entrée, mais lorsqu'il s'apprête à aller voir, je fonce sur lui pour l'étreindre.

— Laisse, c'est sans doute la voisine. Je suis si contente ! Tu m'as manqué !

Il tique un instant, étonné de cette attitude inhabituelle envers lui. Cependant, il est surtout ravi et me frotte le dos.

— Allons boire un verre ! m'exclamé-je, un peu trop euphorique.

Bras dessus, bras dessous, je l'entraîne au salon sans lui donner le choix. Je stresse à l'idée que Sayann soit toujours là, et pire encore, qu'il sonne et tombe sur papa qui guette sans arrêt les visiteurs. Alors je le laisse vite avec un verre pour retourner dans l'entrée.

— Je reviens dans une minute.

Sans faire de bruit, j'entrouvre la porte et jette un coup d'œil, le souffle court. Sous cet angle, je ne vois personne, pas même sa voiture. Je referme et expire un bon coup. Avec un peu de chance, c'est sa portière que l'on a entendue.

Plus sereine, j'aide ma mère à préparer l'apéritif et réponds à leurs questions sur les cours.

— Ton emploi du temps est assez léger, je trouve, déclare mon père un poil aigri. Tu travailles le soir aussi, au moins ?

Dompter le serpent, ça compte ?

Je flanque une gifle mentale à ma conscience aux pensées farfelues. La question ne se pose plus ! Aucune idée d'où j'en suis dans ma relation amoureuse, mais c'est mal engagé. Un profond mal-être m'envahit soudain à nouveau. Je ravale l'amertume qui me submerge et garde la tête froide.

— Je fais de mon mieux, oui.

— Les autres étudiants sont gentils avec toi, j'espère ? Sinon...

— Jeff, le sermonne ma mère en lui lançant un regard torve. Ta fille a assez de caractère pour se défendre en cas de besoin. Et elle est assez intelligente pour nous faire part de ses problèmes, si toutefois elle en a.

Je profite d'avoir à récupérer des choses à grignoter dans le frigo pour leur tourner le dos et cacher ma grimace.

— Oui, sauf qu'il y a des fous partout ! Souviens-toi, quand on l'a déposée, ce type qui...

Ça recommence ! Je referme la porte d'un grand coup sec. Car je sais ce qu'il va dire. Et ça ne va pas me plaire, tout comme quand Tim débine Sayann. Ma mère monte au créneau pour le contredire, je lui fais confiance, elle ne balancera pas que « le mec louche » s'est pointé chez nous, mais c'est trop pour moi, je préfère m'éclipser en prétextant une migraine.

— Bravo, Jeff ! Maintenant, elle va passer la soirée dans sa chambre !

La suite, je ne l'entends pas, car je suis déjà au milieu des escaliers. Une chose est sûre, ça chauffe entre eux. C'est une question d'habitude, dans cinq minutes ils seront chacun à vaquer à leurs occupations et la pression sera retombée. Mais punaise, je peux être au calme nulle part ! Merci, l'univers, de m'en vouloir autant ! C'est quoi la prochaine étape ? Même si rien ne peut être pire.

Agacée, je déboule en trombe dans ma chambre. Puis je me raidis lorsque je découvre justement *le pire*, assis sur mon bureau.

— Comment t'es entré ? demandé-je d'un ton froid.

Impassible, il désigne d'un mouvement de tête la fenêtre entrouverte. Je rêve ! Elle était verrouillée.

Un courant d'air frais me fait frotter mes bras. À la différence de Sayann, qui porte sa veste en cuir, je suis en tee-shirt. Il se lève pour la fermer.

— Gentleman, me moqué-je, mais tu as oublié de sortir avant. Ou plutôt, de dégager de chez moi !

Cette pique, en référence à ses mots de la dernière fois, il ne la relève pas. Il préfère s'avancer dans ma direction. Je recule d'un pas.

— Intrusion avec effraction, dans la maison d'un shérif, en plus, ça va chercher loin, surtout pour un mec dans ton genre.

Je l'ai vexé. Son visage encore tuméfié de la bagarre avec Tim s'assombrit. Il baisse les yeux.

— Tu vois, c'est ce genre de remarque qui me bute, malgré ce que tu peux penser de moi.

J'arque un sourcil de surprise.

— Venant de ta part, ouais ça me fait chier, ajoute-t-il, penaud.

— Pauvre petit chat, ironisé-je. Il est passé où le gros dur ? Si tu es là pour faire ton Calimero, tu peux repartir et essayer avec une autre fille. Après tout, ça doit être facile, pour toi, de les collectionner.

Vu ta belle gueule !

Son regard provoque en moi une nuée de frissons. Je détourne les yeux. Il en profite pour se rapprocher. Je ne cille pas, bien trop absorbée par la senteur de son parfum.

Résiste !

Forcée de me faire violence, je m'oblige à respirer par la bouche. Avec lenteur, il attrape ma main et la porte à ses lèvres en fermant les paupières. Enfin, il chuchote :

— Tu crois vraiment qu'en temps normal, je suis le genre de gars à m'emmerder à remuer ciel et terre pour trouver l'adresse de la première nana venue, et à me taper la route ? Et en prime, pour me pointer dans la baraque d'un shérif ? T'es bien plus que ça à mes yeux. T'es ma putain de faiblesse, Alexa. Et je suis la tienne.

Une montée d'adrénaline s'empare de mon corps. La larme à l'œil, il m'est impossible d'articuler quoi que ce soit. Il lâche ma main et m'arrache une grimace en rompant notre contact. Je lui tourne le dos et fourrage mes cheveux.

— Je suis là pour m'excuser de t'avoir foutue à la porte. Même si tes remarques violentes m'ont fichu la haine, me vire pas de chez toi, s'il te plaît. On a besoin l'un de l'autre.

Toujours dos à lui, je fixe le plafond en soupirant. Sayann a raison. J'ai ma part de responsabilité là-dedans, je ne l'ai pas épargné.

— Pardon aussi, désolée si je t'ai blessé. Mais comment tu expliques que tu arrives aussi bien à me dévoiler tes émotions maintenant, alors que tu te mures sans cesse dans le silence ? Curieux, non ?

Je le sens se rapprocher. Ses mains caressent mes bras et son nez s'enfouit à la racine de mes cheveux. Il me répond tout bas :

— Parce que je tiens tellement à toi que j'ai la trouille de te perdre. Je supporte pas l'idée que tu me rejettes, bordel.

Ses paroles me réchauffent tant le cœur que sans m'en rendre compte, je me laisse couler contre son torse. Sayann referme ses bras autour de moi.

— Je déteste le fait que tu me manques, avoué-je.

— Moi, je hais ton absence, c'est pire.

Ses mots me font un bien fou.

— À l'avenir, je m'abstiendrai de tout commentaire déplacé sur ton passé, assuré-je, mais comprends que j'ai besoin de savoir. Je ne peux plus rester dans l'ignorance.

— J'ai capté que c'était important pour toi. J'ai pris conscience que si je continuais à taire ma connerie, je te perdrais définitivement. C'est pour ça que j'ai glissé ce mot sous ta porte, direct après notre embrouille. Pour pouvoir tout t'expliquer, mais t'es pas venue, déclare-t-il, déçu.

— Oh putain... le « S » pour Sayann et non Stone, quelle conne ! Si j'avais compris que c'était de toi, jamais je n'aurais quitté UNH.

Qu'il ait enfin voulu se confier à moi m'émeut tellement que je l'embrasse à pleine bouche. Un baiser qu'il me rend avec fougue. Un contact qui nous fait un bien fou, mais je suis forcée de l'interrompre assez vite.

— Si mon père te trouve ici...

— Je comprends. C'est pas grave, on peut se voir demain pour discuter.

Les mains en coupe autour de mon visage, Sayann dépose un baiser sur mon front. Mais c'est compliqué de le laisser filer. Impossible, même. Faible avec ce mec, j'agrippe ses poignets pour le retenir.

— Je ne veux pas que tu partes, non plus. Reste avec moi pour ce soir. Mes parents pensent que je suis couchée. On verra demain matin comment on fait.

Mon regard, partagé entre le bonheur et l'angoisse, est noyé dans le sien, plus pétillant.

— T'es sûre de toi ? s'enquiert-il, en caressant ma joue avec son pouce.

Tant pis si on se fait surprendre, le désir de passer la nuit avec lui est plus fort que tout. Je lui souris en hochant la tête.

— J'ai besoin de beaucoup de câlins.

Je descends mes mains sur ses abdominaux en mordant ma lèvre. Sa respiration s'accélère et, avec un sourire malicieux, il glisse ses mains sur mes fesses pour les empoigner. Enfin, il se penche pour me murmurer à l'oreille sur un ton suave :

— Cool, j'ai toujours rêvé de baiser la fille d'un shérif sous son toit.

CHAPITRE 33

Sayann

« *Décroche, c'est ton pire cauchemar* »

Saisi d'une montée de stress, je fais trembler ma jambe.

— C'est qui ? demande Alexa, assise sur le siège passager.

Tôt ce matin, nous avons quitté en douce sa baraque pour éviter de nous faire – ou plutôt me faire – surprendre par ses parents. Alors que l'heure est à la confidence, au récit de mon histoire, je regarde mon portable depuis le parking d'une usine désaffectée où nous sommes stationnés. Nous avons échoué ici pour être tranquilles.

— Jackson.

Mon doigt glisse sur l'écran pour prendre l'appel, en même temps que j'ouvre la portière pour aller me mettre à l'écart. Alexa me retient.

— On a dit « plus de secrets ».

C'est la chose qu'elle m'a fait promettre avant que l'on couche ensemble hier soir. Et ne voulant pas la perdre, j'ai accepté. M'éloigner est un réflexe. Les vieux démons ont la vie dure et je peine à appuyer sur la touche du haut-parleur pour la faire profiter de la conversation. Ce dernier geste est un choix personnel pour lui prouver qu'elle est importante à mes yeux, et que je suis prêt à faire l'effort. Même si j'ai aucune idée de la raison pour laquelle Jackson me contacte, mais de toute façon, après ce coup de fil, il va falloir que je me jette à l'eau. Au pire, elle sera *spoilée* sur mon histoire.

— Monsieur Torres, je vous informe que comme il vous reste vingt-six semaines de temps d'épreuves, nos rendez-vous seront désormais espacés. Sous réserve, bien entendu, de votre bon comportement.

Le soulagement est immédiat. C'est une super nouvelle ! Si je me tiens à carreau, dans six mois j'en aurai fini avec ce merdier. Pour autant, je contiens ma demi-joie. Demi, car j'ai la trouille de me confier à Alexa. Rien ne me dit qu'elle va pas se barrer en courant et là, j'y pourrai rien. J'aurai pas d'autre option que d'accepter son choix. Pour le moment, je suis incapable de la regarder, je sens juste sa main caresser ma cuisse en signe de soutien.

— C'est quand, le prochain ? me renseigné-je en me frottant le menton.

— Ce sera la surprise, puisqu'il vous faudra venir avec un flacon d'urine pour qu'on teste la présence de stupéfiant et d'alcool. Vous serez prévenu le jour même.

Enculé.

Il m'a déjà fait le coup lors de notre tout premier entretien, peu de temps après mon jugement. Je prends aucune drogue, mais je préfère quand même demander à Swan de pisser à ma place dans le tube. Avec son mode de vie strict, il ne boit jamais, contrairement à moi.

— Il me restera combien de rendez-vous, avant de ne plus vous voir définitivement ?

— Deux. Vous allez pouvoir survivre ? raille-t-il.

Un coup d'œil vers Alexa, qui m'intime d'un hochement de tête de la jouer cool.

— Ouais. Ça devrait le faire.

Satisfaite de mon attitude conciliante, elle me sourit.

— À bientôt, Sayann.

Le regard maintenant perdu dans le vague, je raccroche avant de balancer mon portable dans le vide-poche central.

— C'est une bonne chose, non ? s'enquiert la miss à mes côtés.

Ayant besoin de prendre l'air, accaparé par ce qui m'attend, je quitte ma bagnole pour poser mon cul contre la carrosserie. Alexa me rejoint en se postant face à moi, les bras croisés sur sa poitrine. Pour ma part, je me ronge les ongles, comme si j'avais plus que ça à manger.

— Pourquoi tu sembles ailleurs ?

— Je flippe, *honey*, avoué-je. Je veux pas que tu me voies différemment. Ça va changer la donne entre nous.

Elle frissonne. Elle n'est pas tranquille.

— Jusqu'à preuve du contraire, je suis là. Avec toi. Pour toi.

— Mais la chair de poule te trahit, fais-je remarquer.

— C'est le vent et cet endroit un peu glauque, c'est tout, ment-elle. Je ne peux rien te promettre, mais s'il y a bien une chose que je te certifie, c'est que je suis prête à tout entendre sans te juger, car je sais qu'au fond, tu es un homme bon. Et plus j'apprends à te connaître, plus je pense que tu as eu tes raisons. Après tout, c'était peut-être un accident ?

Je l'observe, admiratif. Une putain de boule au ventre me bouffe le bide, pourtant, je me jette à l'eau.

— Ouais. Une bagarre qui a mal tourné. Un coup trop fort qui a déséquilibré Spencer et ce con est tombé sur une pavasse.

À cet instant, je n'ose plus regarder ma copine.

— Oh. Mais c'était ton ami, non ?

Sa voix est neutre, néanmoins je continue de fixer le hangar rouge aux vitres brisées à sa droite.

— Jusqu'à ce que j'apprenne ce soir-là qu'il avait la fâcheuse habitude de droguer les filles, oui, ça l'était. Maintenant, je ne le considère plus comme tel. Spencer est une merde. Mais il était si respecté et apprécié que mes anciens potes préfèrent jouer les aveugles.

Spencer a été une grosse déception. Je ne sais pas à qui j'en veux le plus. À lui, pour son comportement ignoble, ou à moi, d'avoir été ami avec une telle pute.

— Tim et les autres étaient au courant ?

— Personne ne l'était. C'est moi qui passais le plus de temps avec lui, on partageait les cours et la baraque, et je n'avais jamais rien remarqué avant, déclaré-je, amer envers moi-même. Pour la coke, ouais, Spencer aimait se taper un rail de temps en temps, mais le GHB, non, je l'ignorai.

Je crois que toute ma vie je m'en voudrai d'avoir rien vu avant qu'il se soit fait prendre la main dans le sac.

— Waouh. Et toi...

— Je ne touche pas à cette merde, la rassuré-je. Bref, quand Spencer a été transporté inconscient à l'hosto, les flics ont trouvé la fiole sur lui, après m'avoir découvert les mains pleines de son sang. Je me suis défendu en expliquant que je l'avais vu mettre ce liquide dans le verre d'une nana, mais même si j'ai évité un ou plusieurs viols cette nuit-là, aux yeux de la justice, j'avais pas à l'allonger.

— Je vois..., commente-t-elle d'une petite voix tremblante. Qui a prévenu la police ?

— Un étudiant qui était à la soirée. Il a dit qu'il avait été alerté par le ton qui est monté entre lui et moi. On était nombreux dans cette maison, j'en connaissais que la moitié.

— C'était à la fraternité Alpha Kappa Epsilon ?

J'acquiesce.

— Je vivais à cinq minutes et j'étais à une autre fête avec Tim. Spencer m'a appelé pour que je me ramène en me promettant qu'il y aurait une foule de nanas, dont un petit groupe de gonzesses qui voulaient absolument passer la nuit avec moi. Et... j'ai fini par courir le rejoindre, poursuis-je, honteux. Sauf que je suis pas comme lui, je tiens à le souligner, au cas où...

— Je sais, ne t'inquiète pas pour ça. Et ensuite ?

— L'arrivée des flics a fait se pointer quelques curieux comme Stone. J'ai été menotté pendant que mon meilleur pote, en panique, m'en foutait plein la gueule. Ah, il m'a bien insulté. Sur le moment, je pouvais pas lui en vouloir, il pensait que j'avais tué Spencer. En plus, il était pas au courant pour le GHB. Mais quand il l'a su après mon jugement, ça l'a pas empêché – tout comme Leeroy et les autres que t'as vus lors du match à Harvard – de me tourner le dos pour de bon.

— Je n'en reviens pas que Tim soit du côté de Spencer et cautionne le fait de droguer des étudiantes !

Et moi, je n'arrive pas à croire qu'elle soit toujours là, de mon côté.

— Stone est dans le déni. Ils le sont tous. J'ai même eu droit à des remarques comme quoi j'avais monté le coup pour avoir une réduction de peine. Mais c'est bien réel. Spencer est un enculé !

— Tu m'étonnes ! s'agace-t-elle. Et lui, maintenant, il en est où ?

Mon téléphone sonne, je prends pas l'appel. Je sais qui c'est, je sais le motif de la conversation. C'est pas Jackson, donc ça attendra.

— Suite à son choc à la tête, le diagnostic est vite tombé : traumatisme crânio-cérébral sévère. Il a plongé trois mois dans le coma et a fait une hémorragie qui a failli lui coûter la vie.

Cette fois, j'ose lever les yeux. Affronter un possible regard de mépris. Mais je suis surpris de voir que c'est pas le cas. Elle a les larmes aux yeux, mais ça s'arrête là. Je poursuis :

— À son réveil, les médecins ont découvert qu'il était atteint d'amnésie. Il ne recouvrera pas la mémoire et donc, ne sera jamais condamnable. Maintenant, il est dans un centre de réadaptation, parce qu'il a des séquelles qui affectent sa motricité et ses capacités sensorielles.

— Et toi, après que la police t'a embarqué ?

Mon portable retentit à nouveau, et bien qu'Alexa me fasse comprendre par un geste du menton de décrocher, je ne décroche pas.

— Sur les conseils des avocats de mon père, j'ai plaidé coupable. De toute façon, c'est ce que je comptais faire. Comment tu peux mentir, quand tu te retrouves les mains couvertes du sang du type qui est inanimé devant toi ? Ça m'aurait desservi. Grâce au fait que j'aie coopéré et avoué, et aussi au proc' de l'époque, qui est du même bord politique que mon *padre*, ma sentence a pu être allégée. J'ai fait l'objet d'une comparution immédiate et le jugement a été ordonné dans la nuit.

Les mains moites, je les frotte et marque une pause. Je me revois en garde à vue, à tourner en rond dans la cellule étriquée et dégueulasse. Je me remémore mon transfert, quand j'ai été traité pire que du bétail, comme si j'étais un tueur en série. C'est aussi le souvenir douloureux de me rendre contraint et forcé dans cette salle austère du palais de justice, entouré de quatre flics. Je me revois m'avancer, les menottes aux poignets, vers les juges et le proc'.

Le regard méprisant de ma propre mère à la fin de l'audience me hante encore. J'ai de suite compris qu'elle me renierait. Le visage impassible de mon père qui s'est démené pour sauver au maximum mon cul et surtout sa réputation. Il a gardé la tête haute et froide pendant que je savais pertinemment qu'à l'intérieur de lui, c'était le chaos. L'un de ses fils avait pour la première fois affaire à la justice. Pour une famille comme la nôtre, si huppée et connue, c'était inconcevable. Pourtant, c'était bien réel et y'avait pas moyen de revenir en arrière. Le mal était fait et on allait tous en subir les conséquences. J'ai dû me raccrocher à ses deux avocats et à leur boulot extraordinaire.

À ça, et aux doigts délicats d'Alexa qui, en ce moment, caressent mon bras avec bienveillance. Il faut que j'arrête de cogiter. Je refuse d'en arriver à la partie où, même si j'ai évité de me retrouver derrière les barreaux, j'en ai chié d'être confiné avec ce putain de truc à la cheville. Chaque jour, il m'a donné l'impression d'être tracé comme un animal avec sa puce.

— Continue.

Bordel…

— J'ai écopé de six mois de bracelet électronique avec une assignation à résidence chez mon père. Avec quelques travaux d'intérêt général pour la ville. Après ça, viré de Yale, j'ai pu entrer à UNH en jouant des coudes, mais en restant sous la surveillance de Jackson pour ma bonne réinsertion, éludé-je.

— Donc là, tu ne crains plus rien, puisque ta peine est sur le point d'être finie ? se renseigne-t-elle.

Je ne réponds pas. On ne sait pas de quoi demain sera fait.

— Sayann ? réclame-t-elle en s'approchant.

Elle se love contre moi, je referme mes bras sur elle et l'étreins. La sentir me fait beaucoup de bien, constater qu'elle est toujours là, aussi.

— Promets-moi de bien te tenir, ordonne-t-elle, inquiète.

— *Honey*, je suis beaucoup trop sanguin pour jurer ça.

Ses yeux plongent au plus profond des miens pour tenter de m'hypnotiser.

— Sayann Torres, si tu tiens à moi, à notre couple, tu dois me faire la promesse de te contrôler et de ne plus faire la moindre connerie à l'avenir.

C'est une supplique trop sérieuse. Mais elle est aussi la seule à me faire plier. Je dépose un baiser sur son front et enfouis mon nez dans ses cheveux un instant. Pour Alexa, je suis prêt à tout. Pas question de la décevoir, comme j'ai pu en faire les frais avec mes parents.

— Promis.

— Pourquoi je te vois comme un héros, maintenant, contrairement à tous les autres ?

— Parce que j'aurais pas dû casser la gueule de Spencer. Mais moi, je voulais juste lui flanquer une bonne correction, pour lui faire prendre conscience de l'enfoiré qu'il était. J'avais pas l'intention de le tuer, ni de le mettre dans cet état. S'il s'en était sorti indemne, il aurait répondu de ses actes devant la justice. J'aurais été moins emmerdé. Mais je me dis que plus aucune fille ne sera victime de ce salaud.

Elle acquiesce.

Alexa se recule pour m'offrir un magnifique sourire. J'ai du mal à le lui rendre, je suis encore sous le choc de m'être confié à elle.

— Je comprends pourquoi tu étais collé à moi comme ça, après à cette soirée… Pourquoi tu as commencé à me suivre, quand j'ai voulu aller chez Tim. C'est pour cette raison, aussi, que tu m'as proposé de dormir chez toi, devine-t-elle enfin. C'était pour me protéger.

— Ouais. Y'a des connards partout. Mais toi, comment tu me vois, maintenant ? demandé-je, anxieux.

— Tu remontes davantage dans mon estime.

— Et si je l'avais tué ? m'inquiété-je.

Se hissant sur la pointe de ses pieds, Alexa m'embrasse.

— Ce n'était pas intentionnel. Et puis tu as sans doute sauvé beaucoup d'étudiantes, et ça, ce n'est pas rien !

À nouveau, je reste silencieux. Contrairement à elle, je ne me considère pas comme un héros. Mon téléphone sonne encore une fois, je l'ignore. Le principal, c'est qu'elle soit là, près de moi, et je compte bien en profiter à fond. Pourtant, à cet instant, je reste un connard.

Car je n'ai pas dit toute la vérité…

CHAPITRE 34

Alexa

— Réponds, lui intimé-je, bien que l'on soit toujours en plein sujet crucial.

Le visage grave, Sayann hésite.

— Si tu ne le fais pas, je le fais pour toi, préviens-je.

Je n'ai aucune idée de l'identité de l'individu qui cherche à le joindre, mais vu l'insistance, ça doit être important. Sayann finit par s'exécuter, en se pinçant l'arête du nez. Il ne bronche pas, seule la personne à l'autre bout du fil semble parler.

De mon côté, je suis encore retournée par ses aveux, mais en même temps, je suis soulagée. Plus détendue de savoir, enfin. Une sorte de délivrance. Le mystère est levé et il n'y a plus à désespérer de connaître un jour la vérité.

Je ne suis pas pour la violence, mais j'aurais sans doute réagi pareil si j'avais vu ce type mettre de la drogue dans le verre d'une fille. J'espère que ça va lui faire du bien de me l'avoir dit. Plus de secrets, pour une meilleure relation. On va pouvoir trouver de la sérénité. Mais Sayann se décompose au fil de sa discussion, et je pâlis aussi, d'être dans l'ignorance.

— Sur le parking de l'usine désaffectée, juste derrière ton hôtel, finit-il par préciser à son interlocuteur.

Je fronce les sourcils. Il raccroche et part immédiatement s'asseoir sur un muret branlant. La tête entre les mains, il se balance d'avant en arrière. Avec prudence, je m'approche, rongée à la fois par la peur et par sa détresse. Je m'accroupis pour être à sa hauteur. Mais avant de parler, alors que je saisis sa main pour la serrer dans la mienne, il répète deux fois tout bas :

— Je suis désolé, je t'ai menti.

Le cœur martelant ma cage thoracique, je suis soudain à court d'air.

— De quoi ? C'était qui au téléphone ?

— Je peux pas te dire la vérité moi-même. Ne m'en veux pas. Moins il y a de gens qui sont au courant, plus les risques que j'aille en taule sont faibles. Je te fais confiance, mais j'ai aussi fait une promesse à quelqu'un, et moi vivant, je ne trahirai jamais cette personne.

— Sayann, mais c'est quoi ce bordel ? Je ne comprends rien ! Pourquoi tu irais en prison ?

Dans le flou total, je tente de lui faire lâcher les mots, en vain.

— Je l'ai empêché, mais il arrive.

Je n'ai pas le temps de répliquer quoi que ce soit ; le bruit d'une voiture sur les graviers retentit dans mon dos. Lorsque je me retourne, je découvre un véhicule noir identique à celui de mon petit ami. Swan en descend, vêtu d'un survêtement et le visage tout aussi grave que celui de son frère. Sa présence ici ainsi que son salut, sans même m'adresser un regard, me laissent perplexe. Je l'observe se diriger vers son aîné, le soutenir par le coude pour le faire se relever et le prendre dans ses bras en le frappant au niveau des omoplates.

— Pourquoi tu veux faire ça ? demande Sayann, l'air désespéré, en lui rendant son étreinte.

— Parce que je lui dois la vérité. Peu importent les conséquences. Tu lui fais confiance maintenant, non ?

Mon homme acquiesce. J'ai la sensation que Sayann tient dans la main le détonateur d'une bombe placée tout contre mon cœur. Qu'à tout moment, il va appuyer sur le bouton et faire éclater mon organe en mille morceaux, mon corps et mon âme avec. À bien y réfléchir, depuis que je le connais, ça a toujours été le cas. Du moins, depuis l'instant où j'ai eu du mal à me passer de lui.

— Vous me faites peur, osé-je d'une voix tremblante.

Mes extrémités sont froides, glaciales, comme si j'étais déjà morte. Swan se détache le premier. Il essuie en vitesse ses joues et se force à sourire en frappant le dos de Sayann qui, tête baissée, ne dit pas un mot.

— Ça va aller, lui assure-t-il, joignant le geste et la parole.

— Vous allez me tuer. Swan, que se passe-t-il, je comprends rien, bon sang !

— Déjà, tu peux féliciter ton mec, m'informe-t-il.

Malgré ses prunelles rougies, je décèle, dans le regard qu'il lui porte, beaucoup de fierté. J'en suis touchée, mais je suis toujours dans l'ignorance. Sayann, quant à lui, garde les yeux rivés au sol. Après avoir soufflé un bon coup, Swan reprend :

— Je sais qu'il t'a dit pour Spencer. Mon frère m'a appelé hier pour me tenir au courant qu'il allait se jeter à l'eau, du coup je suis venu aussi. J'ai dormi à l'hôtel, juste là, lâche-t-il en le pointant du doigt. Mais je sais qu'il a gardé pour lui un élément essentiel.

— Ferme-la, supplie Sayann tout bas, déprimé, en secouant la tête.

— Pour une fois que tu es amoureux, non, désolé, je ne vais pas me taire. Il est temps d'avoir tout le bonheur que tu mérites. Qu'elle arrête d'avoir une fausse image de toi. Elle a le droit de connaître toute la vérité. Je te l'ai dit, après l'avoir renversée, elle ne m'a pas balancé, je vous dois bien ça à tous les deux. Et je veux te voir heureux !

— Amoureux ? m'étonné-je.

Ce mot est le seul que j'ai retenu et il m'a secouée comme un tremblement de terre. Me laissant sidérée. Mais pour m'assurer que c'est réel, et non le seul avis de Swan, je regarde attentivement Sayann, bouche bée, attendant qu'il confirme ou réfute ces paroles. Se sentant sans doute observé avec insistance, bercé par ce silence pesant, il finit par relever son visage. L'air toujours aussi grave, il hoche la tête lentement. Prise d'un immense sourire, je me jette dans ses bras et ose :

— Je t'aime.

Ses muscles se resserrent autour de mon corps de guimauve, comme s'il était soulagé de cette réciprocité. Toutefois, je me détache vite de lui pour revenir à Swan.

— Je t'écoute. Abrège ma souffrance.

— Sayann est innocent. À cent pour cent. J'étais à cette soirée et c'est moi qui ai vu Spencer verser du GHB dans le gobelet d'une étudiante. Je ne pouvais pas rester sans rien faire, alors j'ai foncé droit sur elle, en faisant semblant de regarder derrière moi, pour la percuter afin que son verre se renverse. Elle s'est plainte d'avoir de l'alcool sur ses vêtements, mais je lui ai évité de se faire violer. Et sans l'écouter plus longtemps, j'ai suivi Spencer. Apparemment pris d'une envie de pisser, il est sorti sur le côté de la fraternité. J'ai entrepris de lui dire ce que je pensais. Il n'a pas aimé, il m'a embrouillé en m'emmenant à l'écart…

— Près du bassin, le coupé-je.

— Ouais. Il a commencé par me décocher un coup dans la mâchoire, je lui en ai retourné un pour me défendre et il est mal tombé.

— Putain…, lâché-je, une main couvrant ma bouche.

Penaud, Swan affiche une moue honteuse et se décompose au fil des secondes.

— Sayann est arrivé ensuite, alerté par mon cri. Je croyais avoir tué Spencer. C'est là qu'il m'a ordonné de me barrer. Pour mes études, pour sauver ma future carrière dans le foot, avoue-t-il dans un sanglot.

— Tu l'as laissé prendre à ta place, dis-je, amère et pleine de rancœur. Tu as conscience de ce qu'il a subi, et du regard des gens sur lui ?

— Bien sûr, je m'en bouffe les doigts tous les jours, mais il m'a fait promettre de me taire.

— C'est réussi, me moqué-je.

— Je l'ai voulu, et j'assume, affirme Sayann. C'est mon petit frère, je crèverais pour lui s'il le fallait.

Je bouillonne.

— Quand il m'a dit de partir, j'ai pas réfléchi sur le moment, continue Swan, j'ai juste eu le temps de lui apprendre ce que Spencer était sur le point de faire à cette pauvre fille. J'ai jamais pu encadrer Spencer, je l'ai toujours trouvé louche, sans savoir de quoi il était capable exactement. Mais comme c'était son pote, je ne lui en ai jamais rien dit. Et je pensais que Sayann prendrait la fuite lui aussi. Sauf qu'il est resté pour vérifier s'il respirait encore.

— Je l'ai touché, d'où le sang sur mes mains quand les flics sont arrivés.

— Le plus important à retenir, Alexa, c'est que ton mec est innocent et que si je suis venu jusqu'ici, c'est pour me racheter.

— Sauf que je ne sais plus quoi penser de toi. Je n'avais déjà pas une très bonne opinion, mais là…

— Je comprends.

— Le seul truc que tu dois surtout garder en tête, m'annonce Sayann, c'est que nous sommes que tous les trois à connaître la vérité. Personne, absolument personne d'autre, ne doit avoir connaissance de l'identité du vrai coupable.

— Tu es innocent, blanc comme neige. Pourquoi continuer de t'infliger tout ça ?

— Je t'ai déjà dit pourquoi. Pour éviter de foutre en l'air sa vie pour un simple accident. Jamais il n'aurait pu rester à Yale, et aucun coach n'aurait voulu de lui, non plus, dans son équipe.

Je l'ai compris, mais j'ai du mal à digérer tout ça. C'est beau, mais surtout suicidaire !

— Si quelqu'un s'en rend compte, si...

— J'ai plaidé coupable et j'ai purgé ma peine, me coupe-t-il. Pas de témoins, pas d'enquête, et Spencer ne recouvrera jamais la mémoire. Si, à vie, on garde ce qui s'est passé pour nous trois, avec Swan on ne craint strictement rien.

— C'est de la folie, déclaré-je, éberluée.

Car j'ai conscience qu'avec un faux témoignage, ils risquent tous les deux la prison.

— Tu garderas ça pour toi ? s'inquiète Swan.

Est-ce que j'ai le choix ? Non. Je ne supporterais pas de voir Sayann derrière les barreaux. Plus maintenant.

— Vous me rendez complice contre mon gré.

— Voilà pourquoi je ne voulais rien te dire ! s'agace Sayann. Ouais, je voulais le protéger, lui, aux yeux de tous, mais toi aussi.

— C'est bon, j'ai cherché la vérité depuis des semaines, j'ai ma part de responsabilité. Bien sûr que j'emporterai ce secret dans ma tombe.

Cette fois, il prend mon visage entre ses mains.

— Je suis désolé pour toute cette merde, vraiment. *Je t'aime*. Et plus que tu ne peux l'imaginer.

CHAPITRE 35

Alexa

Mes doigts sont serrés entre ceux de Sayann lorsque je l'entraîne vers ma maison. Nous avons passé la nuit à quelques rues d'ici et après une longue réflexion, j'ai pris la décision de le présenter à mes parents. Si j'appréhende la réaction de mon père, je suis décidée pour passer ce cap. Je tiens à mon copain, donc je dois assumer. D'autant qu'il est innocent et ce mot m'apaise.

Au moment de franchir la porte d'entrée, Sayann me tire en arrière pour me chuchoter à l'oreille :

— Tu veux pas qu'on retourne à l'hôtel, plutôt, pour un second *round* de sexe encore plus chaud que cette nuit ?

C'est tentant, mais non.

— Ça va aller, affirmé-je, le cœur battant.

— T'es pas convaincante, soupire-t-il.

Sans lâcher sa main, je franchis le seuil. Il est sept heures et seule ma mère en robe de chambre est attablée dans la cuisine, devant un thé. Ses gros yeux quand elle me voit accompagnée me font prendre une profonde inspiration avant de me lancer.

— Papa est au travail ?

— Oui.

— Assieds-toi, Sayann, lui propose-t-elle en faisant glisser une tasse sur la table. On va discuter un peu pour faire connaissance.

Face à cette gentille attention, il s'exécute, néanmoins méfiant. Il ne la lâche pas du regard.

— Vous bossez dans la police, vous aussi ? lui demande-t-il.

Maintenant dos à lui pour attraper la verseuse à café sur le plan de travail, je me raidis. Pour entamer une conversation, il y a mieux. Sayann est trop sur ses gardes et ça pourrait le desservir de lancer un tel sujet.

— Du tout. Je suis conseillère en assurance dans une petite agence. Et tes parents, ils font quel métier ?

Tout en le servant, je réponds à sa place :

— Sa mère est infirmière et son père est l'un des deux sénateurs de New York.

Impressionnée, elle lui pose une série de questions auxquels il répond par politesse sans s'épancher.

— Eh bien, tu viens tout droit d'une très bonne famille.

— Si on veut, ouais, grommelle-t-il en touillant sa boisson.

Ma mère ne semble pas apprécier son ton. En m'installant, je flanque à mon petit ami un coup de pied discret sous la table. Il se redresse sur sa chaise et se reprend, mais elle lui coupe la parole.

— Comment se fait-il que tu étudies à New Haven ? Tes notes étaient trop justes pour une université comme Yale ou Harvard ?

J'ai dû devenir livide. Pour la peine, je me noie dans mon bol sans oser le regarder, mais le blanc devenant oppressant, je me permets de voler à son secours.

— Sayann a de très bons résultats scolaires, mais les places étaient déjà toutes prises. Tu sais qu'on a travaillé ensemble et qu'il m'a impressionnée ? Je pense même que grâce à lui, on va avoir la meilleure note sur ce devoir.

Si Potter accepte de passer sur le fait qu'on n'a pas présenté l'exposé devant les autres étudiants. Cette fois, je jette un coup d'œil vers mon mec. Son sourire de reconnaissance me fait fondre. Il marque des points envers maman, elle l'observe, fascinée.

— C'est super, tu la tires vers le haut. Je suis ravie que ma fille ne soit pas seule dans ses études. Il était temps qu'Alexa se sociabilise.

Elle se lève et débarrasse sa tasse.

— Je vais me préparer, sinon je vais être en retard à l'agence. Tu dînes avec nous, Sayann ? Mon mari rentre dans l'après-midi.

À la façon dont mon petit ami me fixe pour chercher un soutien, je peux lire la détresse dans ses prunelles émeraude. Pour l'encourager à accepter, je hoche la tête. Je peux le voir se décomposer.

— Si Alexa est d'accord, se force-t-il à répondre.

— Elle l'est, confirmé-je, déterminée.

Autant crever l'abcès ce soir, qu'on en finisse une bonne fois pour toutes.

— Parfait, conclut ma mère. En tout cas, je suis très contente d'avoir fait ta connaissance. En plus, tu es très beau garçon.

Je lève les yeux au ciel. Il arque un sourcil de surprise : il ne s'attendait pas à une déclaration de ma mère ! Soudain plus détendu, il passe une main par réflexe dans ses cheveux.

— Eh bien, merci. Courage pour cette journée, madame Bell. Et merci aussi pour votre accueil et le caf…

Alors qu'elle a déjà tourné les talons, je lui coupe la parole en lui mettant une tape derrière le crâne.

— C'est bon, elle est partie, râlé-je. C'est quoi cet élan de paroles et de gentillesse, là, tout à coup ?

Tout en me tirant par le poignet pour me faire asseoir sur ses genoux, il m'envoie un grand sourire.

— Elle a dit que j'étais beau gosse et même si c'est la réalité, il fallait bien que je la remercie, *honey*.

Il dépose un baiser sur ma joue qu'il mordille ensuite.

— Mouais, fais-je, faussement jalouse.

Je me love dans ses bras.

— J'étais quand même prêt à lui avouer que Yale m'avait viré pour une connerie. J'aurais pas dit laquelle, mais bon, ça aurait fait tache. En tout cas, elle est cool. Mais ton père, le super-flic…

— Tout ira bien. Je croyais que t'avais peur de rien !

Alors qu'il remue sa jambe de stress, je pose ma main sur son genou pour l'en empêcher. Il arrête.

— J'ai pas envie qu'il mette son nez dans mes affaires, c'est tout. Quand il va connaître mon nom, je te parie qu'il va courir à son bureau pour en savoir davantage sur moi. Et ça, ça craint. Tu n'imagines pas comme j'en ai marre, avoue-t-il en plongeant sa tête dans mon cou. Toute cette merde n'en finira jamais. Ça me rattrapera toute ma vie.

Ses mots et son ton désespéré serrent mon cœur. Je passe mes bras dans son dos et l'enlace pour lui exprimer mon soutien.

— Arrête. Maintenant, moi, je suis là, à tes côtés. Tu as oublié ?

— Vu comment t'as ronflé cette nuit, non.

Face à cette moquerie, je le frappe gentiment à l'épaule. Puis je m'amuse avec ses mèches colorées.

— Je t'aime beaucoup comme ça, mais aussi comme tu étais avant. J'ai vu une photo de toi à l'époque de Yale. J'ai d'ailleurs senti que Tim était nostalgique quand il me l'a montrée.

— Ah bon ? Pour Stone, je m'en fous, jamais je reviendrais en arrière même s'il me léchait les pieds, mais toi, tu me préfères comment ?

— En gosse de riche bon chic bon genre, ou en *bad boy*, je n'ai aucune préférence. Je t'aime comme tu es.

Son rire résonne dans la petite pièce.

CHAPITRE 36

Sayann

Depuis cette terrasse de café déserte, je me masse l'arête du nez pendant qu'Alexa, vorace, déchiquète son muffin à pleines dents.

— Regarde bien ce gâteau, et imagine que c'est ton serpent à la place ! râle-t-elle.

Ma queue ? Par rapport à mon tatouage ? Je pourrais rire si, comme un con, je n'avais pas agacé le petit démon assis en face de moi. Au lieu de ça, je suis pris d'une douleur soudaine à cet endroit, qui me fait tirer sur ma braguette.

— Bébé, soupiré-je. Si tu pouvais noter tous les efforts que j'ai faits avec toi depuis qu'on est ensemble, au lieu de t'attarder sur mon côté sanguin qui me fait dire de la merde, ce serait sympa.

Ouais, je regrette d'être aussi impulsif et que les mots dépassent ma pensée. Bordel, après lui avoir révélé mon lourd secret et m'être livré à cœur ouvert, à elle seule, je voulais passer une après-midi cool. Pourquoi elle vient me prendre la tête et remettre cette histoire sur le tapis, sans déconner ?

— J'ai juste la trouille pour toi, avoue-t-elle. Que tout ça se termine mal un jour ou l'autre.

Ma main trouve la sienne et mon pouce la caresse pour la rassurer.

— J'ai payé. Si tu veux m'aider, alors je te demande de passer à autre chose.

Elle acquiesce.

— Tu me promets de toujours garder le secret ?

Pour conclure mes paroles, je pose mon coude sur la table et lui tends mon petit doigt. Alexa me fixe droit dans les yeux.

— Spencer n'a pas une famille de mafieux qui cherche à t'éliminer ?

Un sourire en coin lui répond.

— Nan. Aucun risque.

— Dans ce cas, d'accord.

Elle vient crocheter son auriculaire au mien pour sceller notre pacte. Bien que je sois innocent dans l'affaire, c'est énorme pour moi qu'Alexa soit encore là après mes aveux. Plus d'une m'aurait jeté depuis bien longtemps, même si j'avais levé le masque plus tôt. Pourtant, malgré mon fort caractère, je n'ai jamais été un bâtard avec les gens. OK, juste un peu. C'est une protection et disons que cet évènement m'a changé et m'a endurci. Mais elle seule m'a percé à jour et méritait la vérité. J'admire cette gonzesse déterminée à me faire du bien. Ma nana.

Je me lève en même temps qu'Alexa, mais, avant d'aller régler la note, je pose mes mains de chaque côté de son visage et l'embrasse d'un baiser passionné. Elle me le rend avec beaucoup d'entrain, assez pour que je sois à une phalange de bander.

Forcé de me reculer, je chuchote contre ses lèvres :

— Merci d'exister. Je t'aime.

Ses yeux pétillent. Quant à son sourire, je ne l'ai jamais vu si grand. Et il est contagieux.

— Je t'aime aussi, affirme-t-elle, toute rouge.

Pour couper court à tant d'émotions qui me déstabilisent un poil également, j'agite ma main.

— Et bah, on est pas dans la merde !

Elle s'empourpre encore plus et me pousse d'un léger coup d'épaule.

— Allons-nous-en, ça va être l'heure d'aller remercier mon père de m'avoir conçue. Tu sais, à propos de mon existence dont tu ne peux plus te passer, et tout et tout, se moque-t-elle.

Je jette un billet sur la table et enroule un bras autour de sa taille avant de l'entraîner vers ma caisse.

— Être amoureux au point de rencontrer le papa flic de sa petite amie, ça craint. Un jour, il faudra que je me ressaisisse.

Alexa éclate d'un rire sonore, léger et frais. Un son délicieux qui fait du bien à mes oreilles et à mon cœur de beau gosse.

***

— Bon, j'ai une idée, m'annonce-t-elle alors que je gare la voiture sur le trottoir devant chez ses parents.

Allons donc.

— Je tâte le terrain la première, et toi, tu m'attends là.

Réticent, je me masse le menton.

— Tu ne veux pas plutôt que j'aille faire effacer mes tatouages et que je teigne mes cheveux d'une couleur plus naturelle ? Ou mieux, que je change de gueule pendant ce temps-là ? raillé-je. Ce serait plus simple.

— Tu as raison, c'est nul. Moi, je t'aime comme tu es, donc c'est à lui de s'adapter.

Un sourire s'étire tout seul sur ma tronche. Comment j'ai pu me faire envoûter à ce point par cette gonzesse ? C'est incroyable ! J'y mets tout de même du mien en me débarrassant de ma veste avec son « fuck » patché au dos, pour ne garder que mon tee-shirt. Mais au moment où je m'apprête à retirer mon anneau à la narine pour faire meilleure impression, elle m'arrête.

— Garde-le. Il peut passer au-dessus d'un piercing sans problème.

Nous nous dirigeons côte à côte vers sa baraque, mes boots claquant contre le bitume.

— T'es stressée ? lui demandé-je avant qu'elle n'ouvre la porte.

— Un peu. J'ai peur qu'il soit trop autoritaire avec toi. Mon père est intransigeant avec mes fréquentations.

— T'inquiète, je réussis à survivre à Jackson. Dans le genre flic, il est en pole position. Et si ton père m'attaque trop, je saurai me défendre, *honey*.

— Mollo quand même, *hornet*, avec ton dard, me prévient-elle. Évite d'être trop piquant.

J'allais répondre, mais la porte s'ouvre pour laisser apparaître un type en uniforme. Une envie de gerber me saisit.

Ne pas faire de généralité.

Mais putain, je n'ai jamais été épargné ! Que ce soit quand je me suis fait embarquer, lors de ma garde à vue, ou encore maintenant, pour mes rendez-vous.

Tu as été tenu pour suspect, connard, et par ta propre faute, tu t'attendais à quoi ?

En voyant ma gueule, il devient livide. Mais il bombe le torse pour en imposer.

— Papa, je te présente…

— Ta mère m'a informée, lui répond-il sans me lâcher du regard.

Regard que je soutiens en plissant légèrement les yeux. Il s'agit, là, de sauver mon honneur. Même si je devrais faire profil bas, j'ai rien à me reprocher vis-à-vis de lui. Hormis peut-être le fait que j'ai craché à côté de son pneu le jour de la rentrée. Mais il fallait pas me fixer avec autant d'insistance. Si tu t'appelles pas Alexa, c'est formellement interdit. Surtout qu'il m'a considéré comme une merde, juste par sa façon de me toiser. Toutefois, poli, surtout pour la miss, je lui tends ma main pour le saluer. Il la regarde avec dédain. Je bouillonne intérieurement, mais ne dis rien.

— Papa, s'il te plaît ! s'insurge-t-elle.

À ma grande surprise, il me la serre sans broncher, l'œil toujours rivé sur moi.

— Pour le dîner, tu vas devoir te contenter d'une volaille grillée. À moins que tu aies une aversion pour *les poulets* ?

J'hallucine complet. D'entrée, il me tacle. J'ai capté son jeu de mots, comme il m'a bien cerné sur le sujet. Je peux pas les blairer. Mais il me connaît pas, bordel ! C'est quoi ce délit de faciès ? Alexa, qui a compris aussi, fulmine en silence en trépignant.

— Il adore ça, même, il les dévore au petit-déj' sans aucune pitié. Tu nous laisses passer, maintenant, ou tu comptes me jeter dehors comme une vieille chaussette parce que tu as un problème avec le look de mon copain ?

Je pourrais rire, si elle ne s'était pas adressée à son père. C'était bien placé et mérité, mais je ne veux pas non plus qu'elle se le mette à dos pour moi.

— Au pire, je vous laisse en famille, je veux pas que…

— Ah non, toi, tu restes ! S'il n'a pas envie de te connaître alors tant pis, toi et moi on s'arrêtera manger un sandwich sur le trajet de la fac.

Sans broncher, il s'efface sur le côté pour nous laisser passer. J'hésite, car je sens venir la soirée de merde. Ni une ni deux, Alexa me tire par le bras pour que je la suive.

De son côté, elle nous sert des sodas et lui parle de notre devoir en commun sur les inégalités, pour mettre l'accent sur mes maigres qualités. Quant à lui, il écoute avec attention, sans me lâcher du regard. Moi, je garde le silence comme je sais si bien le faire.

Les minutes passent, bien trop lentement à mon goût. Puis vient le moment où Lauren rentre du travail et je suis déjà un peu plus détendu.

Cette femme est gentille. Pendant qu'Alexa et son père décident de s'atteler tous les deux à la préparation du repas, je m'adresse à lui pour briser la glace.

— Je peux vous donner un coup de main ?

On devrait me filer un oscar ! Mon ton était cool et plein de bonnes intentions.

— Je voudrais cuisiner en tête à tête avec ma fille. C'est possible ?

OK… Si je garde un visage neutre, à l'intérieur de moi, c'est le chaos. D'autant qu'elle prend ma défense en râlant et la tension dans cette pièce monte d'un cran.

— Jeff ! s'en mêle son épouse, les poings sur les hanches.

Sans un regard, il hausse les épaules.

— Moi, tu peux m'aider, me fait-elle remarquer. J'ai des rideaux à installer dans le séjour et si je dois compter sur mon cher mari, je peux attendre encore des lustres.

Mécontent, il grogne.

— Depuis le déménagement, je n'ai pas trouvé le temps. Excuse-moi de travailler à rétablir l'ordre dans cette ville.

En même temps, il martyrise le poulet avec son gros couteau. Dieu seul sait qui il imagine à la place de la volaille. *Bibi*.

— Donnez-moi le nécessaire, Lauren, je vais vous les poser, ces rideaux.

Moins d'une minute plus tard, elle me colle tout dans les bras. Je me mets en action en prenant soin d'enlever mes godasses avant de monter sur une chaise pour atteindre le haut de la fenêtre. Supervisé par la mère d'Alexa, j'obéis à ses exigences.

— Un petit peu plus haut, si tu peux.

Je m'exécute.

— Là ?

— Parfait ! s'enthousiasme-t-elle. Mais fais attention à ne pas tomber, surtout.

— Il est entièrement fait en titane ! intervient Alexa depuis la pièce d'à côté.

Je souris puis, le boulot effectué, je redescends.

— Autre chose à accrocher ? m'enquiers-je, désireux de continuer à m'occuper les doigts.

— Merci, ça ira, sauf si tu veux bien mettre la table.

— Où sont les assiettes ?

Pendant qu'elle les sort du buffet, je récupère les verres qu'Alexa m'a demandé de venir chercher.

— Sayann, tu es un garçon charmant, fait remarquer Lauren. Ta maman a de la chance d'avoir un fils comme toi.

Une boule se forme dans ma gorge.

— C'est rien.

Le couvert dressé, je sors une clope de mon paquet et retourne dans la cuisine pour informer la miss que je m'en vais la fumer à l'extérieur.

— Reviens vite.

Elle me sourit puis dépose un baiser sur ma bouche, ce qui est loin d'être au goût de son père. Il lutte toujours pour tailler le poulet.

— Vous devriez changer de couteau ou l'aiguiser, au moins, si vous peinez, ne puis-je m'empêcher de conseiller.

Surpris de mon audace, il s'arrête un instant avant de violenter à nouveau la viande comme s'il imaginait mon cou à la place. Je me casse vers le jardin.

De là où je me trouve, debout sur la pelouse et face à la maison, je peux les voir tous les trois à travers la fenêtre de la cuisine. Ils discutent. Réunion de crise menée par Alexa et Lauren. Soulé, je soupire avant d'allumer ma cigarette. J'apprécie cette bouffée de nicotine, elle m'apaise. Un verre de Jack ne serait pas non plus de refus, histoire de me détendre un peu plus.

La soirée va être longue...

À force de tirer de grosses lattes, mon moment d'évasion passe vite. N'ayant aucune envie de rentrer tout de suite, je m'en grille une autre. De toute façon, le chef de famille n'a pas fini de débiter son poulet en minuscules morceaux.

On va bouffer de la charpie !

Au pire, je m'en fous, j'ai pas faim. J'espère juste qu'il va pas trop la ramener pendant le repas. Je sais pas combien de temps je vais réussir à tenir. À encaisser et à fermer ma gueule.

La porte du cellier s'ouvre. Je m'attendais à découvrir Alexa, mais c'est Jeff, dans son super uniforme de flic, une paire de clefs à la main, qui me fait face. Je lui tourne le dos et termine vite ma clope. Qu'il le porte encore sur lui alors qu'il n'est pas en service me crispe. C'est une provocation pour me faire craquer.

— Ma fille t'a montré mon cabanon ? me demande-t-il, neutre.

Je me retourne tout en me pointant d'un doigt incertain.

— Oui, c'est à toi que je m'adresse.

— Non, pourquoi, elle aurait dû le faire ?

Il me fait signe de me ramener au bout du jardin. Sur mes gardes, je le suis.

Pendant que Jeff déverrouille la petite porte en métal, un flash-back de ce flic qui m'a foutu en cellule me percute en plein crâne. Je secoue la tête pour me débarrasser de cette mauvaise pensée.

— Tu comptes camper là ? Entre ! m'intime-t-il, autoritaire.

Je suis assez surpris de voir un salon recréé dans cet espace restreint. C'est propre, sommaire, mais assez cool.

— Vous venez vous isoler ici quand Lauren vous contrarie ?

Alors qu'il se dirige vers le mini frigo pour en sortir deux bières, il me répond :

— C'est mon coin pour y regarder au calme les matchs de la NFL quand elle joue du violon dans le séjour.

J'arque un sourcil d'étonnement. Il pose une canette sur la table et m'invite à m'installer.

— Merci. J'ignorais qu'elle était une artiste et que vous étiez fan de foot.

Il s'assied aussi et tire de sa poche une boîte de cigarillos. Il en prend un et l'allume.

— Alexa m'a raconté pour ton frère.

Je me raidis, la mâchoire contractée par réflexe. De son côté, Jeff semble admiratif, comme s'il avait des étoiles plein les yeux.

— Tes parents doivent être fiers de lui. J'aurais rêvé de faire partie d'une grosse équipe. S'il a l'occasion d'évoluer et de faire carrière dans ce sport, c'est beau.

Respire, tout va bien.

— Ouais.

— Et toi aussi, apparemment, tu le pousses dans cette voie.

— J'essaye.

Déstabilisé par cet échange surréaliste, j'avale une bonne gorgée de bière. Il fait tourner sa canette entre ses doigts, le cigare à la bouche. Mal à l'aise, je me demande ce que je fous là.

— Tu peux te détendre, Sayann, je n'irai pas fouiller dans les fichiers du commissariat pour voir si tu as un casier judiciaire ou non. C'est interdit, je tiens à mon poste et Alexa m'en voudrait.

Peu importe, ne jamais faiblir devant l'ennemi. Je le regarde droit dans les yeux.

— J'ai aucune crainte à ce niveau, affirmé-je.

Mais putain, je suis soulagé !

— Tant mieux. En revanche, bien que ma fille ait l'air plus épanouie, je t'ordonne de continuer à prendre soin d'elle et de ne jamais la blesser.

— Comptez sur moi, mon seul et unique but est de la rendre heureuse.

Un léger sourire se dessine sur son visage autoritaire.

— Elle m'a vaguement raconté qu'un jour elle s'était fait emmerder par quelques étudiants dans la salle de bains commune…

Nerveux, il laisse sa phrase en suspens et frotte son crâne grisonnant. À ce souvenir, mes tripes se tordent.

— Je te remercie personnellement d'être intervenu. Alexa n'est pas du genre à aimer être chaperonnée, mais ton devoir est de veiller au grain. Tous les jours, je vois défiler des femmes victimes d'agressions physiques ou sexuelles…

Cette fois, je l'interromps en frappant mon index sur la table.

— Moi vivant, jamais je ne laisserai un petit bâtard porter la main sur elle. Regardez-moi bien, Jeff, ça n'arrivera *pas*.

Impressionné par ma détermination, il me scanne, puis poursuit :

— Ce n'est pas pour faire un délit de faciès, mais j'ai toute confiance en ta carrure et en ton look pour repousser toute cette vermine loin de la chair de ma chair. Je crois en toi.

— Vous pouvez, oui.

— C'est prêt, à table ! s'écrie Lauren du jardin.

Nous nous levons et après une très brève accolade, nous regagnons la maison, plus légers. Si on a bien un point en commun, c'est celui d'assurer la sécurité d'Alexa.

CHAPITRE 37

Alexa

Vendredi. Dernier jour avant le week-end.

— *Rum, pum, pum, pum, pum, pum, pum.*

J'ouvre un œil tout en plaquant mon oreiller sur le côté de ma tête pour étouffer le chant de Trixie.

— C'est bon, je vais me doucher, mais dès que j'en sors, c'est à toi de quitter la chambre. J'ai une vidéo à tourner avant mes cours.

Quid du planning accroché à la porte ? Il est toujours là, mais rien n'est respecté. Trixie prend un malin plaisir à m'emmerder : elle veut le champ libre dès qu'elle a du temps pour elle. Égoïste ! La porte qui claque derrière elle avec fracas me fait sursauter.

Depuis mon escapade chez mes parents il y a quinze jours, c'est pire que d'habitude, on ne se supporte plus. C'est devenu une guerre perpétuelle et je suis fatiguée de me battre. Son manque de respect, à mettre la musique sans cesse, et sa façon d'être si envahissante me bouffent la vie. Moins je la vois, mieux je me porte, mais je trouve minable que, sous prétexte qu'elle est en couple avec Tim, elle me considère maintenant comme son ennemi numéro un. Il a tellement dû casser du sucre sur le dos de Sayann… Ça m'énerve, mais ça ne nous empêche pas de continuer à avancer, lui et moi, seuls contre tous.

Je me redresse dans le lit et m'étire.

— Avec plaisir, ironisé-je.

Je découvre l'absence de Nixie. Comme elle est plus discrète et fait aussi sa petite vie, elle est moins dérangeante. Et puis je dois avouer que son ASMR est bon, elle a réussi à m'endormir plus d'une fois ces derniers temps, avec ses longs ongles sur son carnet.

En me levant, je prends sur mon matelas le porte-documents orné d'un gros « A » au feutre rouge. Notre superbe note que je me plais à contempler et dont je me suis empressée d'informer mes parents avant-hier au téléphone. Sayann continue de marquer des points auprès d'eux. D'ailleurs, après les avoir rassemblés dans la cuisine pour une réunion de crise, je suis contente d'avoir réussi à pousser mon père à aller lui parler. Ce n'est pas le grand amour entre eux, mais au moins, le repas s'est bien déroulé. Fière de Sayann, je ne fais qu'admirer cet exposé.

Monsieur Potter a rendu son verdict il y a plusieurs jours et n'a pas tenu compte du fait que nous ne l'avons pas présenté à la classe, car, je cite : « Ce projet est excellent ». Sayann me l'a remis, il n'en veut pas, et après l'avoir lu, je dois reconnaître que ce devoir est juste parfait. C'est avec plaisir que je vais le garder. Et, pourquoi pas, l'encadrer ? C'est bien plus beau que tous ces posters saturant les murs.

Après avoir fait un crochet par la salle de bains commune et avoir échangé un regard plein de tension avec Trixie, je lisse ma robe et frappe chez mon voisin. Un jour sur deux, l'un vient chercher l'autre. C'est devenu notre rituel depuis peu et aujourd'hui, c'est mon tour. La porte s'ouvre et je suis frustrée de découvrir Remington à la place de mon homme.

— Salut ! Sayann est déjà parti.

— Oh.

La déception est visible sur mon visage. D'autant plus que nous n'avons aucun cours en commun de la journée. La mienne est bien chargée et la sienne est plus légère, il n'a que gestion, à midi. Ce qui implique que je ne vais pas le voir au self non plus.

— Il t'a dit où il allait ?

— Non. Désolé.

Tout en quittant le dortoir sur ma trottinette, je dégaine mon portable. Au moment où je lui rédige un message, j'en reçois un de sa part.

[Je suis pas chez moi, je te prépare une surprise pour le week-end.
Rejoins-moi sur le parking à la fin de ton dernier cours de la journée. Fais attention à toi. Je t'aime, honey]

— Waaaooouuuh ! m'extasié-je sans prêter attention au monde qui m'entoure.

Rien à faire, j'adore les surprises et venant de sa part, encore plus. Toutefois, un détail, et pas des moindres, frappe mon esprit lorsque je me gare devant le bâtiment. Je lui réponds en empruntant le couloir de ma salle.

[Je n'ai pas de valise avec moi, j'arrive dans l'amphi, là. Pas même un pyjama !]

[T'en auras pas besoin, je compte te tenir éveillée pour les deux nuits à venir]

Suivi d'un émoji bonhomme qui tire la langue en faisant un clin d'œil. Les joues me chauffent et j'ai toutes les peines du monde à me retenir de sourire pour éviter de me faire remarquer. J'ai du mal à contrôler ma joie et mon excitation d'être à ce soir. En retour, je lui glisse plusieurs émoticônes rouges qui transpirent.

Hiiihaaa, le serpent va festoyer toute la soirée !

Comme une imbécile, je ris seule en allant m'installer. Le cours passe trop lentement à mon goût, celui d'après aussi, et ainsi de suite. Le manque de lui me laisse un vide immense. Quand vient enfin l'heure tant attendue, je quitte la fac à pleine vitesse sans mon engin. Mes pieds foulent le parvis de l'université puis le parking. Il fait nuit, j'ai du mal à trouver sa voiture garée parmi les autres et je suis essoufflée.

Soudain, une présence dans mon dos. Une main puissante qui se plaque sur mes yeux. N'ayant eu le temps d'anticiper, je me raidis.

— Tu cours beaucoup trop vite, *honey*.

Sayann retire sa paume. Immédiatement, je me jette dans ses bras. Son parfum, et lui, tout simplement, me remplissent de bonheur.

— Tu m'as foutu la trouille ! Mais t'étais où ?

— À la sortie de ta salle ! s'esclaffe-t-il. T'as détalé comme une fusée et tu m'as même pas vu, quoi.

— Trop pressée de te rejoindre, avoué-je.

Une fois dans le véhicule, avec la lumière du plafonnier, je remarque qu'il porte une chemise rentrée dans un jean dépourvu de trous. Ses cheveux sont laqués en arrière et ont retrouvé la totalité de leur brun. Il est encore plus beau au naturel, ça le vieillit un peu, mais le rend si sérieux…

— Euh, ça fait bizarre ! Mais pourquoi ?

— J'avais envie de changement. Bizarre dans le bon sens, ou dans le mauvais ? s'enquiert-il, un sourire en coin et le regard plein de malice.

Je pourrais lui dévorer la bouche quand il m'observe comme ça, ce mec me fait tourner la tête.

— C'est surprenant et j'adore.

Tandis qu'il s'engage sur la route, il pointe du doigt le sachet sur le tableau de bord. Absorbée par ce nouveau look, je ne l'avais pas remarqué. Il est d'une pâtisserie renommée et il contient surtout un muffin que je m'empresse de déguster.

— C'est adorable, merci, dis-je la bouche pleine. Huuummm, il est délicieux !

J'en arrache un morceau pour mon homme et le lui glisse entre les lèvres pendant qu'il nous conduit je ne sais où. Mais je ne veux même pas savoir, je préfère me languir et me réjouir de cette surprise. Profiter de l'excitation qui grandit de minute en minute en moi. Ouais, je suis personnellement sadique.

— Tu m'impressionnes chaque jour davantage.

— Pour notre premier rencard, j'ai pensé que c'était mieux qu'une bouteille de *Jack Da*.. Sérieux, on n'a jamais eu de vrai rendez-vous amoureux toi et moi. Tous ces trucs romantiques que vous adorez, vous, les gonzesses. Bah aujourd'hui, j'ai décidé de m'appliquer.

Cette voix de charmeur, mon Dieu. Et ses paroles ! Je pourrais hurler de bonheur ! Ayant du mal à me retenir, je me dandine sur mon siège, toute joyeuse.

— Jamais personne n'a fait ça pour moi, je suis trop contente !

Reconnaissante envers Sayann, j'appuie mes lèvres contre sa joue. Tout sourire, il aimante sa paume à ma cuisse nue, me provoquant une nuée de frissons. Nous avalons les kilomètres dans la bonne humeur et lorsqu'il stationne la voiture au milieu de nulle part, mon regard est happé par des centaines de lumières à travers une immense haie.

— C'est un restaurant ? me renseigné-je.

— Mieux que ça.

Le temps que je mette mes cheveux en ordre, Sayann a déjà quitté l'habitacle. Il récupère un truc dans le coffre et ma portière s'ouvre par ses soins.

— Mademoiselle, déclare-t-il d'un air exagérément pompeux.

Je m'esclaffe.

— Reste toi-même ou ça va vite devenir gênant.

— OK.

Sans que je le voie venir, il saisit mon poignet et me tire à lui pour me rouler une pelle du tonnerre. Plaquée contre son buste ferme, je m'abandonne dans ses bras. Sa paume glisse sur mes fesses, les empoigne, puis il conclut son baiser en me mordillant la lèvre. De sa poche arrière, il extirpe une rose rouge qu'il garde entre nous deux.

— Je t'aime, un peu, énonce-t-il en arrachant un pétale, beaucoup, à la folie...

Il laisse sa phrase en suspens. Volontairement. À ce souvenir d'avant-fête où ces mots étaient remplacés par « je te déteste », les larmes me montent aux yeux. Je poursuis à sa place comme la dernière fois.

— Passionnément.

Satisfait, Sayann se débarrasse de la fleur estropiée en la jetant dans la voiture, puis il ouvre le coffre à nouveau et en tire, cette fois, un énorme bouquet qu'il me tend. Remplie d'émotions, je tremble et couvre mon visage en le remerciant au moins un millier de fois.

— Allez, *go* !

Il entoure mes épaules et nous marchons vers un portail pendant que j'enfouis mon nez dans les boutons de roses pour en sentir le parfum divin. Il appuie sur une sonnette et une femme d'une quarantaine d'années, souriante, en tailleur noir, nous accueille. À ce moment précis, je découvre de nombreuses guirlandes entre les arbres et sous lesquelles plusieurs tables sont dressées, ici et là. C'est bien un restaurant où quelques couples dînent. Cependant, l'employée nous en éloigne. Elle nous emmène derrière la grande cabane en bois qui fait office de réception et de cuisine. Cette fois, j'aperçois un peu partout d'imposantes bulles, espacées les unes des autres, et dont les lumières intérieures sont tamisées.

De ma main libre, j'attrape les doigts de Sayann. J'ai des étoiles plein les yeux.

— Ça te plaît ?

Éblouie par tant de beauté, je ne peux qu'acquiescer en hochant la tête.

— Votre petit coin de paradis se trouve ici, nous annonce-t-elle.

Entourée par des sapins qui cachent le voisinage, la chambre insolite est également éclairée à l'extérieur par des guirlandes. Je découvre une table pour deux ainsi qu'un bain bouillonnant déjà en action et éclairé de leds aux couleurs changeantes.

— Waouh…

Mes prunelles ne peuvent que se balader partout pour capturer un maximum d'images. Tout est somptueux, absolument magnifique.

— Je vous ramène un vase, dit-elle avant de s'éclipser.

Sayann me débarrasse du bouquet et tire une chaise. C'est bienvenu, je suis si émue que j'ai les jambes en coton.

— Tu es dingue d'avoir pensé à tout ça ! Merci, j'adore…

— Dingue de toi. Et quand je tiens beaucoup à quelqu'un, je me donne à fond.

Je lui souris. Après avoir posé les fleurs, il s'installe en face de moi.

— Tu aimes le champagne, *honey* ?

— Non, mais je vais faire un effort, juste pour trinquer.

C'est un minimum. Il prend le seau à glace contenant la bouteille et le met par terre. À la place, il fouille dans un gros panier à ses pieds et commence à râler. L'ancien Sayann est toujours là, et ça me fait rire.

— Ah si, c'est bon, ils ne l'ont pas oubliée, elle est là.

D'un coup, il claque le *Jack* sur la table.

— Je te reconnais bien, le taquiné-je.

— Y'a d'autres boissons si tu ne veux pas de whisky, précise-t-il.

— C'est parfait.

Il nous en sert un verre, dans lequel je finis par ajouter un peu de jus de fruits, et je cogne le mien contre le sien.

— Pas trop dégoûtée de passer la soirée là, plutôt que de l'autre côté avec tous ces gens ? demande-t-il.

— Du tout. C'est un vrai tête-à-tête et je préfère.

— C'est ce que je me suis dit aussi. Comme ça, on poursuit sur notre ligne : nous deux contre le reste du monde. Comme à la fac, quoi, plaisante-t-il.

— Je pourrais camper ici toute ma vie, je crois. Et avantage considérable, je n'aurais plus à supporter mes colocataires.

— C'est une des raisons qui m'ont fait t'emmener dans cet endroit. Je sais combien c'est compliqué avec les frangines.

J'avale une gorgée d'apéritif.

— T'es trop mignon, Torres.

Modeste pour le coup, il hausse les épaules.

— Et toi, avec Remington, ça se passe mieux ?

Il souffle.

— Hum... je le tolère. Il est assez cool en fait, mais j'ai pas envie de m'en faire un pote. Quand on voit que les amis m'ont apporté plus d'emmerdes qu'autre chose, bah ouais, je préfère rester solo. Reming a du mal à le comprendre, je lui en veux pas, il sait rien de ma vie.

Ce n'est pas moi qui lui dirais le contraire. Ça a toujours été ma devise également, pas de copains, pas de problèmes. Notre meilleure compagnie, c'est nous-mêmes. À moins d'avoir un Sayann dans sa vie. Il peut être compliqué par moments, un peu trop rebelle, mais il est aussi doux, affectueux et attentionné quand il le veut. Et pour rien au monde, je ne l'échangerais. J'en viens à m'imaginer où on en sera dans dix ans. C'est très tôt pour songer à tout ça et pourtant, j'ai la sensation qu'on va pouvoir vivre une belle histoire.

— À quoi tu penses, *honey* ?

— À nous deux dans quelques années. Est-ce qu'on sera toujours inséparables ?

— La seule merde qui pourrait m'éloigner de toi, c'est la taule.

Je pourrais sauter de joie s'il n'avait pas prononcé ce dernier mot.

— Jamais je ne te dénoncerai pour faux témoignage.

Qu'il soit incarcéré, ça me rendrait folle de rage.

— Alors je nous vois bien mariés.

J'écarquille les yeux, stupéfaite.

— C'est vrai ?

— Bah ouais, mais en faisant les choses dans l'ordre. D'abord la fin de nos études, le travail et la maison. Enfin... si ça te branche aussi ?

Une bouffée de chaleur m'envahit, car je suis surprise de sa vision sensée et je ne pouvais pas rêver mieux. Ce programme conventionnel me plaît beaucoup.

— Quoique, se reprend-il, je verrais bien un appartement hors du campus pour l'année prochaine. Juste toi et moi, loin de tous ces abrutis, nan ?

Aux anges, je me lève et fonce me réfugier dans ses bras.

La soirée se poursuit et elle est aussi parfaite qu'elle a débuté. Le vase nous a été rapporté, mon énorme bouquet complète la décoration romantique et le repas est exquis. Bercés par cette ambiance et son côté magique, on se régale tous les deux en discutant de tout et de rien, nous rions aux éclats par moments, insouciants, et ça fait un bien fou. Nous finissons par prendre le dessert dans le bain bouillonnant, entièrement nus, l'un face à l'autre, avec cette énorme coupe de glace à plusieurs étages que Sayann tient dans la main. Une cuillère chacun, nous piochons dans les différentes saveurs.

La vapeur d'eau colorée par les leds crée un voile entre nous, mais je distingue très bien son regard intense. Je le fixe autant qu'il me mate sans retenue et m'amuse à lui mettre de la crème fouettée sur le nez pour le taquiner. Faisant semblant d'être mécontent, il pose la coupe au sol derrière lui, me laissant voir ses fesses. J'en profite pour lui donner une claque.

Il se jette sur moi et me plaque contre la paroi. Je subis des représailles de sa part et c'est ce que je désirais. Joueur, il immobilise mes poignets tandis que je laisse échapper un petit cri avant de me mordre la lèvre. Plongé dans mon cou, il grogne contre ma peau.

— Je vais te dévorer pour te punir de ton insolence, bébé. Toute crue.

— Qu'est-ce que tu attends ? répliqué-je d'un air séducteur.

Sans se faire prier davantage, il glisse ses mains langoureusement sur mon corps en de délicieuses caresses. J'en fais autant, me cambre et me délecte de le sentir malaxer ma poitrine tout en jouant avec sa langue sur tout mon être fébrile. Il me hisse par les fesses pour me poser sur le bord de la baignoire et écarte mes cuisses – où des centaines de gouttes d'eau perlent – pour se noyer entre mes jambes. J'empoigne ses cheveux et renverse ma tête en arrière. Dégoulinante de désir pour lui, tandis qu'il s'amuse avec mon intimité, j'en viens à planter mes ongles dans la chair de son dos et je le griffe. Il intensifie ses coups de langue et me mange avec envie, tout en glissant ses doigts en moi. Mes hanches se soulèvent et je le serre de mes jambes tremblantes. Au bord de l'orgasme, je geins, mais il ralentit ses gestes.

Nooooooon, idiot ! Pas aux portes de la jouissance !

— Je veux que tu exploses autour de ma queue. Pas avant.

Nom de Dieu ! Il plonge à nouveau son visage entre mes cuisses et recommence à jouer avec sa langue. C'est sensuel, déroutant et machiavélique. Refuser de m'abandonner maintenant totalement à mon plaisir le décuple. Je mords mon poing pour me retenir, mais plus il titille mes nerfs, plus j'ai envie de hurler de bonheur. Satisfait de me voir tressaillir et me liquéfier sous lente torture, davantage encore de constater que je lutte pour me contenir, il esquisse son plus beau sourire en faisant creuser ses fossettes.

— Sadique !

Il hausse les sourcils à plusieurs reprises. Rira bien qui rira le dernier. Je me dégage en lui arrachant une grimace. Puis je l'entraîne à l'intérieur de la bulle où je le pousse sans ménagement sur le lit *king size* recouvert de pétales de roses.

— Tu comptes te venger, là ? se renseigne-t-il en brûlant d'impatience.

— Et je t'interdis de jouir dans ma bouche.

Tandis que je l'engloutis avec douceur tout en prenant un malin plaisir à le fixer droit dans les yeux pour faire davantage monter la température, il lâche un râle de bonheur. Cependant, il se retire.

— C'est trop bon, donc pas question, déclare-t-il le souffle haletant. Je vais pas pouvoir tenir.

À la va-vite, nous cherchons partout un préservatif, Sayann renverse la lampe de chevet par inadvertance, bien trop absorbé par l'excitation. C'est dans le tiroir que je trouve le Graal. Je déchire vite le sachet en aluminium et déroule la capote sur son membre ferme et dressé.

— Je veux tellement te sentir qu'elle me fait mal.

— Soulageons-nous !

Tels deux sauvages, nous nous mangeons la bouche puis basculons sur le matelas. Lorsqu'il s'enfonce en moi et qu'il m'étreint, je geins contre sa peau transpirante, comblée de ne faire qu'un avec lui. Ses gestes fiévreux sur mon corps sont renversants ! Je remue mes hanches et l'embrasse fiévreusement. Notre empressement et notre enthousiasme à faire fondre l'autre en premier sont une torture.

Aucun de nous n'arrive à tenir la longueur et à garder le contrôle. En extase au beau milieu de ce cadre de rêve, nous assouvissons, d'un même élan, notre puissant désir de sexe.

Ça a été court, mais merveilleux. Résultat : nous sommes aussi épuisés l'un que l'autre. D'un geste mou, je rabats le drap sur nos corps dépourvus d'énergie. Sayann me ramène contre lui et je me blottis volontiers dans ses bras. Nous observons le ciel étoilé pendant que, de mon index, je trace les contours de ses tatouages. Nous restons un moment comme ça. Il enroule mes cheveux autour de ses doigts jusqu'à ce que, d'un seul coup, il bascule sur moi et me lance un regard de braise. Son érection est pressée contre ma jambe.

Comme par enchantement, je retrouve assez d'énergie pour un câlin supplémentaire des plus torrides. Après tout, il avait raison, pas besoin de pyjama.

Cette nuit-là, je n'ai pas dormi.

ÉPILOGUE

Dix ans plus tard.

— T'es à tomber, *honey*.

Je plaque une main sur la vitre qui me sépare de Sayann et pleure de plus belle.

— Reviens-moi, je t'en supplie.

J'ai l'air ridicule, mais la situation me pèse. Ça fait plusieurs mois que c'est le chaos, je n'en peux plus. Il pose ses doigts au niveau des miens, séparés de lui par cette satanée matière glaciale.

— Tiens le coup ! me supplie-t-il, peiné, les sourcils froncés.

Des pas retentissent dans mon dos. C'est maman.

— Il faut y aller, maintenant, allez.

Faible, je la laisse me prendre par les épaules. Du côté de Sayann, on vient le chercher aussi, mais avec force, pour l'écarter de là. Papa me l'arrache sans ménagement. Prise de spasmes et de sanglots, je laisse ma mère me frotter le bras et m'emmener dans une autre pièce, tout aussi glauque que celle-ci. Les coulisses. J'y retrouve Ellen, elle fait les cent pas.

— Ah, Alexa, ma chérie.

Elle me saute dessus, m'examine du regard, essuie mes joues et dégage les cheveux de mon visage. Je me recule. Cet excès de bienveillance me crispe, je préférais l'époque où c'était la guerre entre elle et Sayann et où elle était absente de nos vies. Mais si Ellen me gonfle modèle géant depuis quelques mois, je ne peux pas lui reprocher d'avoir fait des efforts envers son fils. Ils n'ont pas renoué totalement, mais ils ont appris à se tolérer un peu plus. Ma mère, en retrait, prend les choses en main et m'oblige à m'asseoir. J'obéis. Face au miroir, je peux la voir s'activer à me recoiffer. C'est la quatrième fois qu'on fait des essais.

— On va y arriver, affirme-t-elle. On va trouver ce qui te plaît. Ellen, vous pouvez vous occuper de sa robe ?

Elle est déjà en train de fouiller dans son sac à la recherche de ce qui pourrait rectifier le tir.

— Je vais avoir besoin qu'elle se mette debout.

Je m'exécute, néanmoins, je la mets en garde.

— Si vous m'épinglez la hanche comme tout à l'heure, râlé-je, on annule tout.

— Pour la cinquantième fois, je suis désolée de t'avoir piquée. On est tous stressés, Alexa.

— C'est ma faute, reconnais-je.

Un peu plus tôt dans la matinée, en me baissant pour fouiller dans les cartons du traiteur afin d'attraper un muffin, j'ai craqué mon bustier en fines dentelles.

— Mon petit-fils grandit à l'intérieur de toi, il est normal que, depuis le dernier essayage, les mesures ne correspondent plus.

Je n'en suis qu'à mon cinquième mois de grossesse et j'ai déjà pris quatre kilos. À cet instant, j'en veux à Sayann d'avoir cédé à tous mes caprices de nourriture, de jour comme de nuit. Mes pleurs redoublent d'intensité. À l'aube de mes trente-deux ans, j'ai l'impression d'être une adolescente en pleine crise. J'accepte le mouchoir que ma mère me tend.

— Les hormones ne sont pas tendres avec toi, ma pauvre.

— Penses-tu !

Malgré ma joie de porter la vie, elles me rendent si triste et irritable par moment qu'on devrait décerner une médaille à mon futur mari. Soudain, j'éclate de rire. C'est fréquent, ces derniers temps. J'ai ce super pouvoir de passer du rire aux larmes en un claquement de doigts. Mais quand je repense que Sayann a échappé à la surveillance de mon père pour me rejoindre dans ce manoir du Connecticut – lieu de la célébration de notre amour – parce que j'étais peinée et à bout…

Ça faisait trois jours qu'on ne s'était pas vus. Il y a d'abord eu son enterrement de vie de garçon en petit comité. Puis il est resté à notre appartement pour travailler à distance pendant que j'étais chez mes parents, à me faire chouchouter et à finaliser les préparatifs. Ce même logement pris pour terminer notre dernière année d'université, il y a déjà neuf ans. Un cocon d'amour dont nous avons eu du mal à nous séparer. Alors on l'a gardé, il est assez grand pour accueillir le bébé.

De plus, il est proche du centre de redressement pour mineurs dans lequel Sayann bosse en tant qu'éducateur. Sa mission consiste à les aiguiller dans la bonne direction pour leur éviter d'avoir affaire à la justice. Pour ma part, je suis conférencière. Parcourir les établissements scolaires pour assurer des séances de prévention contre les agressions physiques et sexuelles est devenu mon quotidien. Deux métiers comme une évidence qui nous ont unis un peu plus fort encore. Nous travaillons fréquemment de concert et c'est un réel plaisir. J'aime quand il m'accompagne et prend la parole pour mettre en garde les étudiants sur les dangers bien trop souvent rencontrés sur les campus.

Inséparables ? Nous le sommes toujours autant. C'est pourquoi ces dernières soixante-douze heures loin l'un de l'autre ont été invivables. Nous avons échangé une multitude de messages à coup de « je t'aime » et « tu me manques » jusqu'à aujourd'hui, jour J de la cérémonie où aucun de nous n'a pu se retenir d'attendre deux heures supplémentaires. Tout ça pour quoi ? Une minute d'entrevue et on n'a pas pu s'embrasser, la faute à cette maudite fenêtre fixe ! Il m'a vue dans ma robe, je l'ai vu dans son costume, et s'il n'a pas arrêté de dire que j'étais à tomber en mariée, lui est carrément à croquer.

— C'est tout de même dommage d'avoir cassé la surprise de vos tenues, commente Ellen en pleine couture. Vous auriez pu vous retenir, au lieu de briser la tradition. Que mon ex-mari n'y voie pas d'inconvénient, cela ne m'étonne pas, mais Swan...

— Ce n'est pas dramatique, Ellen, il y a pire.

Comme la pièce montée, que le pâtissier a oublié de confectionner, nous contraignant d'acheter au dernier moment un assortiment de pâtisseries dans plusieurs enseignes.

Ou encore la voiture du cortège réservée par Richard, qui a été louée à un autre couple entre-temps. Sans parler des invitations qu'on a faites avec Sayann durant toute une nuit, et dont la moitié a été perdue par la poste. Tout ça a été lourd à supporter, nous a mis sous pression, car on désirait la perfection pour ce grand jour. Mais au bout du compte, ce qui importe, c'est de sceller notre amour. Le reste nous passe au-dessus de la tête, comme cette femme qui entre dans cette pièce.

— C'est bon Alexa, te voilà parée, assure Ellen. Je vous laisse. À tout à l'heure, ma chérie.

— Merci beaucoup.

Je lui souris et la regarde se volatiliser pendant que Courtney vient m'embrasser la joue, à m'en déformer le visage. Toutes les deux, elles ne s'entendent pas, ce que je peux comprendre.

— Tu es somptueuse !

Son parfum poivré me donne la nausée et j'efface la trace de son rouge à lèvres sur ma peau. Nous ne nous sommes pas vues beaucoup de fois avec Courtney, mais je ne m'en porte pas plus mal. Elle est gentille, mais aussi envahissante et extravagante. Assez pour être gênante et m'avoir foutu la honte un jour, au restaurant où l'on dînait tous les quatre avec son mari, le sénateur. Lui non plus, on ne le voit pas souvent, mais sous son air autoritaire, Richard est assez cool.

— Tu ne portes pas de bijoux ? s'offusque-t-elle en agitant ses poignets pour faire teinter ses bracelets à plusieurs milliers de dollars.

— Juste le collier que Sayann m'a offert pour mon dernier anniversaire, ça me suffit. Tu m'excuses, mais je dois aller voir si ma demoiselle d'honneur est arrivée.

J'esquive rapidement Courtney.

— À plus tard, maman, dis-je pendant qu'elle range son nécessaire de coiffure.

Dans le couloir du manoir, je croise quelques serveurs pressés, mais pas l'ombre de mon accompagnatrice. Je les salue, leur souris, puis me dirige vers le parvis telle une princesse dans ma robe. Il y a une autre personne que j'attends avec hâte.

Les mains sur la rambarde en pierre, je patiente jusqu'à l'arrivée de mon prince en contemplant le magnifique jardin. Sur ma gauche, trois musiciens s'affairent à monter et brancher leur matériel. Sans grande surprise, nous avons choisi de faire appel à un groupe de rock. À ma droite, a été déroulé hier un tapis rouge. Ma *wedding planner*, Luna, sur tous les fronts, est en train de le couvrir de pétales de roses. Bien que l'organisation ait été semée d'embûches, elle nous a fait une installation du tonnerre. Les chaises disposées de chaque côté de l'allée pour les invités arborent fièrement les initiales « A & S » sur leurs dossiers, comme je le souhaitais. C'est ici que je vais dire oui, à l'homme de ma vie.

Les larmes me montent aux yeux à nouveau et mon cœur bat la chamade à l'approche de la cérémonie. Ne voulant plus les laisser me submerger, je respire un bon coup. C'est ma journée. Elle va être radieuse, tout comme le temps, assez frais. Ma peau frissonne, je frotte mes bras nus.

Quand le bruit d'un moteur me parvient, juste devant moi, je cesse d'observer Luna. Un Hummer limousine appartenant à Richard s'avance sur les gravillons jusqu'à l'entrée du domaine où je me trouve. Les portières s'ouvrent, apparaissent Swan et mon futur beau-père. Ils ajustent leurs nœuds papillon. Puis papa en descend, suivi de Remington qui se recoiffe. Ils sont tous très beaux dans leur costume, cependant, une montée de stress m'envahit, qui rend mes mains moites.

— Ma future belle-fille ! Tu es radieuse !

Je laisse Richard m'embrasser la joue, puis Swan et Remington.

— Papa, où est Sayann ? demandé-je, sans répondre à leurs compliments tous aussi valorisants les uns que les autres.

— Mason finit de l'habiller.

— Mon frère n'arrive pas à fermer ses boutons de manchettes, ajoute Swan.

***

Sayann

— Sers-moi un verre de Jack Da.

— Pas maintenant, rétorque Mason, les doigts autour de ma manche de chemise.

J'étouffe et j'ai besoin de me détendre. Jusqu'à présent, ça allait, j'étais même euphorique à l'idée de me marier, mais d'un coup, je suis pris d'une putain de flippe. Pire que le jour où j'ai fait ma demande à Alexa lors de nos vacances au ski. Comme ça, en pleine montagne, sous la neige.

— Arrête de bouger, je n'arrive pas à attraper le bouton !

Et moi, il m'est impossible d'atteindre le mini bar de la limousine, je suis trop loin.

— T'imagine, si je ne réussis pas à dire « oui » ! Ou pire, si Alexa dit « non », m'étranglé-je.

— Mec, je te proposerais bien la bouteille pour te calmer ou une petite session de skate, mais c'est pas le moment.

Mason a raison. Je suis content de l'avoir revu au skatepark. De temps en temps, on s'y rejoint et ça me fait plaisir de m'éclater avec lui. En plus, il est souvent de bon conseil. J'ai fini par m'en faire un véritable pote. Et donc, mon garçon d'honneur.

— Regarde-la, elle stresse autant que toi. Vous vous aimez, ça va aller.

— Grouille, alors ! Elle a froid en plus.

Même à travers la vitre teintée, je peux la voir trembler.

— C'est OK.

Je récupère la veste à côté de moi et quitte la voiture, habillé comme un pingouin. Empreint d'une certaine émotion de la découvrir à nouveau dans cette robe, les larmes me montent aux yeux. Putain de merde ! Il n'est pas question de flancher !

Instinctivement, je pose ma veste sur ses épaules, la prends dans mes bras et l'embrasse avec passion pour achever de la réchauffer. Elle m'a tant manqué ! Un enfer !

— Bordel, t'es magnifique. Je t'aime. Je *vous* aime, me rattrapé-je en caressant l'arrondi de son ventre.

Le bébé, ce n'était pas prévu pour maintenant, mais dès l'instant où on a eu des soupçons et où Alexa a fait le test, j'ai prié pour que ce soit positif. Ce jour-là, elle a fait de moi le plus heureux des hommes.

— Tu es en avance, c'est bien.

— Il nous a surtout pressés parce qu'il tenait plus en place, intervient Reming.

Lui, je l'ai vraiment retrouvé lors de ma quatrième et dernière année de fac à UNH. La précédente, on avait fait une soirée ensemble où on s'était bien marrés, puis on avait fini par s'échanger nos numéros avant les vacances. Depuis, on est allés voir quelques concerts de rock, notamment celui de Palaye Royale. Il a même pu rencontrer le vrai Remington Leith en coulisse grâce à deux places que j'ai gagnées à la radio. J'ai trouvé que c'était cool de lui en faire profiter. Une sorte de cadeau pour le remercier de m'avoir supporté durant cette année de colocation un poil rythmée.

Aujourd'hui, il est seul. Remington est séparé de Nixie depuis un an, mais il le vit plutôt bien. Il trouvera une personne au grand cœur, je n'en doute pas, c'est un très bon gars. Quant à sa jumelle, est-ce qu'elle est toujours avec Stone ou non ? Aucune idée. Tim s'est tiré de l'université avec son diplôme et elle aussi. Je ne m'en porte que mieux. Plus aucun contact avec les anciens de Yale, c'est ce que je voulais.

— T'as les alliances, au moins ? vérifié-je auprès de Reming.

Alors qu'il fait semblant de les chercher dans ses poches, et que je suis collé à ma future femme, je lui envoie un regard noir.

— Pas de panique, elles sont là.

— Bien, nous sommes au complet ? demande Jeff.

Mon futur beau-père. Depuis qu'il est à la retraite, je flippe moins qu'il fouille dans les fichiers de la police et tombe sur mon délit. Ce n'est pas le grand amour entre nous, mais comme on veut tous les deux le bonheur d'Alexa, on arrive à s'entendre. Et puis maintenant, je suis totalement libre. Plus aucun compte à rendre à la justice. J'ai fait mes deux derniers rendez-vous avec Jackson il y a dix ans, et ça a été une délivrance. Un poids en moins.

— Non, il manque toujours ma demoiselle d'honneur, s'impatiente Alexa.

— Cameron arrive dans trente secondes, la rassure Swan au téléphone avec la retardataire.

Inviter peu de personnes était notre souhait. Nos familles proches, Mason, Remington, et Cameron, la copine de mon frère.

Swan. Je suis si fier de lui, de ce qu'il est devenu. Le meilleur joueur de la NFL à mes yeux. Je suis son plus grand fan, même si Jeff décrète être le premier. Sa carrière a eu du mal à décoller. Il a travaillé dur, n'a jamais rien lâché, poussé par nos parents et moi-même, il a été baladé d'équipe en équipe jusqu'à ce qu'il soit repéré. Il a pu intégrer la franchise des 49ers de San Francisco ! Mater le Super Bowl à la télé a une tout autre saveur désormais.

— La voilà ! annonce Alexa en pointant du doigt la voiture de Cameron.

En même temps, Lauren apporte un gilet à ma future femme.

— Oui, couvre-toi mieux que ça, intervient ma *madre*.

Mon œil noir pour qu'elle lui lâche la grappe, elle s'en fout.

— Tout va bien, je n'en veux pas, merci.

Par la même occasion, elle retire ma veste et me la redonne.

— Mets-là, je ne veux rien avoir sur les épaules quand je vais m'avancer vers l'autel. D'ailleurs, installez-vous. Il faut dire à Cameron qu'elle peut aller chercher le prêtre, s'affole-t-elle soudain.

C'est le moment. Tandis qu'ils partent s'installer, je serre ses doigts froids et les porte à mes lèvres en plongeant mon regard dans le sien. Nous n'avons pas le temps de nous entretenir un instant que nous sommes arrachés l'un à l'autre. Alexa par son père, moi par ma mère. Bras dessus, bras dessous, nous empruntons le tapis rouge.

— Je suis tout de même fière de ce que tu es devenu, me glisse-t-elle.

Je la remercie d'un hochement de tête et dépose un baiser sur sa joue. Le premier devant l'autel et le prêtre, je souris à ma *Honey* tandis qu'elle s'avance aux côtés de Jeff. Alexa est en pleurs, les larmes dévalent son visage d'ange comme souvent ces derniers temps. Et pour le coup, c'est contagieux de la voir dans cet état.

Putain de merde.

Je chasse vite les miennes.

— Bien, les futurs époux désirent faire dix secondes de silence, respectons ce choix.

Seuls nous deux savons de quoi il s'agit. De garder pour elle le secret de mon innocence pour couvrir mon frère. C'est Alexa qui a tenu à faire ça. Pour le restant de mon existence, je me souviendrai de ce laps de temps suspendu, où intérieurement elle m'a fait cette promesse : celle de taire cette histoire à tout jamais.

Le son du silence avant de se dire « oui ». Oui, pour la vie.

Le roi du silence a trouvé sa reine.

Fin

REMERCIEMENTS

Je remercie les Éditions Alter Real de continuer à me faire confiance. Mon éditrice, les relecteurs, correcteurs et tous les acteurs qui ont permis la réalisation de cet ouvrage.

Merci à ma famille de continuer à me lire et me soutenir. Un clin d'œil tout particulier à toi, papa, dans ce roman avec la franchise des 49ers de San Francisco, ton équipe fétiche de football américain.

Nathalie, pour avoir pris le temps de m'aider quand j'étais en panique sur mon intrigue, merci.

Merci à Palaye Royale d'exister ! Ce groupe de rock que j'affectionne tant. J'en ai passé, des heures, à écrire avec leur musique dans les oreilles.

Merci à l'ASMR de me détendre le cerveau le soir pour pouvoir repartir de plus belle chaque lendemain, car contrairement à Alexa, j'adore ça !!!

Aurélie, ma bêta, merci aussi pour toute l'aide que tu m'as apportée, pour tes corrections et pour ta patience face aux éternelles questions que je t'ai fait subir.

Merci à mes ami(e)s qui se sont laissé tenter par l'histoire d'Alexa et Sayann.

À toutes mes fidèles lectrices qui ont acheté ce roman, un énorme merci aussi.

Et à vous qui m'avez découverte grâce à ce livre, bienvenue dans mon monde.

À bientôt pour de nouvelles aventures !

Lucie Mimi

www.editions-alter-real.com

ISSN : 2646-6899

Dépôt légal : novembre 2024
Achevé d'imprimer en France sur les presses numériques de Dupliprint (95).
N° d'impression : 2024092342

ALTER REAL (SARL PROVEXIM) bénéficie du soutien de la Région Centre-Val de Loire, de l'État (DRAC Centre-Val de Loire) et de Ciclic dans le cadre de l'aide aux entreprises d'édition imprimée ou numérique.